함께 쓴 글로 세상 보기

함께 쓴 글로 세상 보기

청소년들이 바라 본 세상사
청소년들이 제시하는 해법

초판 1쇄 인쇄_ 2015년 5월 7일 | **초판 1쇄 발행**_ 2015년 5월 15일
지은이_솔뫼누리와 Reading & Writing | **엮은이**_이은주 | **펴낸이**_진성옥 · 오광수 | **펴낸곳**_꿈과희망
디자인 · 편집_김창숙, 윤영화 | **마케팅**_최대현, 김진용
주소_서울시 마포구 토정로 222 B동 1층 108호
전화_02)2681-2832 | **팩스**_02)943-0935 | **출판등록**_제1-3077호
http://www.dreamnhope.com| e-mail_ jinsungok@empal.com
ISBN_978-89-94648-77-4 43810
※ 책 값은 뒤표지에 있습니다.
※ 새론북스는 도서출판 꿈과희망의 계열사입니다.

청소년들이 바라 본 세상사
청소년들이 제시하는 해법

함께 쓴 글로 세상 보기

솔뫼누리와 Reading & Writing 지음
이은주 엮음

꿈과희망

호산고 책쓰기 동아리 학생들을 위하여

조언과 격려를 아끼지 않으신

이규환

이현정

최윤영

선생님 감사합니다.

은혜 잊지 않겠습니다.

호산고 책쓰기 동아리 학생 일동

2015년 5월 초입

| 책을 펴내면서 |

지도교사 이은주

작년에 이어서 호산고등학교에서 2년째 연속으로 '함께 쓴 글로 세상보기' 를 발간하게 되어 매우 기쁩니다. 올해도 호산고 책쓰기 동아리 솔뫼누리는 논리적인 글쓰기에 도전하였습니다.

올해 호산고 솔뫼누리의 책은 Ⅰ부와 Ⅱ부로 나눠서 기획되었습니다.

Ⅰ부는 다음과 같은 세 마리 토끼를 잡으려는 의도로 기획되었습니다.

첫째로, 학생들이 앞으로 자신이 전공하고자 하는 분야의 내용을 탐색하면서 글을 쓰는 것입니다. 둘째로, 전공 탐색과정을 통해서 다양한 사회문제에 대해서 생각하고 판단하는 기회를 가지는 것입니다. 셋째로, 논리적인 글쓰기 능력을 갖추는 것입니다.

그래서 함께 또는 따로 쓴 글이 8편의 소논문입니다. '중독', '명품', '음식', '심신장애인', '아동 학대', '광고', '소설을 통해 알아 본 청소년들의 고민', '역사 왜곡' 등 학생들은 자신이 관심있는 분야의 주제를 정하고, 자료를 찾아서 읽고 판단하고, 스스로 대안을 제시하고자 노력하였습니다. 학생들이 쓴 글을 읽으면서 저도 많이 배우게 되었습니다.

Ⅱ부는 서사적인 글쓰기에서 분석적인 글쓰기로 넘어가 보았습니다. 학생들은 생활 체험 글이나 소설 쓰기를 좋아하고, 분석적이거나 논리적인 글쓰기를 싫어하는 경향이 있습니다. 학생들의 이런 특성에 착안하여 학생들을 논리적인 글쓰기 세계에 자연스럽게 초대하기 위해서 귀납적인 방법으로 접근하여 보았

습니다.

글쓰기 지도 방법은 다음과 같습니다. 우선, 학생들에게 자신의 고민을 담은 자전적인 소설을 써 보도록 하였습니다. 소설이 완성된 이후에 학생들은 친구들과 서로 돌려 읽기를 하고, 줄거리를 요약하였습니다.

그런 다음에 지도교사인 제가 다섯 가지 분석틀을 제공하였습니다. ① 소설 속 주인공의 고민은 무엇인가? ② 주인공은 고민으로 인해서 어떤 이상 행동을 보이는가? ③ 주인공은 누구와 갈등하는가? ④ 누가 주인공을 돕는가? ⑤ 주인공은 갈등을 어떻게 극복하는가? 라는 다섯 개의 분석틀을 제공하였습니다.

다음으로 학생들은 서로의 작품을 분석하였습니다. 이 분석 자료를 모아서 '청소년들의 고민은 무엇인가?' 라는 주제의 평론 쓰기를 시도하였습다. 7명의 학생들이 소설 쓰기와 분석하기에 참가하였고, 7명 중 3명의 학생들이 평론을 썼습니다.

저는 올해 새롭게 시도한 서사적인 글쓰기에서 분석 글쓰기로 나아가기가 흥미로웠고, 유용하였다고 생각합니다. 개인적인 글쓰기가 전체적인 글쓰기로 이어졌고, 개인 체험 쓰기가 전체의 고민으로 연결되었습니다.

이 글쓰기 방법을 다른 선생님들께 권하고 싶기도 하고, 함께 의견을 나누고 싶기도 합니다.

| 차례 |

작품 줄거리 및 내용 분석

평론

지도 경험 나누기

mathematics
mathematics

I부 소논문 쓰기

Computer Science
mathematics
English education
mathematics
English education
information
English education
Computer Science
information

청소년을 대상으로 한 광고 카피 분석

에피소드

정은 : 전에 네 꿈이 카피라이터라고 했었잖아.

지원 : 그렇지, 아, 요즘 뜨는 김보성의 '의리' 광고 봤어?

정은 : 봤어! 정말 재밌더라. 역시 '의리'라는 카피가 광고의 핵심인 것 같아.

지원 : 카피가 광고에 얼마나 영향을 미치는 지 한 번 찾아볼래? 또 몇몇 광고를 우리 스스로 분석해 보는 것도 좋을 것 같아.

정은 : 그리고 우리 같은 10대 청소년들에게 광고가 미치는 영향도 살펴보면 좋을 것 같아.

생각해 볼 문제

1. 청소년들의 일상생활에 광고와 광고 카피가 영향을 미칠까?
2. 카피 종류는 어떤 것이 있을까?
3. 청소년들에게 영향을 미치는 광고는 어떤 것들이 있을까?

청소년을 대상으로 한 광고 카피 분석

김정은 & 이지원

★ 이지원은 평소 한국공익광고협의회 사이트에서 공익광고를 찾아볼 정도로 광고에 관심이 많다. 그중 카피에 가장 흥미가 있어 주의 깊게 살펴보곤 한다. 또 카피라이터들이 쓴 책이 점점 늘어나고 있는데 그 책들을 찾아 읽는 것을 좋아한다.

☆ 김정은은 평소 소설쓰기와 독서에 관심이 많았고, 학습동아리인 Reading & Writing에서 소설을 쓰고 현재 책 편집 담당을 하고 있으며 출판기획전문가가 꿈이다. 카피라이터가 장래희망인 친구와 함께 청소년을 대상으로 하는 광고를 분석하는 주제로 글을 썼다.

차례

Ⅰ. 광고가 청소년들에게 미치는 영향

우리는 TV광고, 라디오광고, 아프리카 기아들을 위한 공익광고 심지어 현관문 앞에 덕지덕지 붙어 있는 전단지 등의 여러 가지 광고를 접하며 산다. 이렇게 우리는 일상생활에서 광고를 보지 않고 듣지도 않는 생활을 할 수 없다. 이러한 광고는 10대 청소년들의 일상생활에서도 영향을 미칠까?

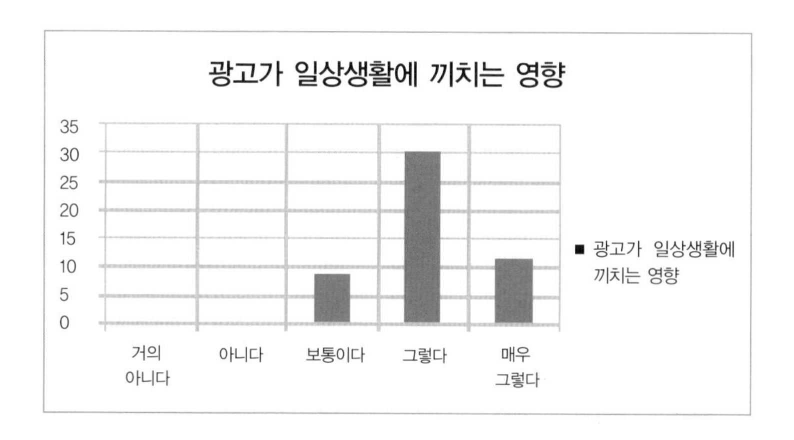

위의 설문조사를 보면 '광고가 일상생활에 얼마나 영향을 끼치는가?' 라는 질문에 10대 청소년 50명 중 11명은 '매우 그렇다', 30명은 '그렇다', 9명은 '보통이다' 라고 응답했다. 또한 다음 설문조사도 보면 '광고에서 카피(문구)가 차지하는 비율은 어느 정도라고 생각하십니까?' 라는 질문에서도 40%~60%은 50명에서 20명, 60%~80%에는 17명이 영향을 미친다고 답했다. 광고에서의 카피는 많은 비율을 차지한다는 것을 알 수 있다. 이처럼 광고는 10대 청소년들의 일상생활에서도 크게 영향을 준다는 것을 확인할 수 있다.[1]

1. 위 설문은 호산고등학교 1~2학년 50명을 대상으로 2014년도 6월에 실시하였다.

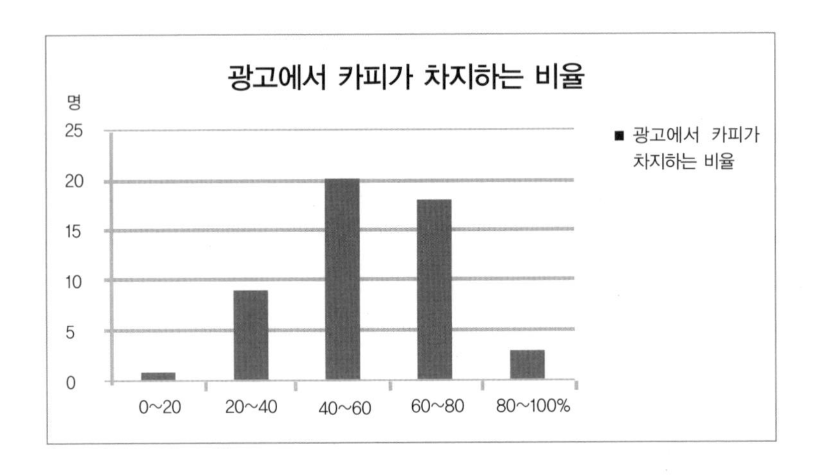

다른 예를 들자면, 인터넷 만화 웹툰이 있다. 웹툰은 웹 사이트에서 매주 연재되는 만화를 뜻하는 것으로, 10대뿐만 아니라 다양한 계층이 보는 만화이다. 하루에 약 161만 명의 십대 청소년들이 웹툰을 본다. 웹툰의 끝에서 대부분 그 웹툰의 캐릭터와 내용을 이용하여 게임, 앱 등을 광고하는 경우가 많다.

따라서 십대 청소년들이 자연스레 그 광고를 보고 클릭하여 게임, 앱 등을 접하게 되는 것이다. 최근 네이버 인기 웹툰인[2] '격투기 특성화 사립고교' 에는 '극지고 : 학원 무림 대전' 이라는 게임을 광고했다. 이 게임의 사용자 중 10대가 36%를 차지했다. 또 다른 네이버 인기 웹툰인 '보세왕' 에는 인터넷 유명 쇼핑몰 '아보키' 앱을 광고했는데, '아보키' 앱의 사용자는 상대적으로 연령별로 사용자 중 10대가 39%로 가장 많았다.[3] 이와 같이 광고의 효과는 10대 청소년들에게 뚜렷하게 나타나고 있었다. 청소년들에게 광고는 게임과 같이 오락부터 쇼핑을 하는 것까지 우리 삶 구석구석에 크고 작은 영향을 끼치고 있다.

2. http://nstore.naver.com/appstore/web/detail.nhn?productNo =519749 (극지고:학원무림대전)
3. http://nstore.naver.com/appstore/web/detail.nhn?productNo =1548070 (아보키)

Ⅱ. 본론

1. 내용에 따른 광고의 분류

광고는 알리고자 하는 내용에 따라 영업 광고와 비영업 광고로 나눌 수 있다.

영업 광고는 상품, 서비스에 관한 광고 외에 기업 이미지와 기업의 규모, 사회적 사명, 경영 사상, 기술 우위성 등을 알리는 기업광고가 있다.

비영업 광고는 의견광고, 정치·종교 광고, 공익광고, 고지 광고 등이 포함된다. 고지 광고란 텔레비전이나 라디오 광고에서 프로그램 사이의 시간을 고려하지 않고 광고주의 메시지나 공익광고를 방송하는 것이다.[4] 상품이나 서비스의 광고 혹은 공익광고를 10초 정도로 간략하게 방송하는 것을 말한다. 대개 프로그램 사이에 방송되어 두 프로그램을 시청취하는 수용자의 주의를 끈다.

5

6

4. http://terms.naver.com/entry.nhn?docId=50925&cid=50304&categoryId=50304 (네이버 지식백과)
5. http://blog.naver.com/virgin0909/220118944931 (기업광고- 한화)
6. http://blog.naver.com/goonwoozang/120153578989 (공익광고)

2. 인쇄광고 카피의 종류

광고의 카피에는 여러 가지 종류가 있는데 대표적으로 헤드카피(head copy), 서브헤드카피(sub head copy), 바디카피(body copy), 슬로건(slogan)으로 나눌 수 있다.

첫 번째로 헤드카피는 광고를 단적으로 표현해 주는 카피이다. 아래 광고에서 헤드카피는 〈1인용 흡연은 없습니다〉로 본문으로 관심을 유도하기 위해 쓰이며, 사람들의 이목을 집중시키기 위해서 비교적 큰 글자와 짧고 독특한 문장으로 이루어진 경우가 많다.

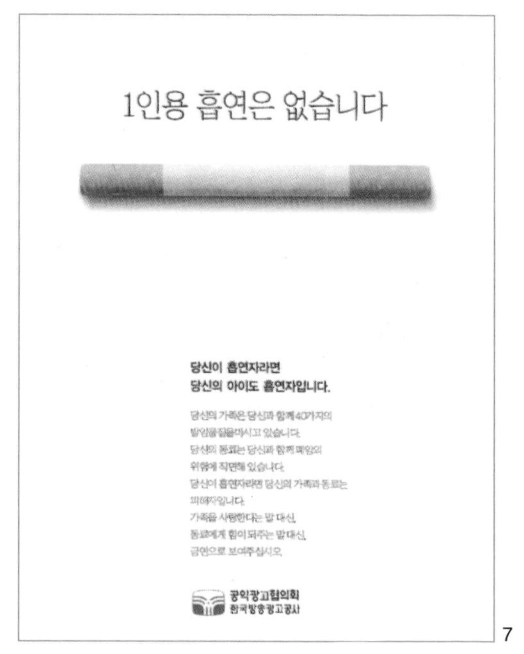

7

하지만 과도한 과장으로 만들어진 헤드카피는 물품구매를 촉진시킬 수는 있으나 사람들의 신뢰를 잃어 지속적인 물품구매를 유도하기는 어렵다.

그러므로 헤드카피는 독특하고 인상 깊되 제품에 맞지 않는 과도한 과장은 없어야 한다. 또한 헤드카피는 헤드라인(head line)이나 캐치프레이즈(catch phrase)라고 불리기도 한다.

7. 한국방송진흥공사

두 번째로 서브헤드카피는 헤드카피의 내용을 보충하여 설명해 주는 역할을 맡고 있으며, 광고에서는 〈당신이 흡연자라면 당신의 아이도 흡연자입니다〉이다. 또 리드카피라고 불리기도 하는데 그 이유는 서브헤드카피가 헤드카피로 집중시킨 사람들의 주의를 바디카피로 연계(리드 lead)시켜주기 때문이다. 하지만 적지 않은 사람들이 헤드카피와 서브헤드카피만 보고 지나간다. 따라서 서브헤드카피는 헤드카피보다는 구체적인 내용을 담고 있고, 헤드카피와 마찬가지로 짧으며, 강렬한 인상을 남길 수 있어야 한다.

세 번째는 바디카피이다. 위의 광고에서 바디카피는 [당신의 가족은~보여주십시오.]로 비교적 길고 글씨 크기가 작다. 또한 소비자가 알고자 하는 내용을 구체적으로 기록하여 영업 광고의 경우 팔고자 하는 물건의 장점 등을 세세히 기록하는 것이다. 예를 들어 화장품 광고에서 '반짝반짝 빛나는 피부!' 라는 헤드카피를 썼다면 바디카피에서는 왜 이 화장품이 반짝반짝하게 빛이 나게 만들어 줄 수 있는지 등을 쓴다. 비영업 광고는 헤드카피에서 함축된 말을 이해하기 쉽게 풀어서 설명하는 경우가 많다.

네 번째로 슬로건이 있다. 어떤 카피를 듣고 아! 하며 떠오르는 기업, 캠페인, 브랜드가 있다면 그 카피가 바로 슬로건이다. 이렇게 모든 이들이 슬로건을 숙지하기 위해서는 반복적인 광고가 필요하다. 반복적인 광고로 인해 대부분의 사람들이 슬로건을 알게 된다면 비로소 슬로건의 효과가 제대로 발휘된다고 볼 수 있다. 슬로건은 사람들의 머릿속에 오래 기억돼야 하므로 단어보다는 완결성 있는 문장이며, 말하기 쉽게 짧고 운율이 있는 편이 좋다. 슬로건의 종류는 기업 슬로건, 캠페인 슬로건, 제품(브랜드) 슬로건으로 총 세 가지로 분류될 수 있다. 기업 슬로건은 기업을 대표하는 말이다. 두산 기업의 [사람이 미래다]가 그 대표적인 예이다. 캠페인 슬로건은 공공단체나 기업이 어떤 캠페인을 벌이면서 사용하는 것이다.[8]

8. http:// blog.naver.com/ sieung/220079790366 (두산광고)

상품 슬로건은 기업 슬로건보다는 더 좁은 범위로써 특정한 제품의 특징을 나타낸다. 때때로 기업 슬로건과 상품 슬로건이 동시에 사용되는 경우도 있다. 동시에 사용되는 경우에는 주로 회사 이름과 대표 제품의 이름이 동일한 경우가 많다.

헤드카피는 솔로카피(solo copy)라고 불릴 때도 있다. 그때는 다른 바디카피나 서브헤드카피 없이 오직 헤드카피와 사진만 있는 경우를 의미한다.

9

9. http://cafe.naver.com/ghostdragon/4 (나이키 'Just do it' 광고)

10

3. 청소년을 대상으로 한 공익광고 카피 분석

(1) 공익광고

우리는 다양한 인쇄광고 중에 크게 두 가지 종류를 분류하였다. 그중 하나가 공익광고이다. 공익광고는 인간존중의 정신을 바탕으로 사회 · 공동체의 발전을 위한 의식개혁을 목표로 하며, 광고라는 설득 커뮤니케이션을 통하여 제반 사회 문제에 초점을 맞추고 국민들의 태도를 공공의 이익을 지향하는 모습으로 변화시키는 것을 목적으로 하고, 휴머니즘, 공익성, 국민성, 비영리성, 비정치성을 기본 이념으로 하는 것을 뜻한다.[11] 이러한 공익광고를 통해 우리는 때로는 잘못된 사회를 비판하고 때로는 우리가 고정관념을 가지고 있음을 깨닫기도 한다.

---

10. http://blog.naver.com/postview.nhn?blogId=cbrnom&logNo=10074763378 (애플 광고)
11. https://www.kobaco.co.kr/businessintro/about/about_view.asp (공익광고의 정의-한국방송광고진흥공사)

① 10인의 살인범

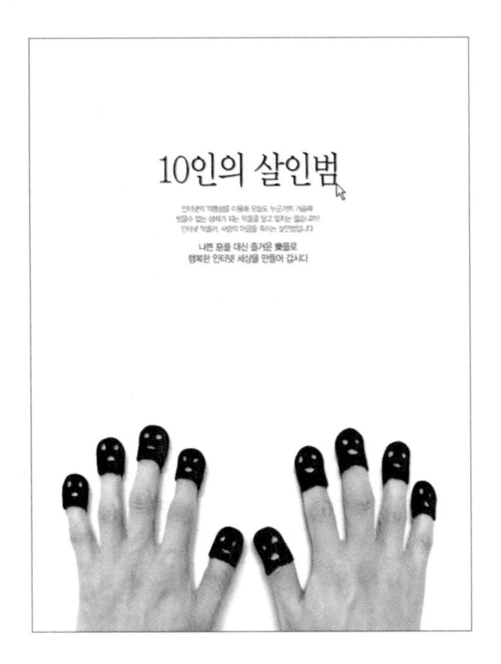

우리는 10대 청소년들을 대상으로 한 광고 2가지를 골라 분석하고자 했다. 그 첫 번째가 아래의 한국방송광고 진흥공사 공익광고제[12] 2013년 은상 수상작 '10인의 살인범' 이라는 광고이다.

10인의 살인범은 그림에선 복면을 쓴 손가락으로 보인다. 그러나 광고 안에 내포되어 있는 뜻은 다르다. 먼저 제목부터 남다르다. '10인의 살인범'.

'10인의 살인범' 은 광고 카피에서 헤드카피에 속한다. 손가락과 헤드카피를 볼 때, 손가락이 살인범이라는 것을 유추할 수 있을 것이다. 왜 손가락이 살인범인가? 그것에 의문이 든다면 헤드카피 밑의 붉은 문구를 읽으면 알 수 있다. '나쁜 惡플 대신 즐거운 樂플로 행복한 인터넷 세상을 만들어 갑시다.' 는 헤드카피

12. http://www.yeongnam.com/mnews/newsview.do?mode=newsView&newskey=20140523.010030717500001(영남일보- 10인의 살인범)

의 내용을 보충해 주는 서브헤드카피이다. 인터넷 용어인 '악플'의 '악' 자를 한자의 악할 악(惡)과 즐거울 악(樂)으로 바꿔 더 좋은 인터넷 세상을 만들자는 내용을 담고 있다. 여기서 우리는 완벽히 알 수 있을 것이다. '10인의 살인범' 이란 사실 인터넷 악플러를 뜻하는 것임을 말이다. 독특한 점은 악할 악(惡)과 즐거운 락(樂)은 동음이의어를 이용하여 글의 운율을 살린점이다.

'인터넷의 익명성을 이용해 오늘도 누군가의 가슴에 씻을 수 없는 상처가 되는 악플을 달고 있지는 않습니까? 인터넷 악플러, 사람의 마음을 죽이는 살인범입니다.' 는 광고의 자세한 내용을 담고 있는 바디 카피이다. 이 카피에서는 익명성을 이용해 자신이 보이지 않는다고 해서 사람들에게 비방하는 글을 올리는 행동이 상대방에게 상처가 됨을 알려준다.

지난 2014년 4월 16일 세월호 침몰사고가 있었다. 이후 많은 추모 글들이 올라왔지만 시간이 점차 지나면서 악플러의 글이 넘쳐났다. 세월호 유족들의 단식투쟁 기사나 한국 정부에게 바라는 것을 기자들을 통해 말할 때마다 악플러들은 그들의 행동을 조롱하며 차마 입에도 담기 힘든 욕을 퍼부었다.[13] 비록 정부는 세월호 유족들을 비판했던 악플러를 징계했지만 유족들이 조롱과 비방으로 받은 상처는 여전했다.

중요한 것은 세월호에 관련된 사이버범죄의 36%가 10대라는 사실이다.[14]

'10인의 살인범' 은 세월호 악플 같은 사건들을 비판하는 목적으로 만들어졌고 다시는 악플로 인해 많은 사람들이 상처받지 않는 세상을 바라고 있다.

② 당신의 시험지

두 번째로는 한국방송광고 진흥공사 공익광고제 2013년 수상작 '당신의 시험지' [15]이다.

13. http://www.nocutnews.co.kr/news/4067455 (세월호, 박보나, "세월호, 악플 갈수록 늘어나…힘들다.")
14. http://www.segye.com/content/html/2014/06/24/20140624002784. html?OutUrl=naver (세월호 침몰사고 악플러 108명 검거)
15. wikitree(http://www.wikitree.co.kr/main/news_view.php?id =147247 (당신의 시험지)

시험지에 소수들이 차례대로 나열되어 있고 밑에는 소수를 더한 값에 맞음 표시와 빗금 표시로 되어 있다. 하지만 '수학은 만점, 역사는 빵점 당신의 시험지입니까?' 라는 헤드카피를 통해 이 시험지는 답이 '26.87' 일 뿐만 아니라 또 다른 답이 있다는 것을 알 수 있다. '3·1', '8·15', '6·25', '4·19', '5·18' 이란 숫자들이 역사를 담고 있다는 뜻임을 알려준다.

'3·1' 은 일제강점기 때의 유관순 외 다수의 사람들이 벌였던 독립 만세 운동, '8·15' 는 대한제국이 비로소 일본에게 해방된 광복절, '6·25' 는 광복 후 남한과 북한이 약 3년 동안 싸웠던 한국 전쟁, '4·19' 는 이승만 정권에 대한 불만으로 학생이 중심이 되어 일으켰던 4·19혁명, '5·18' 은 전라남도 및 광주 시민들이 계엄령 철폐와 전두환 퇴진, 김대중 석방 등을 요구하여 벌인 5·18민주화운동임을 알 수 있다. 이 빗금들은 현대 청소년들이 역사적인 사실들은 전혀 모르고 있다는 것을 의미한다.

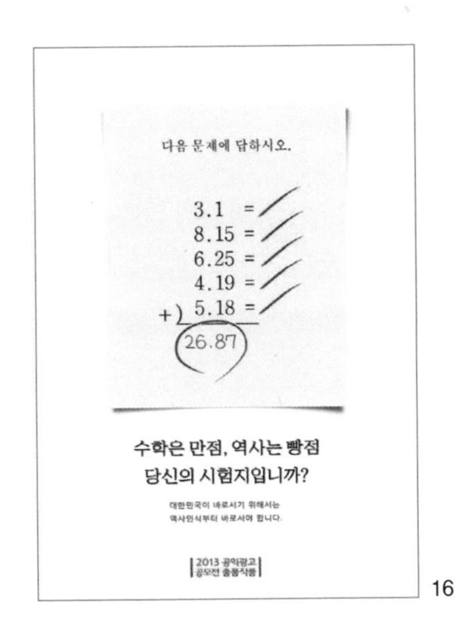

[16]

16. http://terms.naver.com/entry.nhn?docId=1164921&cid=40942&categoryId=35591(두산백과, 5·18 민주화운동)

이 말은 청소년들이 지금의 상태로 왜곡된 역사에 노출되면 그 역사를 믿게 되고 진짜 역사는 사라짐을 뜻하며, 세로로 덧셈을 했을 때는 정확한 답을 적고 가로의 숫자들은 역사적 사건으로 연관 짓지 못하는 것을 통하여 현재 대한민국이 수학과 영어와 같은 과목은 중시하고 정작 청소년들이 자부심을 가지고 제대로 알아야 할 역사는 제대로 배우지 않는 사회에 대한 비판을 담고 있다. '대한민국이 바로서기 위해서는 역사인식부터 바로서야 합니다.' 라는 서브헤드카피 또한 한국과 일본의 독도 분쟁, 중국과의 발해 · 고구려의 유물과 역사 분쟁과 같은 우리가 반드시 알고 있어야 하지만 잘 모르는 역사 혹은 왜곡된 사실을 기억하는 것을 바로 잡으면 대한민국도 바로 설 것이라는 의미를 담고 있다.

공익광고는 우리에게 현재 사회에 대한 비판하는 광고에서는 자신의 의식과 행동의 반성, 일상생활에서 그저 단순하게 여겨왔던 것에 대한 감사함과 사회의 문제점을 깨닫고 스스로 실천할 수 있게 하고 그 중요성을 깨닫게 해준다.

4. 청소년을 대상으로 한 상업광고 카피 분석

(1) 상업광고

① 입시전문입체 광고

[17]

---

17. http://www.ohmynews.com/NWS_Web/View/at_pg.aspx?CNTN_CD=A0001839228 (oh my news-'우정파괴 광고' 뒤튼 패러디 광고에 박수를)

새 학기가 시작 되었으니

넌 우정이라는 그럴듯한 명분으로

친구들과 어울리는

시간이 많아질 거야

그럴 때마다

네가 계획한 공부는

하루하루 뒤로 밀리겠지

근데 어쩌지?

수능 날짜는 뒤로 밀리지 않아

벌써부터 흔들리지 마

친구는 너의 공부를 대신해주지 않아

아브라카타브라

기적은 반드시 일어나

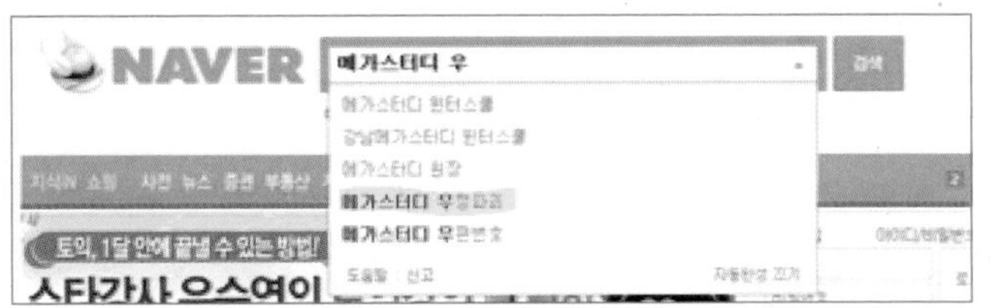

18

한 사교육 업체인 메가스터디가 게시한 이 광고는 옥외광고이다. 옥상광고, 스포츠 경기장 광고, 특수 광고, 극장 광고 등 다양한 옥외광고가 있다. 이 광고는 교통광고로써 특히 학생들이 많이 타는 버스 등에 게시되었다. 그래서 더더

18. 네이버 검색기

욱 문제가 된 이 광고는 소위 '우정 파괴 광고' 라고 불리기도 하는데 그 이유는 바로 위의 시에 있다.

이 시의 마지막 구절인 '기적은 반드시 일어나' 에서 기적은 바로 명문대학교에 입학하는 것이다. 따라서 그 구절 위의 부분도 명문대 입학에 초점이 맞춰져 있다.

이 광고는 새 학기가 시작되기 조금 전인 2월에 게시되었다. 한 달 후면 시작될 새 학기 때 우정이라는 그럴듯한 명분을 가지고 친구들과 어울리는 시간을 갖는 대신 공부를 하라는 뜻을 담고 시작된다. 친구들을 충분히 사귄 학기 중순이나 학기말도 아닌 새로운 사람을 만나고 관계를 시작하는 학기 초까지 우정을 버리고 공부를 해야 하는가?

또한 두 번째 행에서는 '수능 날짜는 뒤로 밀리지 않아.' 라는 말을 통해 수험생들의 긴장을 극대화하고 공포심에 휩싸이게 만든다. 그들은 불안감에 떨며 이리저리 공부를 하기 시작할 것이다. 하지만 의욕 없이, 해야 한다는 의무감에, 불안해 하며 시작하는 공부가 과연 효과가 있을지는 다시 한 번 생각해 봐야 할 일이다.

세 번째 행의 '벌써부터 흔들리지 마.' 라는 말에 주목해 보자. 이 광고가 게재된 시기는 위에도 언급했듯이 2월, 새해가 시작된 지 고작 2개월이 흘렀다. 아직 새 학기는 시작도 하기 전이다. '벌써부터' 라는 말은 지나치게 성급하다고 볼 수 있다.

이러한 비윤리적이고 비교육적인 광고는 청소년들의 의욕을 좋지 않은 방향으로 자극하며 우정을 폄하하고 성적지상주의와 학벌주의 사상을 심어주고 사회공동체를 파괴한다.

이에 대항하여 '사교육 걱정 없는 세상' 이 패러디 광고를 만들었다.

[19]

새 학기가 시작되었으니

넌 성적이라는 어쩔 수 없는 명분으로

학원가를 헤매는

시간이 많아질 거야

그럴 때마다

너의 우정은

하루하루 서랍 속에서 흐려지겠지

근데 어쩌지?

우정 없이 최고가 된들

성적이 너의 우정을 대신해주지는 않아

벌써부터 흔들리지 마

---

19. http://blog.naver.com/dr_crab?Redirect=Log&logNo=30161049914
(네이버 블로그-메가스터디 '우정보다 성적' 광고 논란과 패러디 '성적보다 우정')

어른들이 너의 우정을 만들어 주지 않아

아브라카타브라
기적은 반드시 일어나

나는 너의 우정을 믿어

정지현 '사교육 걱정 없는 세상' 사업팀장은 "아이들에게 우정을 되돌려주고픈 마음을 담아 패러디 광고를 만들었다.[20] '현실이 어쩔 수 없으니 너희가 희생해' 가 아니라, '우리 어른들이 너희를 지켜줄게' 라는 메시지를 전함으로써 메가스터디 광고로 상처 입은 아이들의 마음을 어루만지고, 이 뜻을 함께 하는 시민들의 마음에도 희망을 심어주고자 했다"고 말했다.

② 스쿨룩스 교복광고[21]

요즘 대부분의 학교에서는 교복착용을 선택하고 있다. 이러한 이유로 교복업체들의 광고 경쟁이 매우 치열하다.[22] 광고계의 한 관계자는 "청소년에게 큰 인

20. http://www.hani.co.kr/arti/society/society_general/576012.html
(한겨레 뉴스-성적이 우정을 대신해 주지 않아.)
21. http://blog.naver.com/the_o_98?Redirect=Log&logNo=40195753212 (스쿨룩스 교복광고 B.A.P 사진)
22. http://babuwon48.blog.me/100205323746
(네이버 블로그-엑소, 인피니트, BAP, B1A4, 교복 모델로 매력 경쟁)

기가 있는 스타들이 교복 모델을 맡아 학부모와 청소년의 구매욕을 자극하고 있다."고 말했다. 청소년들이 교복을 사는 대부분의 교복광고는 연예인을 섭외하고 그들을 모델로 내세운다. 그리고 그 옆에 교복의 장점을 짧고 작게 설명해 두었다. 교복의 장점을 살리기보다는 연예인을 중심으로 광고하는 것이다.

이 광고는 스쿨룩스의 교복광고이다. 일반적인 광고와 다르게 스쿨룩스는 장점을 다른 교복회사들보다 굉장히 크게 표현하여 차별화하였다. 뿐만 아니라 'I want ±5' 라는 카피를 헤드카피로 이용하여 'want' 라는 점에서 '소비자가 원한다.' 는 표현을 분명히 하였고, 밑에 ±5의 뜻을 넣어 주므로써 사람들이 원하는 점을 정확하게 표현하였다.

±5의 뜻은 헤드카피 밑에 조금 작게 설명되어 있다. '+5cm 더 훤칠하게' 라는 뜻은 키가 작은 학생들이 키가 더 커 보이기 위한 옷은 바로 스쿨룩스의 교복이라는 점을 강조한 것이다. '+5° 더 자유롭게' 라는 뜻은 꽉 달라붙어서 불편한 교복과는 다르게 스쿨룩스는 5° 더 자유롭게 움직일 수 있다는 뜻이다.

다른 교복 회사에서도 '키가 더 커 보인다.', '더 편안하게 움직일 수 있다.' 는 점을 강조한다. 하지만 스쿨룩스에서는 'I want ±5' 소비자들의 뇌리에 이 광고를 더욱 깊게 새겨 넣었다.

그렇다고 하여 스쿨룩스가 연예인을 이용한 광고효과를 포기한 것은 아니다. 교복을 사면 연예인이 그려진 부채 등을 줄 뿐만 아니라 이 광고에서도 사진의 반을 모델로 넣고 가장 밑 부분에는 with B.A.P & Apink라는 글자를 삽입하여 연예인을 이용한 광고효과를 놓치지 않았다.

Ⅲ. 광고가 나가야 할 방향 및 광고를 대하는 올바른 태도

게임을 할 때나 옷을 고를 때나 심지어 공부를 할 때도 청소년들은 끊임없이 광고에 영향을 받고 있다. 광고에서 많은 비율을 차지하는 카피는 광고에 많이 노출되어 있는 청소년에게 무시하지 못할 영향을 끼칠 것이다.

특히 질풍노도의 시기라 불리는 청소년인 만큼 청소년을 대상으로 한 광고에는 더더욱 많은 관심으로 만들어야 할 것이다.

공익광고의 내용은 다른 광고에 비해 비교적 흥미도가 떨어지므로 사람들의 눈에 확 띄는 독창적인 그림이나 사진을 넣고 교훈을 주는 내용을 담고 있다.

하지만 메가스터디 같은 상업광고들이 청소년들에게 잘못된 생각을 심어주어 사회에 문제를 일으킬 수도 있다. 중압감을 이기지 못해 자살하는 청소년까지 나오게 만든다.[23] 광고는 사회문제를 조장하기보다는 사회문제를 비판하고 올바른 길을 제시해 주어야 한다. 또 스쿨룩스의 'I want ±5'를 카피로 한 광고가 다른 교복광고에 비해 연예인보다 교복의 장점인 자유롭게 움직일 수 있고, 5cm가 크고 5kg가 감소된다는 강점을 독특하게 표현한 점은 좋다. 하지만 지나친 과장을 하고 예쁜 사람은 키가 크고 날씬해야 된다는 편견을 심어주는 문제점이 있다. 스쿨룩스의 교복 광고는 카피를 잘 활용하여 만든 광고이지만 학생들의 열등감을 자극해 상업수단으로 이용했기 때문에 좋은 광고라 부를 수는 없을 것이다.

따라서 광고를 만드는 사람들은 이러한 열등감을 주거나 사회문제를 조장하는 내용의 광고들을 자제시켜야 한다. 또한 학생들은 물건을 살 때 등 어떠한 상황에서도 광고를 전적으로 믿지 않고 필요한 정보만을 이용해야 한다. 그리고 광고 때문에 자기비하하며 상업적 술수에 넘어가지 않아야 할 것이다.

---

23. http://www.ohmynews.com/NWS_Web/view/at_pg.aspx?CNTN_CD=A0000883110 (oh my news- '전국 상위 1%' 였던 한 특목고생의 자살

| 참고 문헌 |

• 안상락&박정희(2010), 비즈앤비즈, 광고 광고 디자인.

| 참고 사이트 |

• 카피종류
http://blog.naver.com/unme4599/50183044734
http://oblog.blog.me/100032112121

• 슬로건 뜻
http://terms.naver.com/entry.nhn?docId=1613489&cid=2897&categoryId=2897

• 캐치 프레이즈와 슬로건의 차이
http://kin.naver.com/qna/detail.nhn?d1id=11&dirId=11080102&docId=61589742&qb=7LqQ7LmY7ZSE66Cl7J207Kal&enc=utf8§ion=kin&rank=1&search_sort=0&spq=1&pid=RlpyGU5Y7vKssuTobodsssssth-406809&sid=U6pyEXJvLDcAAB7fDJM

• 바디카피 뜻
http://terms.naver.com/entry.nhn?docId=784475&cid=432&categoryId=2264

• 헤드라인 네이버 백과사전
http://terms.naver.com/entry.nhn?docId=783850&cid=544&categoryId=544

• 슬로건 캐치프레이즈 헤드카피 차이점
http://elenia81.blog.me/80036933144

• 슬로건 모음
http://blog.naver.com/w1104?Redirect=Log&logNo=50184863185

• 공익광고의 정의(한국방송광고진흥공사)
https://www.kobaco.co.kr/businessintro/about/about_view.asp

• 두산백과 – 5.18 민주화운동
http://terms.naver.com/entry.nhn?docId=1164921&cid=40942&categoryId=35591

• 세월호, 고 박성호 군 누나 박보나, "세월호, 악플 갈 수록 늘어나 ... 힘들다."
http://www.nocutnews.co.kr/news/4067455

• 나이키 광고
http://cafe.naver.com/ghostdragon/4

• 애플 광고
http://blog.naver.com/PostView.nhn?blogId=cbrnom&logNo=10074763378

글쓰기 전

평소 광고에서 깊이 공감되거나 기발한 아이디어를 바탕으로 한 카피를 볼 때 어떤 방법으로 공감을 이끌어내고 이 아이디어가 왜 기발해 보이는지 궁금한 점이 많았다. 지금 내가 더 많이 공감할 수 있는 청소년을 대상으로 한 광고를 분석해 보고 싶어서 이러한 주제를 선택하게 되었다. 책을 쓰면서 관심 있는 분야에 대한 정보도 더 알게 될 것 같아 재미있게 글을 쓸 수 있을 것 같다.

– 이지원

이번에 글을 쓰면서 걱정되는 부분은 파트너와의 의견이 잘 맞지 않을 때 어떻게 해결하고, 내가 이 글을 완성할 때까지 글을 성실하게 열심히 쓸 수 있을지에 대해 많이 걱정된다. 하지만 이 글을 끝까지 쓴다면 공익광고에 대해서 더 자세히 알고 나중에 광고를 보면서 의미 있게 볼 수 있을 것 같다. 만약 완성한다면, 다음에 글을 쓸 때 좀 더 깊이 쓸 수 있을 것이고 나 자신에게도 글은 더 이상 재미만 있는 게 아니라 글을 통해 유용하고 보람찬 삶을 살 수 있다는 것을 알 수 있다고 생각한다.

– 김정은

글쓰기 후

재미있고 흥미롭게 쓸 수 있을 거라 예상했던 것과는 달리 객관적인 시각으로 광고를 관찰하는 것이 어려웠고 주제가 조금씩 바뀌면서 전체적인 수정이 잦아 마지막에는 시간에 밀려 급하게 쓴 것이 아쉽다. 다음에 글을 쓸 기회가 오면 좀 더 차분하고 분명하게 주제를 갖고 글을 써보고 싶다.

– 이지원

광고 속의 카피를 좀 더 자세히 알고, 공익광고를 분석하면서 광고를 만든 사람의 의도를 알아보는 게 흥미롭고 좋았으나 맞는 자료를 찾는 것도 힘들었고 글쓰기 전에는 성실하게 하기 위해 했던 다짐을 생각보다 열심히 이루지 못했던 것에 아쉬웠다. 그래도 다음에 글을 쓸 때 좀 더 깊이 있는 주제로 제 생각을 더 적극적으로 표현할 수 있을 것 같고 나 자신에게도 남들과 다른 시선으로 광고를 볼 수 있어 보람찼다.

– 김정은

심신장애인 관련법의 문제점과 개선 방안

2

김수진
&
박소영

에피소드

소영 : 너 ○○사건 들어봤니? 어떤 연예인에게 웃음소리가 거슬린다면서 폭행을 하려고 했대.
수진 : 응. 들어봤어. 심신장애인이 한 행동이라며?
소영 : 맞아. 근데 이 사건의 판결은 어떻게 될까?
수진 : 음, 아마 감형이 되지 않을까?
소영 : 왜 심신장애인들에겐 감형을 해주는 걸까?
수진 : 사실 나도 잘 모르겠어.
소영 : 그럼 우리가 왜 그런지 알아볼까?
수진 : 좋아.

생각해 볼 문제

1. 심신장애인의 정의는 무엇인가?
2. 범죄를 저지른 심신장애인의 판결의 기준은 무엇인가?
3. 범죄를 저지른 심신장애인을 치료할 여건이 되는가?
4. 관련된 해외의 제도에는 어떤 것이 있는가?

심신장애인 관련법과 개선 방향

김수진 & 박소영

★ 김수진은 사람들과 어울리고 대화하는 것을 좋아하며 EBS 다큐멘터리 '인간의 두 얼굴' 이라는 프로그램을 본 후 심리학과에 관심을 가지게 되었다. 2학년 때 학교에서 전문가와의 면담, 학생들을 대상으로 한 설문지 등의 활동을 하는 심리학 동아리를 만들어 부장으로 활동하였으며, '심신장애인 관련법과 개선 방향' 을 주제로 글을 썼다.

☆ 박소영은 평소 다양한 사람들을 만나며 얘기하는 것을 좋아하며 중1 때 가족끼리 하게 된 심리검사 이후로 심리학에 관심이 생겼다. 학교 Wee Class에서 주관하는 또래 상담 프로그램에 참여중이며, 심리학 학습 동아리에서 설문조사, 면담 등을 하며 심리학에 점점 더 빠져들고 있다. 1학년 때부터 책쓰기 동아리에 참여해 심리 관련 분야의 글을 써왔으며, 2학년 때는 '심신장애인 관련법과 개선 방향' 을 주제로 글을 썼다.

차례

Ⅰ. 서론

1. 주제 선정 배경

최근 몇 년간 우리 사회에서 크게 대두되고 있는 문제 중 하나가 범죄와 관련된 문제이다. 그중 특히 논란이 되고 있는 문제가 바로 심신장애인에 대한 처벌 문제이다. 심신장애는 심신박약과 심신상실로 나누어지는데, 이는 3대 무능력자인 미성년자, 한정치산자, 금치산자 중 한정치산자에 해당된다.[1]

형법에서는 책임과 형벌의 관계를 규정하는 책임주의 원칙에 따른다. 여기에서 형법상의 책임의 본질은 행위자에 대한 비난 가능성과 책임 여부에 있으므로, 심신상실자의 경우 형을 감면하고, 심신미약자의 경우에는 그 형을 감면한다.

또한 정신적 장애가 있는 자라고 하여도 범행 당시 정상적인 사물변별능력이나 행위통제능력이 있었다면 심신장애로 볼 수 없다. 이에 따라 실제 조두순 사건과 그 밖의 여러 사건에서 감형이 이루어졌고, 이들이 한 진술의 진위 여부와 감형의 정당성에 관해 논란이 지속되고 있다.

2. 심신장애의 정의

사전에서는 심신장애를 인지 · 지능 · 언어 · 정서 · 행위 등의 심신기능면에 장애가 있는 상태를 총칭한다. 교육이나 복지의 관계에서는 지능장애(정신지체, 시각장애), 시각장애(맹 · 약시), 청각장애(농 · 난청), 언어장애, 지체부자유, 병약 · 신체허약, 정서장애와 이들 장애를 합병하고 있는 중복장애 등으로 분류하고 있다.[2] 심신미약에는 정신적인 쇼크 등에 의한 일시적인 신경쇠약과 알코올중독, 노쇠, 정신병 등 지속적인 심신미약이 있다.

---

1. [두산백과] 책임주의 [責任主義] (형법사전)
2. [네이버 지식백과] 심신장애 [mental and physical disability] (사회복지학사전, 2009.8.15, Blue Fish)

Ⅱ. 본론

1. 실제 법률과 실행 문제점

현재 우리나라의 법률에서는 법률 제12575호 9~29조에 형의 감면에 대해 정의하고 있다. 그중 제10조 (① 심신장애로 인하여 사물을 변별할 능력이 없거나 의사를 결정할 능력이 없는 자의 행위는 벌하지 아니한다. ② 심신장애로 인하여 전항의 능력이 미약한 자의 행위는 형을 감경한다. ③ 위험의 발생을 예견하고 자의로 심신장애를 야기한 자의 행위에는 전2항의 규정을 적용하지 아니한다.)에서 심신장애인에 대한 감형이 제시되어 있다.[3]

실제 상황에서 이 법률이 적용될 때, 심신미약을 판정하는 기준에 전문가의 의견 또한 포함한다. 하지만 그 밖에도 사건의 정황, 범인의 행동, 사건 전과 후의 범인의 성격 등을 종합하여 법원이 독자적으로 판단한다. 때문에 전문가가 범인의 경우 심신미약이 아니라고 하더라도 법원에서의 판단이 다를 수 있다.

심신장애인들의 경우 형 집행 중 치료감호소라는 수감자들의 치료를 목적으로 하는 기관으로 갈 수 있다. 하지만 이 치료 감호제도에도 문제점이 보인다.

2. 치료감호소 제도의 미흡

(1) 체계적 치료의 미흡

우리나라에서 범죄자가 심신미약 또는 심신상실 판정을 받을시 일반 교도소 대신 치료감호소에 수감한다. 치료감호소[4]란 범법 정신질환자 등을 격리 수용하

3. 국가법령정보센터 http://www.law.go.kr/main.html
4. [네이버 지식백과] 치료감호소 [Institute of Forensic Psychiatry Ministry of Justice, 治療監護所] (두산백과)

여 사회불안 요인을 제거하고, 효율적인 치료 및 사회적응훈련을 실시하여 정상인으로서 사회에 복귀시키고자 설립한 기관이다. 국내외 이러한 기관은 공주치료감호소가 유일하다.

치료감호법은 심신장애 상태나 마약류 · 알코올이나 그 밖의 약물중독 상태에서 범죄행위를 한 사람에게 특별 교육과 개선 그리고 치료가 필요한 사람을 수용해 재범을 방지하고 사회복귀를 촉진하고자하는 제도이다.[5]

하지만 우리나라는 다른 선진국들에 비해 관련 시설과 인력이 부족해 제대로 된 치료가 이루어지지 않고 있다. 우리나라의 유일한 치료감호소인 공주치료감호소의 수용인원이 한계를 넘어서고, 현재 인력과 예산부족으로 24개의 병동 중 17개 병동만 사용 중이다. 적정 수용인원은 850명이지만 2010년부터 2013년 동안 꾸준히 수용자가 증가해 이미 38% 이상의 수용자를 초과했다. 전체 수용자의 23%가 재입소 상태로, 치료감호 인력과 시설을 충분히 확보하지 못한 채 교육과 치료에 집중하지 못하고 수용자 관리에만 신경을 쓰다보니 재입소율 역시 높아질 수밖에 없는 것이다.

(2) 의료인력 부족

터무니없이 많은 수용자에도 불구하고 부족한 의료인력 또한 큰 문제가 되고 있다. 현재 의료법과 의료법 시행규칙에서 정한 병원의사 정원은 입원환자 20명당 의사 1명이다.[6] 공주치료감호소의 의사의 정원은 17명이나 현재를 10명만이 근무하고 있다. 즉 공주치료감호소 소속 의사들은 1인당 84명 정도의 환자를 담당하고 있는 것이다. 다른 지역의 국립정신병원정원과 비교를 해도 환자의 수가 훨씬 많은 편이다. 의사뿐만 아니라 간호사도 현재 9명이 부족한 82명만이 근무하는데, 다른 국립정신병원 간호사 담당환자 수와 비교해 보면 치료감호소의 담당 환자 수가 두 배 정도 많다.

---

5. 국가법령정보센터 (치료감호법 제1조)
http://www.law.go.kr/lsInfoP.do?lsiSeq=142347&efYd=20140731#0000
6. 국가법령정보센터 (의료법 시행규칙 제38조)
http://www.law.go.kr/lsInfoP.do?lsiSeq=158533&efYd=2014086#AJAX

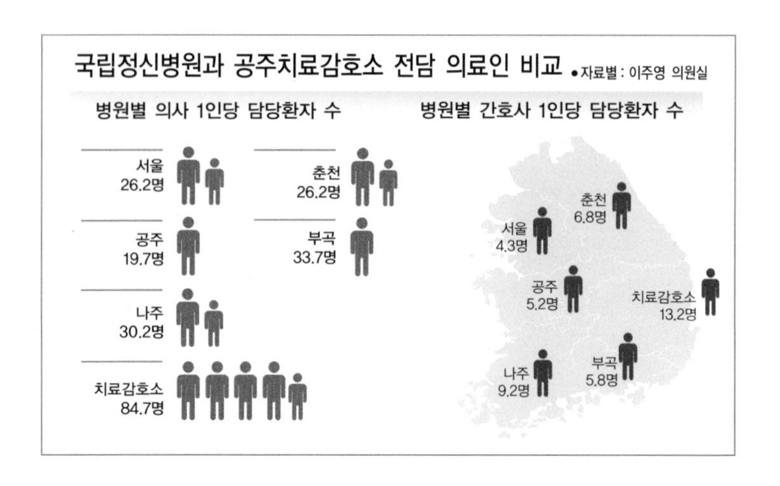

이는 외국 치료감호시설과 비교해도 극명한 차이를 보인다. 국가별 의사와 간호사의 1인당 담당환자 수와 비교해 보아도 의사는 많게는 1인당 70명 정도의 차이를 보이고 간호사의 경우도 12명 정도의 차이를 보이고 있다.

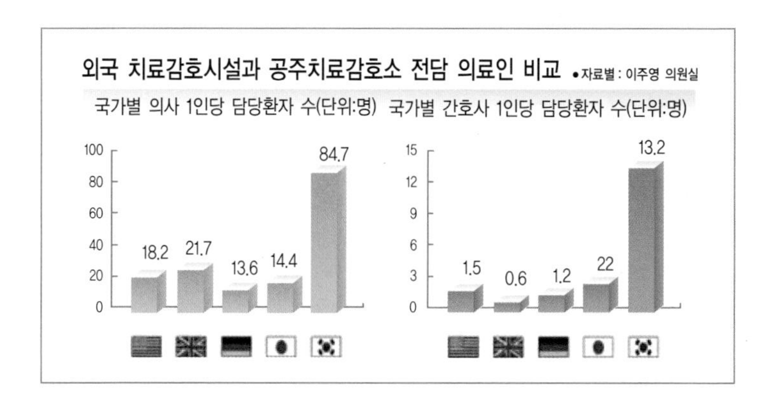

이처럼 부족한 인력으로 인해 환자들의 치료도 제대로 이루어지지 않고 있다.

(3) 의사와 간호사의 처우문제

현재 치료감호소의 의사와 간호사들이 부족한 이유 중 하나는 근무여건이 열악한 반면에 다른 일반정신병원에 비해 직급과 임금이 낮아 의사들이 치료감호소에서 일하기를 꺼려하는 것이다. 그 외에도 불편한 교통편과 가족과 함께 생활하기에 어려운 상황도 문제가 되고 있다. 또한 치료감호소의 정신과의사들은 수감자에 대한 치료와 교육 외에도 형사사법기관으로부터 많은 정신감정 업무를 요구받고 있다.

이들을 위해 임금체계개선, 거점도시별 치료감호소 설치, 치료감호가 절대적으로 필요한 수감자만 수용하는 등의 방안이 필요하다.

3. 심신장애인에 대한 해외의 방안

(1) 해외의 법[7]

① 독일

우리나라의 형법과 독일의 형법은 매우 유사한 이론을 가지고 있다. 하지만 실제 적용될 때는 실무적 관점과 규범 체계상 서로 다른 점이 있다.

독일이 책임무능력에 대해 보호관찰과 보안처분을 함께 보는 것에 비교해 봤을 때, 우리나라의 책임 능력 조항은 단순히 형벌의 감면을 위해서만 사용되는 경향이 있다.

현재 독일에서는 책임무능력과 관련하여 다음과 같은 기준을 따르고 있다. 우선 행위 도중에 발생한 책임무능력 상황은 인정하지 않는다. 대상이 되었던 사건은 자신의 아내를 고의로 폭행하던 도중 심리적 공황상태에서 아내를 살해한 사건이다. 판결에서 이 사건은 책임무능력으로 인정되지 않았다.

두 번째로 행위자 스스로 책임무능력에 해당되는 상황을 야기했을 경우는 인정하지 않는다. 해당 사건으로는 가정주부가 우발적으로 자신의 아이들을 독살한 사건이다. 이 경우 피고인 스스로 자신의 생활에서 기본적인 의무를 다하지

7. 심신장애 판정의 문제점과 개선방안 : 각국의 제도 및 현황을 비교하여 (신동일, 한국형사정책연구원)

못했기 때문에 이 행위에 영향을 준 심리상태가 되었다는 것이 이유이다.

세 번째는 행위자의 성격적인 결함에 의한 경우로서 이는 책임능력을 인정하고 있다. 오히려 성격상의 문제로 인한 경우에는 책임능력의 문제가 아니라 단순히 성격상의 근거로 고려하는 경우가 많다.

이러한 세 가지 경우로 보았을 때, 독일에선 정신이상자의 감형에 관한 기준을 구체적이고 명확하게 제시하였음을 알 수 있다.

판결의 경우 독일도 우리나라와 마찬가지로 법원이 독립적으로 결정하고 있다. 감정인은 증거를 조사할 때 법원이 요청에 대해 보조적으로 활동할 뿐이다. 다만 정신장애로 인해 책임 무능력으로 무죄를 선고받은 피고인을 법원의 명령으로 정신병원이나 치료시설에 구금할 수 있도록 하고 있다.

② 미국

미국은 비정상적인 상태를 기준으로 하여 범죄행위 당시 정상적인 이성이 갖추어져 있지 않다면 처벌의 대상이 아닌 치료의 대상으로 보았다. 판례에선 "정신이상자의 범법행위는 형법의 대상이 아닌 의학의 대상이다."라고 명시한다.

미국의 형법상 책임무능력 기준은 다섯 가지 근거에 의해 고려된다. 1) 정신병 등의 주관적인 판단능력의 결여로 인한 자신의 행동 조절 실패(완전한 의사능력 상실), 2) 자신의 행위에 대한 판단이 불가능한 상태에서 하는 행위, 3) 자신의 행위에 대해 이해할 수는 있으나 그 행위가 불법행위인지를 인지하지 못하는 경우, 4) 자신의 행위에 대해 이해하나 심리적 이유로 조절이 불가능한 경우, 5) 자신의 행위에 대해 이해하나 망상으로 인해 자신의 행위가 정당하다고 믿는 경우가 있다. 1)의 경우 미국에서는 형법적인 행위가 아닌 치료의 대상이 되며, 2)는 형법적인 행위로 보기는 하나 범죄 의사를 인정할 수 없는 경우, 3), 4), 5)는 형법적 행위이고, 범죄의사 또한 알 수 있지만 이성적인 능력의 결여로 인해 형법상의 책임을 인정하지 않는다.

③ 일본

현재 일본의 책임능력규정은 우리나라의 형법과 크게 다른 점을 보이지 않는다. 일본 형법 제39조 1항은 '심신상실자의 행위는 벌하지 아니한다.' 라고 규정되어 있으며, 2항에는 '심신모약자의 행위는 감경한다.'[8]로 규정한다. 일본에서는 명시적인 규정이 없이 자초한 책임무능력 또는 과실에 의한 책임무능력상태를 판례와 이론에 의존해서 처벌하고 있다. 최근 형법에서 농아자의 책임감경을 삭제한 것을 제외하면 우리나라의 형법과 매우 유사한 태도를 가지고 있다. 일본의 형법에서 우리나라와 다른 점은 책임능력규정이 간결하게 명시되어 다양한 방법으로 해석이 가능하도록 한 것이다. 이 때문에 법원의 해석은 자의적일 수 있지만, 지금까지의 판례가 바탕으로 작용한다.

(2) 해외의 치료감호소 운영 시스템

① 독일

독일의 보호감호에서는 정신병원수용처분을 받은 정신장애인에 대한 집행은 대부분 각 주의 수용법에서 지정한 주립정신병원에서 이루어진다. 주립정신병원의 부속시설로 피감호자특별수용병동을 설치해 독립된 치료감호소를 운영하고 있다.

② 미국

미국의 경우 책임무능력을 이유로 무죄 선고받은 정신장애인을 정신병원에 입원시키는 것과 같은 처분을 인정하고 있다. 정신장애인법을 규정하여 범법정신장애범죄자의 처분에 대한 각종 프로그램이 운영되는 주에는 캘리포니아와 플로리다가 있다.

8. 정신의 장애로 인해서 사물의 선악비리를 판별하는 능력이나 이 판별력에 따라서 행위하는 능력이 두드러지게 감퇴하고 있는 상태.
[네이버 지식백과] 심신모약 [diminished responsibility, 心神耗弱, verminderte Zurechnungsf?higkeit] (간호학대사전, 1996.3.1, 한국사전연구사)

■ 캘리포니아

캘리포니아 주는 재판 무능력자와 책임 무능력자를 구별한다. 책임 무능력자에게는 치료를 통해 지역사회에 복귀하는 '회복'에 중점을 두고 있다. 운영되는 대표적인 프로그램으로는 RMS Service(회복과 물 서비스)가 있다. 이는 거주치료 구획 내 환자의 치료에 주요 책임을 지는 일반의와 정신과 의사의 위탁을 통해 서비스를 받고 근무자에게 의료 서비스를 제공하는 간호 인력의 감독을 받는 프로그램이다.

■ 플로리다

재판 무능력자는 재판 능력을 회복할 때까지 병원 안에 구금, 능력 훈련 후, 법원으로 돌아가 공판절차를 진행하거나 다른 방식으로 처분을 받는다. 정신 이상으로 인해 무죄 판결을 받은 자는 지역사회 내의 삶에 적응할 수 있도록 각종 훈련을 받고, 조건부 가석방을 권고하기 전에 병원 내 전문가들이 수용자의 재범 위험성이 없게 한다. 무죄판결을 받으면 명령에 따라 회복이 완료될 때까지 병원수용이 가능하다. 북부 플로리다 감정과 치료 센터에서는 재판 무능력자 또는 정신 이상으로 인해 무죄인 자들을 수용하는 정신보건 시설로써 수용자는 정신보건 전문가, 정신과의사, 심리학자, 상담가, 간호사가 제공하는 통합 치료 서비스를 받는다. 이를 뒷받침하기 위해 음식 서비스 및 회계와 인적 자원 부서에서 직접적인 치료 제공자를 보조하도록 한다.

대다수 시설 수용자는 정신질환에 따른 투약을 받고 개별 치료와 집단 치료, 교육 프로그램 및 기본적인 의료 서비스를 제공 받으며 예술, 음악 및 레크리에이션 같은 보조 치료를 받는다.

③ 일본

일본의 의료관찰법에는 대상자의 지속적인 통원치료의 확보를 위한 방안으로써 대상자가 지역사회에서 필요한 의료처우를 받을 수 있도록 지도하는 정신보건관찰제도를 도입했다. 이는 계속적인 의료를 확보하기 위해, 면접, 관계기관으로부터의 보고 등을 통해 필요한 지도를 행하는 것이다. 중심적인 역할은 보호관찰소에 맡기고, 보호관찰소는 다양한 기관과 연계하여 대상자의 사회복귀를 위해 노력하고 있다. 일본의 정신보건관찰제도의 특징은 사회복귀조정관제도와 다직종 팀제도에 의한 적극적인 사회복귀지원과 지속적인 의료처우를 실시한다는 것이다.[9]

9. 이상희(2011), 현행 치료감호제도에 관한 연구, 성신여자대학교 석사학위 논문.

Ⅲ. 결론

1. 개선방향

본론에서 보았듯이, 현재 우리나라와 독일, 미국, 일본에서는 심신장애인에 대한 규정, 그들에 대한 법적 처리, 범죄 후의 치료 시스템에서 많은 차이를 보이고 있다. 이러한 차이가 꼭 나쁜 것이라고는 할 수 없겠지만 완벽한 것 또한 아니다.

서론에서 밝힌 것과 같이 우리나라의 경우 법정에서 심신장애인에 대한 판단이 전적으로 판사에게 맡겨져 있으며, 판단 기준 또한 자세하지 못하여 많은 혼란을 빚고 있다. 이런 면에서 보았을 때 독일, 미국과 같은 상황에 따른 자세한 판단기준과 판결 이후 행위자의 치료 시스템 개선 등이 필요하다.

판결 후 치료감호소에서의 성공적인 치료를 위해서는 인력과 예산을 우선 투입하여 과밀 병실을 치료효과가 높은 소규모 병실로 개선하고, 정신장애인을 위한 효과적인 교육·치료 프로그램 진행을 더불어, 치료를 담당할 의료진을 확보하고 그들의 직급과 보수 등의 처우개선 또한 필요하다.

2. 의견

위의 개선방향에서 설명했다시피, 현재 우리나라의 법은 아직 개선되어야 할 부분이 많다. 심신장애인의 경우에는 이들에 대한 판단 기준마저 모호한 상태이며, 치료를 받을 여건조차 마땅하지 않다. 현재 심신장애인들의 강력범죄는 해마다 증가하고 있는 추세이며, 이들의 재범률 또한 2012년 기준으로 65.8%나 된다. 이런 상황에서는 법원의 판단 오류로 인해 억울한 자가 생기지 않도록 판단 기준을 명확히 할 수 있어야 하며, 형의 집행이 끝난 이후에도 지속적으로 이들의 치료 상황을 관리할 수 있어야 한다. 심신장애인으로 판단된 이들이 제대로 된 치료를 받기만 해도 이들의 재범률이 내려갈 것이며 조금 더 나아가 범죄를 일으킨 사람들뿐만 아니라 치료가 필요한 누구든지 쉽게 치료를 받을 수 있게 한다면 정신이상이 바탕이 된 범죄는 줄어들 것이다.

| 참고 문헌 |

- 신동일(2004), 심신장애 판정의 문제점과 개선방안, 형사정책연구 2004권 30호.
- 장규원, 박준영, 윤형석(2010), 각국의 치료감호제도에 관한 연구, 행정안전부.
- 이상희(2011), 현행 치료감호제도에 관한 연구, 성신여자대학교 석사학위 논문.
- 마이클 가자니가(2012), 뇌로부터의 자유, 추수밭.

| 참고 사이트 |

- 인터넷 지식백과 (네이버, 두산

- 국가법령정보센터
http://www.law.go.kr/main.html

- 내일신문 [재소자에게 치료받을 권리를]
http://www.naeil.com/news_view/?id_art=107456

- 애플 광고
http://blog.naver.com/PostView.nhn?blogId=cbrnom&logNo=10074763378

글쓰기 전

사람들은 심신미약자가 연관되어 있는 범죄나 이야기를 접했을 때 대부분 이들이 현재 어떤 병을 앓고 있는지, 또는 이들의 행위에 대한 처벌은 어떻게 되는지에만 신경을 쓴다. 이는 나 또한 마찬가지였다. 나는 지금까지 심신미약자의 기준이 무엇인지 또는 이들이 병을 앓으면서 어떤 증상을 보이는지, 왜 감형이 되는지에 관해서는 잘 알지 못한 채 그저 사건에 대해 비난하기에 바빴다. 이들에 관한 문제를 좀 더 생각해 보니 알지 못하는 것이 참 많았다. 얼마 전 한국 심리학회 홈페이지에서 법률 심리학이라는 이름으로 법과 관련된 심리학이 있다는 것을 알았을 때 제일 처음으로 떠오른 것이 심신미약자에 관한 처벌문제였다. 이 글을 쓰면서 이전의 좁은 사고방식에서 벗어나 조금 더 멀리, 넓게 생각하는 계기가 되었으면 한다.

글쓰기 후

한 법에 대해 이렇게 많은 조사를 해본 것은 처음이다. 그럼에도 불구하고 우리가 조사한 자료가 정확한지도 모르겠고, 우리의 의견이 단순히 감정에 치우친 것은 아닐까 걱정도 된다. 하지만 이 글을 쓰면서 생각하는 힘도 기를 수 있었고, 한 사건을 다른 시각에서 바라 볼 수 있었다. 작년에 쓴 글에 비하면, 조금 더 성장한 자신을 볼 수 있어서 좋은 경험이었다.

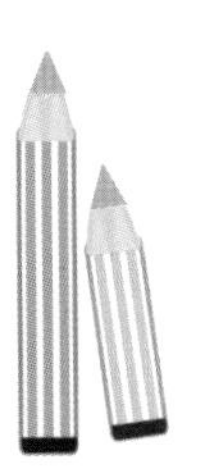

아동학대의 유형과 대처 방안

3

김가현
&
김선희

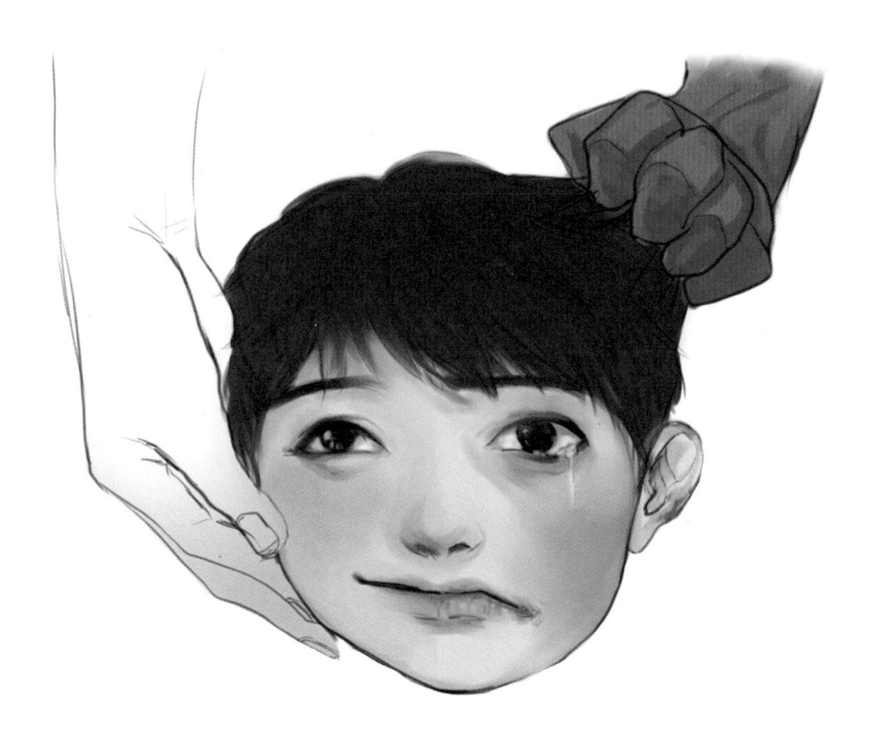

에피소드

가현 : 너 어제 뉴스에 나온 그 사건 봤니?

선희 : 어 나도 어제 봤어. 어떻게 아이를 그렇게……. 너무 충격적이더라.

가현 : 그치? 나도 어제 뉴스를 보고나서 충격 받았어.

선희 : 요즘 들어 아동 학대 사건이 많이 일어나더라.

가현 : 나도 그렇게 생각해. 이런 사건이 발생했을 때 어떻게 해야 하는지 궁금하지 않니?

선희 : 나도 그게 궁금해. 같이 조사해 보자.

생각해 볼 문제

1. 우리나라 아동학대 방지 제도의 허점은 무엇일까?
2. 외국의 아동학대 방지 제도는 우리나라와 어떻게 다른가?

아동학대의 유형과 대처 방안

김선희 & 김가현

★ 김선희는 인내심이 많고 친구들과의 관계가 좋으며 예절을 중시한다. 어린 아이들과 함께 놀아주는 것을 좋아하고 잘 돌보며 어린이집 교사인 어머니의 직장에 놀러가기도 하였다. 그러면서 자연스럽게 어머니와 같은 일을 하고 싶다는 생각이 들었고 중학교 3학년 때부터 유치원 선생님을 하고 싶다는 생각이 들었다. 그래서 고등학교에 들어와 직업체험으로 어린이집을 가보고 1, 2학년 모두 유아에 관한 글을 쓰면서 더욱 관심을 가지게 되었다.

☆ 김가현은 성실하고 준법정신이 투철하며 책임감이 강하고 친구관계가 원만하다. 법과 사회 분야에 관심이 많고 토론하는 것을 좋아하며 시간이 날 때마다 부모님과 뉴스를 보며 이야기 하는 것을 좋아한다. 원래는 법학과를 가고자 했으나, 2학년 때 대구가톨릭대학교 경찰행정학과로 직업전공체험을 다녀 온 후에 진짜 배우고 싶은 과목이 경찰행정학과에 다 있다는 것을 알게 되어 진학 목표를 바꾸게 되었다. 작년에 이어 올해는 아동학대에 관한 글을 썼다.

차례

Ⅰ. 아동학대의 개념과 원인

아동학대는 현대 사회에서 갑자기 생겨난 문제가 아니다. 옛날부터 아이는 부모의 소유물이라는 왜곡된 양육관과 아동학대를 단순한 훈육으로 보는 사회 풍토로 인해 아동학대 문제는 계속 방치되어왔다. 하지만 아동학대로 인해 발생하는 개인적, 사회적 문제는 매우 크다. 그러므로 우리는 아이를 하나의 인격체로 대하는 의식을 가지고 아동학대를 줄이기 위해 노력해야 한다. 그러기 위해 먼저 아동학대의 개념과 원인, 유형을 알아보도록 하자.

1. 아동학대의 개념

아동학대의 개념은 다음과 같다.

아동복지법 제 3조 제 7호에 따르면 아동학대(child abuse)란 보호자를 포함한 성인이 아동의 건강 또는 복지를 해치거나 정상적 발달을 저해할 수 있는 신체적 · 정신적 · 성적 폭력이나 가혹행위를 하는 것과 아동의 보호자가 아동을 유기하거나 방임하는 것을 말한다. 이는 적극적인 가해행위뿐만 아니라 소극적 의미의 방임행위까지 아동학대의 정의에 명확히 포함하고 있다.[1]

2. 아동학대의 원인

아동학대의 원인으로는 크게 부모요인, 아동요인, 가정적 · 사회적 요인의 3가지로 나눌 수 있다.

---

1. 중앙아동보호전문기관–아동학대의 개념

첫 번째, 부모요인은 부모의 미성숙, 아동양육에 대한 지식부족, 자녀에 대한 지나친 기대, 잦은 가정의 위기, 사회적 고립, 어릴 적 학대 받은 경험, 알코올 중독 혹은 약물 중독, 부모의 그릇된 아동관 및 양육관 등이 주요 요인으로 파악되고 있다.

두 번째, 아동요인은 신체적 · 정신적 · 기질적으로 특이하거나 장애를 가진 아동, 문제행동을 보이는 아동 등이 주요요인으로 파악되고 있다. 아동요인은 학대의 유발요인인지, 학대로 인한 결과인지는 확실하지 않지만 위와 같은 특성을 보이는 아동들은 부모나 양육자의 신체적, 심리적 부담감을 가중시키고 부모들이 쉽게 지치게 된다고 한다. 또한 부모와의 애착형성이 어려운 경우가 많아 신체적, 심리적으로 지친 상태에서 아동에게 지속적인 관심과 애정을 주는 것이 어려울 뿐만 아니라 장애아나 기형아에 대한 사회적 편견은 부모에게 큰 스트레스로 작용하여 아동을 학대할 가능성이 높아지게 된다.

세 번째, 가정적 · 사회적 요인으로는 가족관계의 문제, 미성년가족, 한부모가족, 이혼가족 등 가족구조의 문제, 아동을 존중하지 않는 문화, 자녀에 대한 소유 의식 등 가족관계 및 구조의 문제와 사회전반의 분위기 등이 영향을 미치며, 이 요인은 복합적으로 상호 작용하여 발생하게 된다.[2]

3. 아동학대의 유형

아동학대의 유형은 크게 신체학대, 정서학대, 성학대, 방임으로 구분할 수 있다.

첫 번째, 신체학대는 보호자를 포함한 성인이 아동에게 우발적인 사고가 아닌 상황에서 신체적 손상을 입히거나 또는 신체손상을 입도록 허용한 모든 행위를 말하며, 특히 생후 36개월 이하의 영아에게 가해진 체벌은 어떠한 상황에서도 심각한 신체학대로 볼 수 있다.

---

2. 중앙아동보호전문기관-아동학대의 요인

구체적인 신체학대 행위로는 멍, 화상, 열상, 골절, 기능 손상의 원인이 되는 행위로 물건을 던지는 행위, 뺨을 때리는 행위 등이 있다.

두 번째, 정서학대는 보호자를 포함한 성인이 아동에게 행하는 언어적 모욕, 정서적 위협, 감금이나 억제, 기타 가학적인 행위를 말하며 언어적, 정신적, 심리적 학대라고도 한다. 정서학대는 눈에 두드러지게 보이는 것도 아니고 당장 그 결과가 심각하게 나타나지 않기 때문에 그냥 지나칠 수도 있다는 점에서 더욱 유의하여야 한다. 구체적인 정서학대 행위로는 경멸적인 언어폭력, 주변과 비교 · 차별 · 편애하는 행위, 아동이 가정폭력을 목격하도록 하는 행위 등이 있다.

세 번째, 성학대는 보호자를 포함한 성인이 자신의 성적 충족을 목적으로 18세 미만의 아동과 함께 하는 모든 성적 행위를 말한다. 가족 내 성학대는 가족 및 친인척 사이에서 발생하는 형태를 말하며, 가족외부의 성학대는 아동과 안면이 있는 사람 혹은 낯선 사람에게서 발생되는 형태를 말한다. 일반적으로 강간은 두려움이나 강압적인 힘으로 성적행위를 하는 것을 의미하나 놀이를 통해 착각하게 하거나 아동을 사랑하는 사람들로부터 심리적으로 고립되도록 조정하고, 성인의 권위로 강요하며, 움직일 수 없도록 물리적인 억압을 하며, 위협이나 공포를 조성하는 등 다른 방법도 사용한다. 구체적인 성학대 행위로는 포르노비디오를 아동에게 보여주거나 포르노물을 판매하는 행위 등으로 아동이 부적절하게 성에 노출되는 것, 성기삽입, 성적 접촉, 강간 등과 같은 접촉행위 등이 있다.

네 번째, 방임은 아동의 보호자가 아동을 유기하거나 방임하는 것을 뜻한다. 물리적 방임으로는 기본적인 의식주를 제공하지 않는 행위, 상해와 위험으로부터 아동을 보호하지 않는 행위, 불결한 환경이나 위험한 상태에 아동을 방치하는 행위, 보호자가 아동을 두고 사라진 경우 등이 있다. 교육적 방임은 보호자가 학교(의무교육)에 보내지 않거나 특별한 교육적 욕구를 소홀히 하는 행위 등이 있다. 의료적 방임에는 아동에게 필요한 의료적 처치를 하지 않는 행위, 장애 아동에 대한 치료적 개입을 거부하는 경우 등이 있다.[3]

3. 중앙아동보호전문기관–아동학대의 유형

또한 위의 학대행위가 복합적으로 행해지는 경우도 있는데 그것을 복합적 아동학대라고 한다.

4. 아동학대의 현황

첫 번째로, 신고 현황에 대해 살펴보도록 하자.

기간	신고접수 건수					
	계	아동학대 의심사례			일반 상담	중복 신고
		응급아동학대 의심사례	아동학대 의심사례	계		
2010	9,199	893	6,513	7,406	1,704	89
2011	10,146	958	7,367	8,325	1,737	84
2012	10,943	1,368	7,611	8,979	1,930	34
2013	13,076	1,686	9,171	10,857	2,176	43

〈표〉 아동보호 전문기관-아동학대 통계-신고접수 현황

위의 표는 아동학대의 신고접수 현황을 나타낸 것이다. 표에 의하면 아동학대 의심사례 신고 건수가 매년 증가하고 있다.

신고자의 유형도 알아볼 수 있다. 신고자는 신고의무자와 비신고의무자로 구분된다. 신고의무자로는 교사, 의료인, 아동복지시설 종사자 등이 해당되며, 비신고의무자에는 가족, 친척, 이웃, 사회복지 관련 종사자, 경찰 등이 해당된다. 2013년 기준으로, 66%가 비신고의무자, 34%가 신고의무자이다. 신고의무자의 신고 비율이 그렇게 높지 않은 것을 알 수 있다. 더 큰 문제는 이들이 자신이 신고의무자인지 잘 모른다는 것이다. 신고의무자들의 신속한 신고와 피해아동에게 도움을 주려는 등의 노력이 필요하다. 하지만 가장 중요한 것은 신고의무자든 비신고의무자든 아동학대를 민감하게 눈치 채는 것이다.

두 번째로, 피해아동의 현황에 대해 살펴보자.

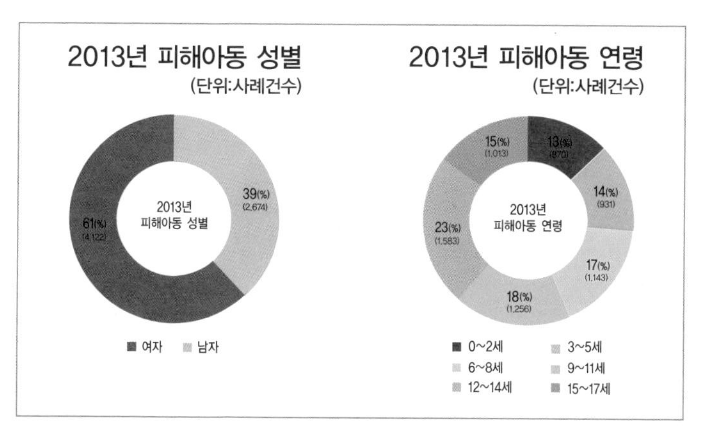

〈그림 1〉 아동보호 전문기관– 아동학대 통계–피해아동 현황

위의 그래프를 살펴보면 피해아동 10명 중 6명은 여자아이, 4명은 남자아이이고, 피해아동의 연령대는 0~2세 영아부터 15~17세 청소년까지 다양하며 그 분포가 고르다는 것을 알 수 있다. 아동학대 사례유형에서는 복합적 아동학대가 43%로 가장 많고, 그 다음이 방임(26%), 정서적 학대(16%), 신체적 학대(11%), 성학대(4%) 순서이다. 〈그림2〉의 오른쪽 그래프를 보면 매년 모든 유형의 학대 사례의 수는 증가하고 있다는 것을 알 수 있다.

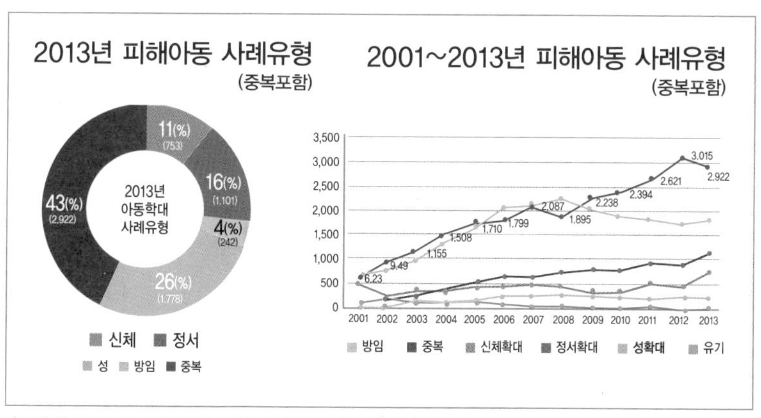

〈그림 2〉 아동보호 전문기관– 아동학대 통계–학대유형 현황

세 번째, 학대행위자의 피해아동과의 관계와 그들의 특성을 살펴보자.

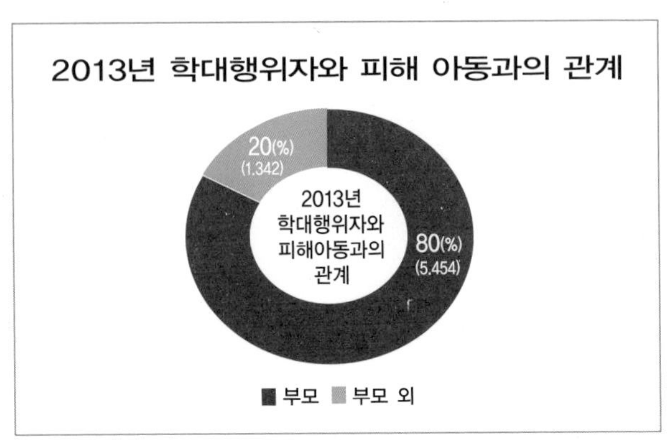

〈그림 3〉 학대행위자와 피해아동과의 관계

다음 그래프를 보면 학대행위자가 부모인 경우가 80% 정도이고 부모 외의 사람인 경우가 20% 정도라는 것을 알 수 있다. 학대행위자가 부모인 경우, 계부나 계모가 가장 많은 사례를 차지할 것이라는 나의 예상과는 달리 약 5,500건의 사례 중 친부가 학대행위자인 사례가 2,500건을 훨씬 웃돌며, 친모가 2,500건에 조금 못 미치는 정도였다. 이를 통해 친부모의 학대행위가 심각하다는 것을 알 수 있다. 부모 외의 사람이 학대행위자인 경우 약 1,400건의 사례 중 아동복지 시설 종사자가 학대행위자인 경우가 약 350건 정도이고, 보육교직원이 약 200건이다. 아동을 보호해야 할 사람들이 오히려 학대행위자라는 것이다.

학대행위자의 특성으로는 부적절한 양육태도 혹은 양육지식 및 기술의 부족(33%), 사회 · 경제적 어려움(13%), 스트레스와 부부 및 가족 갈등(10%), 알코올 및 약물 남용(5%), 어릴 적 학대 경험(2%) 등이 있다. 이를 통해 아직도 아동학대에 대한 인식이 부족하다는 것을 알 수 있다. 또한 보건복지부 '2010년도 전국 아동학대 현황보고서' 에 따르면 학대행위자의 성별은 남성이 3.297건으로 59.1%, 여성이 2.210건 인 39.6%로 남성이 여성보다 약 1.5배 정도 많이 나타났으며, 학대행위자 연령을 살펴보면 만 40~49세가 2.066건 인 31.7%로 가장 많았고, 그 다음으로 만 30~39세가 1.769건 인 31.7%로 높았다. 이러한 분석결과도 보면 아동학대행위자는 주로 초등학생 자녀를 둔 20~40대의 남성이라고 볼 수 있다.

Ⅱ. 아동학대 사례와 대처방안의 비교

앞서 아동학대의 개념과 원인, 유형을 살펴보았다. 이제부터는 아동학대 발생 후의 상황에서 우리가 어떻게 해야 하는지, 아동학대의 대처방안에서 우리가 고쳐나가야 할 부분은 무엇인지를 파악하기 위해 국내와 외국의 아동학대 사례를 수집한 후 대처방안을 비교 · 분석하여 각각의 장점과 단점을 알아보려고 한다.

1. 우리나라의 경우

(1) 사례

먼저 한국의 사례를 알아보자.

소원이는 2012년 5월 계모와 아빠의 동거로 계모와 자매가 같이 살게 되었고, 그 해 9월 담임선생님이 자매에게서 상처를 발견하였다. 그래서 담임선생님이 보건복지부와 지구대에도 신고를 했지만 지속적인 학대가 계속 되었을 것이고 사건이 발생한 2013년 8월 계모는 또다시 소원이에게 폭행을 하였고 소원이의 복강 내 장기를 감싸고 있던 막이 터져 음식물과 장기가 뒤섞여 외상성 복막염이라는 염증이 생겼고 균이 몸에 퍼져 사망했다. 여기에 이르기까지 많은 학대를 받은 소원이의 몸에 난 상처들은 상상도 할 수 없던 걸로 예상한다. 어느 정도의 학대인지 설명하자면 소원이의 턱이 찢어지고, 눈에는 핏줄이 터져 빨갛고, 등에는 화상 자국, 온몸에는 멍이 없는 곳이 없을 정도로 아이의 몸을 구타하고 학대했을 것으로 생각한다.

그런데 계모의 폭행이 소원이뿐만 아니라 언니인 소리(가명)에게도 가해졌다는 것이다. 근데 왜 소원이만 사망을 하게 되었는가 조사를 해보니 처음에 계모의 폭행은 소리(가명)였으나 소리(가명)가 계모의 폭행과 구타를 참지 못하고 가까운 경찰서에 찾아가서 한바탕 큰 난리가 난 적이 있다고 했다. 이 일을 계기로 계모의 폭행이 언니인 소리(가명)가 아니라 동생인 소원이로 대상을 바꿨을 것이라고 한다.

두 번째 사례는 울산 계모 사건이 있었다. 이 사건은 남편이 데려온 의붓딸인 8살 서현이가 계모의 폭행에 의해 갈비뼈가 16개나 골절되고 골절된 갈비뼈가 폐를 찔러 결국 아이를 사망까지 이르게 한 사건이다. 그리고 친부의 동거녀가 서현이를 키우게 되면서 매일 구타와 폭행을 일삼았고 서현이가 소풍가기 전날 이웃집 아주머니께서 잘 갔다 오라고 준 용돈을 썼다는 이유로 소풍가는 당일날 소풍을 못 가게 했고 서현이가 가겠다고 투정부리자 또 다시 폭행을 하면서 갈비뼈를 16개나 골절시키고 사망까지 이르게 한 것이다.

첫 번째 사례의 아동학대 사건은 계모가 8살인 소원이를 발로 20여 차례 짓밟아 이틀 뒤 복막염으로 사망하였는데 상해치사죄로 3년형을 받았고 검찰 구형으로 징역 20년을 받았으나 1심 판결로 징역 10년을 받았다. 두 번째 사례의 아동학대 사건은 55분간 폭행 늑골 16개 골절로 인한 폐 파열로 사망한 사건은 살인죄로 적용되어 검찰구형에서는 살인죄를 구형받았지만 1심 판결에서 살인죄가 아닌 상해치사죄로 다시 적용되어서 15년 형을 받았다.

(2) 사회 · 제도적 대처방안

우리나라는 2000년 아동복지법의 개정으로 전국에 아동학대 예방센터가 설립되고 신고 전화 '1391'이 신설되었다. 지금은 1577-1391에서 범죄 신고전화인 112로 통합되었다. 이 번호로 아동학대 신고를 하게 되면 응급 아동학대 의심사례, 아동학대 의심사례, 일반상담으로 나뉘고 응급 아동학대 의심사례와 아동학대 의심사례는 현장조사 및 사례판정을 거쳐 잠재위험, 아동학대 일반 사례로 나누어진다. 만약 아동학대 사례로 분류되게 된다면 긴급격리가 필요한지 아닌지 판단하고 최소 3일 동안 격리를 시키고 또 다시 같은 폭행 구타가 행해지면 다른 조치를 결정한다. 조치방법은 고소고발, 격리보호, 원 가정 보호 타 기관 의뢰가 있다. 그중 고소고발은 형사, 아동학대, 가정보호사건이 있고, 격리보호는 가정위탁, 친족(친인척)보호, 시설보호 등이 있고, 격리보호가 계속 필요하다고 생각된다면 장기격리보호에 대해 평가받고 종결이 나고 더 이상 격리보호가 필요하지 않다고 생각이 든다면, 원 가정 보호로 보내지게 된다. 그리고 사후관리가 계속된다.[4]

법적 보호로는 형법 제2편 제24장 살인죄 중 제250조부터 제255조에 해당된다. 위 형법들의 내용을 살펴보자면 제250조는 사람을 살인하면 사형, 무기 또는 5년 이상의 징역에 처하고, 직계존속을 살인한 경우에는 사형, 무기 또는 7년 이상의 징역에 처한다고 기재되어 있고, 제251조는 영아살해에 관한 법인데 직계존속이 치욕을 은폐하기 위하거나 양육할 수 없음을 예상하거나 특히 참작할 만한 동기로 인하여 분만 중 또는 분만직후의 영아를 살해한 경우에는 10년 이하의 징역에 처한다.[5] 그러나 아동복지법에는 형사처벌만이 규정되어 있고, 학대행위자에 대한 교육, 상담 또는 치료에 대한 참여를 강제하는 등 보호처분 조항이 마련되어 있지 못하여 학대행위자에 대한 적절한 사례개입을 통해 학대의 자발을 막고 격리 보호된 아동을 가정 복귀시키는 데 장애가 되고 있다. 하지만 실제로, 심각한 학대인 경우 학대행위자를 고소·고발하는 등의 사례도 있으나, 법정에서 무혐의로 판결 받는 경우가 많으며, 그로 인한 부정적인 영향도 크다고 한다.[6]

2. 외국의 경우

(1) 사례

앞서 국내의 아동학대 사례와 사회 · 제도적 대처방안을 살펴보았다. 비교를 위해 외국의 사례와 사회 · 제도적 대처방안을 살펴보자.

---

4. 중앙 아동 보호 전문기관
5. 로앤비
6. 아동학대의 실태와 개선방안에 관한 연구(박상주, 2004)

먼저 유럽 및 미국의 사례를 살펴보자면 다음 내용과 같다. 2007년 발생한 카롤리나 사건은 계부가 3세 의붓딸 카롤리나를 구타해 뇌손상을 입혀 사망에 이르게 한 사건이다. 독일 법원은 살인죄를 인정하여 계부에게 무기징역을 선고하였다.

릴리 퍼노 사건은 계모가 친부가 집을 비운 사이 2살 여자아이인 릴리의 생식기에 물건을 집어넣고 찢거나 아이를 바닥에 던져 숨지게 한 사건으로 미국 법원에서 살인죄로 인정하여 계모에게 무기징역을 선고하였다.

다니엘 펠카 사건은 4세 아동인 다니엘이 약물 중독자인 생모와 그녀의 동거남으로부터 장기간 학대를 받아 사망한 사건으로 가둬놓은 상태에서 음식도 주지 않고 지속적인 체벌을 가하고 물에 질식시키는 등의 가혹한 학대를 한 것으로 밝혀졌다. 다니엘의 학대 사실을 주변 사람들이 알아차렸지만 경찰과 학교, 복지 당국에서 적절한 보호 조처를 취하지 않았다고 한다. 생모와 동거남은 버밍엄 형사법원에서 종신형을 선고받았다.

엘리 존슨 사건은 계부가 3세 의붓딸을 상습적으로 폭행하다가 아이를 바닥에 집어던져 사망에 이르게 한 사건이고, 같은 해 발생한 에드나 헌트 사건은 계부가 3세 의붓딸을 담뱃불로 지지고 치아를 강제로 뽑는 등의 학대를 하고 아이가 요로염이 생기자 방치하여 숨지게 한 사건이다. 두 사건 모두 계부의 살인죄가 인정되어 무기징역을 선고받았다.

이처럼 유럽 및 미국의 경우 아동학대로 아동이 사망한 경우 살인죄를 적용하여 무기징역을 선고하는 등 아동학대에 대한 처벌 수준이 높은 편이다. 또한 신체적인 학대뿐만 아니라 정서적 학대에서의 처벌도 신체적 학대 못지않게 엄격하게 처벌한다.

다음은 아동복지가 발달되지 않은 나라의 사례를 살펴보고자 한다. 동남아시아, 중앙아시아, 남아시아, 남미, 아프리카 등을 중심으로 아동노동이 빈번하게 일어나고 있다. 국제노동기구가 지난해 내놓은 '세계 아동노동 예측과 트렌드 2000~2012' 보고서에 따르면 일하는 5~17세 아이들의 수는 전 세계 1억6800만 명에 달하고 그중 절반 정도인 8500만 명의 어린이는 건강과 안전을 위협받는 위험한 일에 종사하고 있다고 한다.

게다가 아이들의 노동환경은 열악하기 그지없다. 아르헨티나 부에노스아이레스에 사는 다섯 살 키이라는 지하철역에서 살며 아침이 되면 지하철에서 싸구려 액세서리를 판다. 키이라 뿐만 아니라 많은 아이들이 이런 생활을 하고 있으며 학교는커녕 하루의 할당량을 채우는 것도 힘들다고 한다.

니제르의 열두 살 소년 누후는 갱단에 속해 있다. 그 갱단에는 누후와 같은 아이들이 20~30명 정도가 활동하고 있다. 누후는 니아메의 그랜드 마켓에서 짐을 옮겨주는 일을 하는데 일이 없을 경우는 구걸하기도 한다. 배가 고픈데 수입이 없어 밥을 먹을 수 없으면 본드를 마시기도 한다.

이처럼 아동노동은 아이들의 정상적인 생활을 불가능하게 한다. 비단 아동학대뿐만 아니라 아동 성매매도 다분하게 발생한다. 이 경우, 아동학대에 대한 인식이 부족하며 제대로 된 보육시설조차 없기 때문에 사실상 아동학대의 문제가 쉽게 사라지기 힘들다고 볼 수 있다.

(2) 사회, 제도적 대처방안

미국 펜실베니아 주정부에서는 아동의 건전한 육성을 도모하기 위하여 공동복지부산하에 아동, 청소년, 가족 복지를 위한 주사무소와 아동학대 신고 및 학대사례 등록실을 설치하여 운영하고 있다. 펜실베니아 주사무소 산하에는 4개의 지역사무소가 있고, 이 지역사무소들이 67개의 카운티에 있는 아동, 청소년, 가족복지사무소들을 지도 감독하고 있다.

영국에서는 '아동보호도움의 전화'를 24시간 무료운영하고 있다. 학대가 의심되는 경우 누구든 해당 지방정부의 사회서비스국, 경찰 또는 전국 아동학대예방협회에 신고 또는 도움을 요청하고 아동보호위원회의 사례회의를 거친다. 주요 기록은 아동보호등록에 등재하여 항상 피학대아동에 대한 정보 파악이 가능하며, 원가정 보호를 원칙으로 하므로 위탁가정이나 시설로 옮겨진 아동의 70%는 6개월 안에 집으로 돌아간다.

대만에서는 피학대아동의 분리보호, 학대부모의 친권중지와 감호인 선정, 아동학대 신고 의무화, 가해자 가중처벌 및 신고미필자 처벌, 교육명령 불이행자에 대한 처벌 규정을 두고 있다. 법적 신고 의무자는 의사, 교사, 사회사업가, 임상심리전문가, 간호사, 보육관계자, 경찰, 검찰뿐만 아니라 아동학대 사실을 인지한 모든 사람으로, 학대사실을 발견한 경우 24시간 이내 신고해야 한다.

호주에서는 전국아동학대방임예방협회가 있어서 아동의 자아존중과 안전을 유지하기 위해 주로 예방적 프로그램을 시행한다. 전국 아동보호주간을 제정, 매스미디어 캠페인을 전개하며, 특정 전문 집단이 아동학대 발견시 보건지역사회 서비스 당국에 신고 의무화되어 있다.[7]

학대 행위자에 대한 처벌은 다음과 같다고 한다.

미국 미시건 주에서는 고의적이고 심각한 신체적 또는 정신적 상해를 입힌 경우에는 15년 이하의 징역에 처하도록 되어 있고, 방임이나 심각한 신체적 또는 정신적 상해를 입힌 경우에는 4년 이하의 징역을, 고의적인 신체학대 행위에 대해서는 2년 이하의 징역, 방임이나 신체학대 행위에 대해서는 1년 이하의 징역에 처하도록 되어 있다. 또한 아동을 성적으로 학대하는 활동에 종사하는 자, 아동을 성적으로 학대하는 활동이나 아동 성학대 상품을 제작하는 등을 행한 자에 대해서는 20년 이하의 징역 또는 2만 달러 이하의 벌금 또는 징역 및 벌금 모두에 처하도록 규정되어 있다.

영국에서는 관습법에 위배되는 폭행은 3개월 또는 5천 파운드의 벌금형에 처하도록 되어 있고, 신체부위에 손상을 가한 폭행은 최고 5년의 구금형, 중대한 신체적 상태는 최고 5년의 구금형, 고의적인 중대한 신체적 상해는 최고 종신형에 처하도록 규정되어 있다.

대만의 학대행위자에 대한 처벌규정의 특징은 구금형을 배제하고, 벌금형만 규정하고 있다는 것이다. 벌금형과 아울러 학대자의 명단을 신문에 공고하고 상업적 학대자의 영업정지 처분규정을 두고 있다. 그리고 아동을 이용한 범죄는 피해아동에 대해 별도의 처벌규정이 없는 한 그 형을 1/2까지 가중처벌을 하도

7. 외국의 사례비교를 통한 아동학대의 실태와 개선방안에 관한 연구(고재윤, 2007)

록 되어 있다.

호주에서는 아동과 청소년 법에서는 신체학대, 정서학대, 성학대 및 방임 등의 학대행위를 하는 경우, 최대 200 벌점에 처하도록 규정하고 있다. 또한 아동학대 행위자는 2년 이상의 징역형을 받게 되며, 아동학대 행위자에 대한 교정교육은 주정부 소관으로 되어 있다. 하지만 법적인 강제수강명령은 별도로 규정되어 있지는 않다.[8]

8. 고재윤(2007), 외국의 사례비교를 통한 아동학대의 실태와 개선방안에 관한 연구

Ⅲ. 결론

국내의 사례와 사회 · 제도적 대처방안, 해외의 사례와 사회 · 제도적 대처방안을 비교하며 아동학대를 줄이기 위해 세계 각 국에서 많은 노력을 해왔다는 것을 알 수 있었다.

지금부터는 현재 우리나라의 대처방안에서 부족한 점을 지적하고 보완해나가고자 한다.

우리나라는 아동학대가 발생했을 때 조치방안으로서 고소 · 고발, 격리보호, 원 가정 보호 타 기관 의뢰를 취한다. 하지만 칠곡 계모 사건에서 그 허점을 알 수 있었다. 위원회 김희경 사무국장(세이브더칠드런 권리옹호부장)은 "당시 학대의 재발 가능성을 측정하는 지표에 결함이 있었고, 기관에서 학대의 심각성을 충분히 검토하지 못했으며, 상급자의 체계적인 슈퍼비전이 미흡했다며 여기에는 학대행위자가 기관의 개입을 거부할 때 이를 강제할 수 없는 제도적 한계도 끼쳤다."라고 지적했다. 게다가 신고의무자의 신고율도 높다고 볼 수 없으며, 학대행위자는 형사처벌만을 받고 제대로 된 교육, 상담, 치료 등에 강제로 참여하는 등의 보호처분조항이 마련되어 있지 않고 처벌 수위가 높지 않은 등의 문제가 있다.

첫 번째로 사람들의 아동학대에 대한 인식을 변화시켜야 한다. 인터넷 등을 활용하여 부모, 아동 관련 직업인, 그외 많은 사람들을 정기적으로 아동학대에 대한 교육을 받게 하는 것 등으로 보다 많은 사람들이 아동학대에 대해 재인식할 수 있는 기회를 가질 수 있도록 해야 한다.

두 번째로, 아동학대 신고에 대한 부분을 보완해야 한다. 아동학대를 인지한 모든 사람들은 24시간 이내로 반드시 신고 해야 하고, 만약 그러지 못했을 경우 벌금을 내게 하는 제도, 신고의무자에게 아동학대 신고 및 아동 보호 등을 교육, 홍보하는 등의 변화가 필요하다.

세 번째로 학대행위자에 대한 처벌 기준과 보호처분조항을 바꾸어야 한다. 현재 학대행위자에 대한 처벌은 낮은 수준이기 때문에, 특히나 학대행위자가 부모인 경우에는 아동이 스스로를 보호할 수 없는 상황에서 아동학대가 다시 일어날 수 있는 가능성이 있다. 따라서 아동학대에 대한 처벌 수위는 미국, 영국 등과 같이 높아야 한다고 생각한다. 또한 형사처벌을 받고 (혹은 받으면서) 아동학대에 대한 제대로 된 교육, 상담, 치료를 병행하여 재발하지 않도록 하는 것이 바람직하다고 생각한다.

물론 처음에는 큰 효과가 없을지도 모른다. 하지만 이렇게 아동학대의 근절을 위해 꾸준히 노력하다 보면 세상에 학대받는 아이들은 점차 사라지지 않을까 한다.

| 참고 문헌 |

- 고재윤(2007), 외국의 사례비교를 통한 아동학대의 실태와 개선방안에 관한 연구
- 박언하, 백현옥, 조미숙(2009), 아동복지론
- 박상주(2004), 아동학대의 실태와 개선방안에 관한 연구

| 참고 사이트 |

- 중앙아동보호전문기관
http://korea1391.org/new_index/
- 아동 학대 · 폭행 사망..외국에서는 '무기징역'
http://www.newstomato.com/readNews.aspx?no=460259
- 외국은 어떻게?…심리적 학대 처벌 '신데렐라법'
http://imnews.imbc.com/replay/2014/nwdesk/article/3444355_13490.html
- 아동학대-II 해외 사례로 본 해법 〈2〉 미국과 한국의 제도 차이점
http://www.kookje.co.kr/news2011/asp/newsbody.asp?code=0300&key=20130627.22006195526
- 영국, 4세 아동 학대사망에 '발칵'
http://uklifenews.com/view.php?category=18&code=1101&num=8679
- 해외 아동학대 사건 보니-칠곡 계모 사건 솜방망이
http://www.etoday.co.kr/news/section/newsview.php?idxno=899996
- 중국인 40%가 유아기 아동 학대 경험
http://cateyebluestory.tistory.com/753
- 아동 노동자들의 이야기
http://article.joins.com/news/article/article.asp?total_id=14903327&cloc=olink|article|default
- 울주 아동 학대 사망 사건 진상조사와 제도 개선 회원
http://blog.naver.com/PostView.nhn?blogId=bestmom8&logNo=203270217
www.lawnb.com 로앤비

글쓰기 전

글을 쓰기 전, 서로가 같이 쓸 만한 글 주제를 찾고 있었을 때 칠곡 계모 사건을 알게 되었다. 보통 나를 포함한 대부분의 사람들은 아동학대에 대한 이야기를 보거나 들으면 가해자를 비난하면서도 크게 관심을 가지지 않았을 것이다. 그래서 이번 기회에 아동학대에 대해 자세히 알아보고 그런 글을 쓰는 것이 어떨까 했다. 마침 서로의 공통적인 주제가 되기도 했고 사례도 다양하고 관련 문헌도 많아 글을 쓰는데 큰 무리가 없다고 생각했다.

글쓰기 후

글을 쓰기 위해 자료조사를 하다 보니 생각보다 몰랐던 것이 많았다. 아동학대에 어떤 것이 포함되는지, 아동학대가 왜 심각한 것인지, 세계의 다양한 아동학대 상황은 어떤지 등을 조사하면서 알게 되었다. 하지만 조사한 자료가 간략하게 요약된 경우가 많아서 좀 더 자세하고 확실한 자료를 찾지 못한 것이 아쉬웠다. 그리고 논문이나 문헌에 많이 의존한 것 같아 내가 많이 부족하다는 것을 느꼈다. 그래도 작년과 비교했을 때, 둘이 함께 글을 써서 부담을 덜 수 있었고 글을 쓸 때도 서로에게 의견을 물어가며 더 좋은 방향으로 쓸 수 있었기 때문에 꽤 괜찮은 글을 쓴 것 같다.

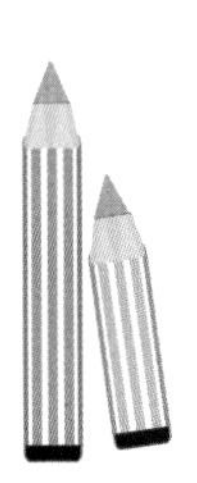

성장소설 및 학생소설을 통해 살펴본 청소년들의 고민 분석

4

강지원
&
황예주

에피소드

예주 : '어느 날 내가 죽었습니다' 랑 '완득이' 라는 청소년 소설을 읽어보았니? 정말 재미있단다!

지원 : 응. 나도 읽어보았단다. 근데 그 책들이 청소년들이 흔히 하는 고민을 담고 있는 것 같구나.

예주 : 아. 그래? 너의 말을 들어보니까 그 책에서 나오는 청소년들의 고민이 무엇인지 분석해보고 싶어졌어.

지원 : 나도 그래. 우리 그럼 '어느 날 내가 죽었습니다' 와 '완득이' 라는 소설을 통해 청소년들의 흔히 하는 고민을 분석해 보도록 하자.

생각해 볼 문제

1. 청소년들은 어떤 것에 대해 고민을 하는가?
2. 청소년 소설을 통해 알 수 있는 청소년들의 고민은 무엇일까?

성장소설 및 학생소설을 통해 살펴 본 청소년들의 고민 분석

강지원 & 황예주

★ 강지원은 평소 국어과목에 관심이 있어 국어와 관련된 진로를 선택하게 되었고, 고등학교에 올라와 여러 선생님들을 만나면서 교사에 대한 꿈을 가지게 되었다. 선생님의 권유로 글쓰기 동아리에 들어오게 되었고 동아리에서 글을 쓰게 되었다.

☆ 황예주는 사람들의 심리에 관심이 많다. 특히 사람들의 이야기를 경청하는 것을 좋아하여 심리상담가의 꿈을 가지게 되었다.

차례

Ⅰ. 서론

1. 연구의 필요성

"우리는 두 번 태어난다. 한 번은 생존을 위하여 태어나고, 또 한 번은 생활하기 위해 태어난다."[1] 이 말과 같이 청소년기는 육체의 자연적 탄생을 넘어서 자각하는 정신이 탄생하는 제2의 인생이라고 할 수 있다. 이 시기에 청소년들은 신체적, 정신적, 정서적으로 변화를 겪고 어린이와 어른 사이에 속해 있지만 아무것에도 속해 있지 않기 때문에 역할이 불확실하다. 청소년기에는 그런 요인들로 인해 갈등과 불안이 내재하여 방황하는 시기를 겪는다. 그럼 그 청소년들이 자주 겪는 어려움과 고민은 무엇일까?

2. 연구의 범위

청소년의 어려움과 그 해결책을 알아보기 위해서 청소년을 대상으로 한 성장소설인 '완득이', '어느 날 내가 죽었습니다' 와 호산고등학교 학생들이 쓴 작품인 '불안' 과 '성장' 을 탐구해 볼 예정이다.

---

1. 네이버 지식인에서 발췌
http://kin.naver.com/qna/detail.nhn?d1id=6&dirId=60208&docId=47593995&qb=7LKt7laM64WE65Ok7J2YIO2KueynIQ==&enc=utf8§ion=kin&rank=1&search_sort=0&spq=0&pid=R9zfnF5Y7u0sstio4SCsssssssd-371668&sid=U9zRYXJvLCUAAFBaJCg

Ⅱ. 본론

1. 성장소설에 나타난 고민

(1) 완득이

오늘날 남녀노소 할 것 없이 많은 고민을 하게 된다. 특히 질풍노도의 시기를 겪는 청소년들의 경우, 자신의 마음을 걷잡을 수가 없이 많은 변화를 겪는다.

우리는 '완득이' 라는 청소년 소설을 통해 우리와 같은 또래인 주인공인 '도완득' 과 그 외 주위 등장인물의 고민을 탐구할 것이다.[2]

2. 사진출처-http://www.domin.co.kr/news/articleView.html?idxno=1034933

* '완득이'의 줄거리

고민에 대해 알아보기 전에 소설 '완득이'의 줄거리를 알아 보자.

집도 가난하고 공부도 못하고 싸움만 잘하는 문제아 도완득. 카바레 삐끼로 일하다가 카바레가 망하고 보따리 장사꾼으로 여기저기 다니게 된 키 작은 아버지와 의리로 맺어진 가짜 삼촌 남민구와 옥탑방에서 살고 있는 완득이의 인생은 사이코 선생 똥주의 등장으로 꼬이기 시작한다.

험한 말을 입에 달고 살고 학생 괴롭히는 것을 즐겁게 생각하는 담임 똥주. 하필 집 근처에 살게 되어 완득이의 의사와 관계없이 수급대상자에 이름을 멋대로 넣어놓곤 수급품은 자신 것마냥 빼앗아 가더니 이웃에 살면서 시시때때로 제 이름 불러 젖히는 똥주 때문에 완득이는 골치가 아프다. 그리고 똥주는 완득이에게 잊고 살았던 어머니와 만나는 기회를 만들어 준다.

남몰래 불법체류 노동자를 돕는 일을 하던 똥주가 베트남 출신인 완득이의 어머니를 찾아 낸 것이다. 처음엔 불편하고 어색했던 어머니와의 만남, 그 만남에서 애틋함을 느낀 완득이는 전교1등 정윤하와 친해지며 첫사랑의 감정을 느끼게 된다. 그리고 흥미로 킥복싱을 배우면서 점점 킥복싱에 반하게 되었고, 인생의 목표를 찾게 된 완득이는 진 횟수만큼 이기고 킥복싱 관장님을 찾아가겠다는 목표를 세운다. 똥주 때문에 뒤죽박죽이 되었다고 생각된 인생이 다르게 보이기 시작한다.

* 소설 '완득이'와 현재 청소년들의 고민의 공통점

소설 '완득이' 속에서는 개성 있는 많은 등장인물이 등장한다. 소설 안에는 등장인물도 많고 고민 또한 많았다. 그중 가장 두드러지는 고민은 다음과 같다.

첫째, 완득이의 가난한 집안 형편이다. 가난한 집안 형편, 가출한 어머니와 키 작은 난쟁이 아버지, 조금 모자라 보이는 정으로 맺어진 민구 삼촌까지. 우리의 시선으로 보았을 때 집안 형편이 좋아 보이지는 않는다.

둘째, 정윤하와의 이성 관계 속 고민. 소설 속 정윤하는 반 배치고사 1등 모범생이다. 반대로 주인공은 반 꼴찌 문제아. 이런 극과 극에 있는 두 사람이 사랑을 하기에는 많은 힘이 들 것이다. 소설 속에서도 정윤하의 어머니가 완득이를 찾아와 직접 만나지 말라 당부도 하고 두 사람을 만나지 못하게 방해하기도 한다.

셋째, 소설에서는 완득이의 어머니는 완득이가 어릴 적에 가출하였다. 완득이의 어머니는 국적이 베트남인으로 한국 사람이 아니다. 그녀는 완득이의 아버지가 키 작은 난쟁이라는 사실을 모르고 결혼을 하였고, 후에 그 사실을 알고는 집을 나가게 되었다. 어린 시절부터 엄마 없이 자라온 완득이는 후에 담임선생님이 찾아준 어머니와 많은 어색함을 느꼈다. 어린 시절 없었던 어머니의 부재가 컸던 것이었다.

소설에서 완득이의 고민을 3가지로 나타낼 수 있다.

- 가난한 집안 사정
- 이성 관계 고민
- 가족의 부재

다음의 표[3]로 청소년들이 자주하는 고민들을 알 수 있다. 아래 표의 항목들과 '완득이' 속 고민들과 공통점을 찾아보았다.

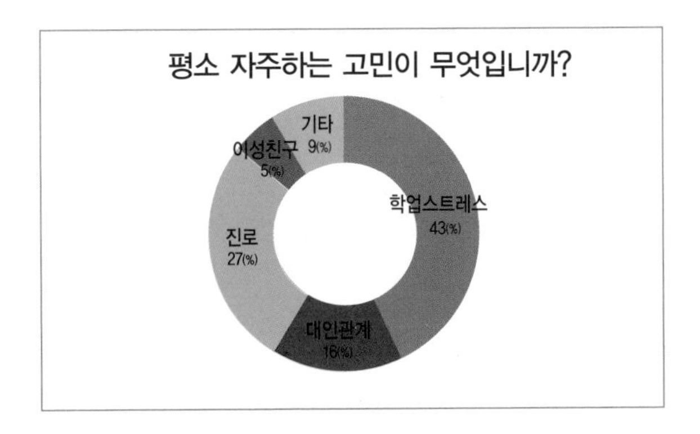

3. 다음의 표는 호산고등학교 1, 2학년 56명을 대상으로 조사되었다.

먼저 정윤하와의 문제는 청소년들의 이성친구 관련 고민으로 분류할 수 있다.

두 번째로 완득이는 가족에 관련된 고민으로 분류할 수 있다. 위의 표 중 기타에는 가족이나 성격, 돈에 관련된 고민을 한다고 학생들이 적었다.

이를 통해 청소년들이 이성교제나 가족에 관한 고민을 한다는 것을 알 수 있다.

(2) 어느 날 내가 죽었습니다

청소년 소설에는 청소년들의 내면세계와 심리상태가 잘 표현되어 있다. '어느 날 내가 죽었습니다.' 의 주인공 '유미' 를 통해 청소년들이 겪는 고민을 탐구해 보자.[4]

4. 사진출처- http://book.naver.com/bookdb/book_detail.nhn?bid=149010

* 소설 '어느 날 내가 죽었습니다'의 줄거리

학교에 전학을 와서 선생님과 친구들에게 문제아로 낙인찍혀 적응을 못 하던 유미는 자신과 친구가 되고 싶다고 하는 재준을 만나게 된다. 처음에는 마냥 모범생으로 보이기만 하고 게다가 수줍어하기까지 하는 재준이의 겉모습이 마음에 들지 않아 차갑게 대하지만 유미는 외로움을 견디지 못하고 재준과 친구가 된다.

그 둘은 서로 다른 사람을 좋아하고 각각 상대에게 크리스마스를 같이 보내자고 제안했으나 매몰차게 거절당하고 결국 둘이서 춘천에 가 닭갈비를 먹으며 크리스마스를 보낸다. 처음에는 씁쓸했지만 친구와 보내는 크리스마스도 만족스럽단 생각을 한다.

유미와 재준은 서로를 위로해 주며 깊은 우정을 키운다. 그런데 어느 날, 재준은 오토바이를 타다가 사고로 죽음을 맞이하고 유미는 재준을 잃은 상실감에 슬퍼하다가 크리스마스에 유미가 재준에게 선물로 준 일기장을 유품으로 받는다.

재준은 '어느 날 내가 죽었습니다. 내 죽음의 의미는 무엇일까요?'라는 구절로 자신의 죽음에 대한 의구심을 강조하면서 일상을 풀어나간다. 그 일기를 읽어보면서 유미는 재준을 계속 그리워한다.

* 소설 '어느 날 내가 죽었습니다'와 현재 청소년들의 고민

이 소설은 청소년들이 겪는 외로움을 잘 표현하고 있다.

「전학 와서 한 달 동안 아무도 다가오는 아이가 없었다. 아이들은 한결같이 예의바르고 친절했지만 그 누구도 나와 친구가 되려 하지는 않았다. 아이들과 나는 서로 다른 종류의 짐승처럼 섞이지 못했다.」P42-42

「마음 깊숙한 곳에서 문득, 외롭다, 라는 말이 퐁퐁 솟아올랐다. 그랬다. 외롭다는 말 자체는 쓸쓸한데도 그 쓸쓸한 말의 덩어리는 발랄하게 퐁퐁, 솟아올랐다. 나는 공을 가지고 굴리듯이 마음속에서 분수처럼 솟아오르는 그 말을 굴리면

서 놀았다. 외롭다, 외롭다, 외로워…….」p.46

부분에서 유미는 학교에 적응하지 못해 외로운 감정을 느끼고 있다는 것을 알 수 있다. 유미와 같이 또래문제 등으로 인한 학교 부적응 학생들의 수가 매년 증가하고 있다.

1999년 서울시 교육청 청소년 상담 센터의 상담 중 39%가 학교생활 부적응인 것으로 나타났다.[5] 이처럼 많은 학생들이 학교에서 적응하지 못해 외로움을 느끼며 고민한다.

2. 호산고 학생 소설에 나타난 청소년의 고민

(1) 성장

* '성장'의 줄거리

고등학교 1학년인 고일은 꿈이 없어서 공부에 흥미를 느끼지 못한다. 그래서 고일은 친구인 방황, 일진과 함께 보충수업을 땡땡이 치고 PC방에 가게 된다. 그런 하루가 반복되자, 선생님이 그들에게 경고를 주지만 고일과 친구들은 교칙을 지키는 것보다는 그것을 어긴 것을 안 들키는 방법에만 관심이 많다.

고일은 보충수업을 하지 않고 PC방에 간다는 사실을 가족들에게 들키게 되고 만다. 그래서 아버지와의 갈등을 겪는다. 고일은 그 반항심에 반성보다는 학교에 가지 않고 친구들과 방황을 하는 것을 선택한다. 그로 인한 스트레스 탓에 평소 몸이 좋지 못하던 고일의 엄마가 쓰러지게 되고 고일은 쓰러져 병실에 누워있는 엄마를 보며, 다시 학교에 가야겠다는 마음을 먹는다.

공부를 시작함과 동시에 공부에 대해 어려움을 느낀 고일은 학원을 다니기로

---

5. http://www.happycampus.com/doc/4150719
'[청소년 문제]청소년과 학교 부적응' 에서 발췌

결정했다. 그곳에서 학원 원장님의 딸 현주라는 아이를 만난다. 같이 놀고 영화도 보러 가며 고일은 현주와 친한 사이가 된다. 어느 날, 고일은 현주의 꿈이 선생님이라는 소리를 듣고 자신도 가르치는 것에 흥미를 느낀다는 사실을 발견한다. 꿈을 찾은 고일은 열심히 공부해서 수능을 만점을 맞게 된다. 고일은 입사시험을 기다리며 긴장과 설렘을 느끼며 잠에 든다.

* '성장'과 현재 청소년들의 고민

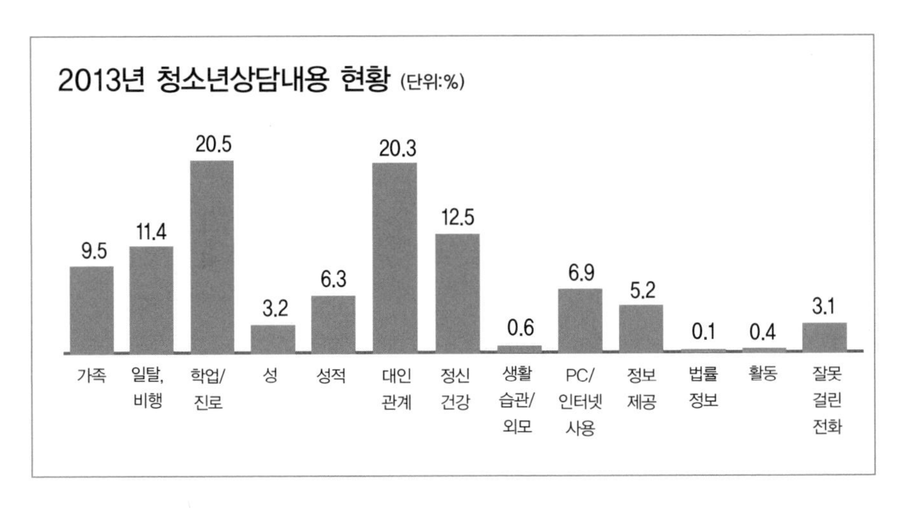

이 소설의 주인공인 고일은 진로와 꿈이 명확하지 않아 내면의 갈등을 겪는다. 이어서 학업에 대한 흥미와 동기가 부족해져서 일탈을 하게 되고 이 때문에 선생님과의 갈등과 가족 구성원과의 갈등을 경험한다. 2013년 청소년상담내용 현황을 살펴보면 학업/진로에 관련된 고민이 20.5%로 가장 많았고 가족 간의 갈등에 대한 고민이 9.5%를 차지했다. 이것을 통해 현재 많은 학생들이 학업과 진로에 관해 고민을 많이 한다는 사실을 알 수 있으며 가족 문제에 대해 고민을 하는 학생들도 적지 않다는 것도 알 수 있다.[6]

6. http://news.heraldcorp.com/view.php?ud=20140526000160&md=20140526113255_BK 〈통계 출처〉

(2) 불안

* '불안'과 줄거리

현재 고등학생인 주인공 강지연이 중간고사가 끝나고 집에 가는 길에 비가 와 엄마에게 전화를 걸어 자신을 태우러 와 달라고 부탁한다. 엄마는 동생 핑계를 대며 태우러 오지 못한다고 하며 중간고사 점수를 묻는다. 중간고사를 망친 지연이는 엄마에게 짜증을 내며 친구와 우산을 같이 쓰다 밥도 같이 먹고 늦게까지 놀게 된다.

노는 도중 친구가 시험에 대한 얘기를 꺼낸다. 시험을 망친 지연이는 밥을 먹는 둥 마는 둥 하다가 집에 도착하고 배가 고파 핫케이크를 구워 먹기로 하였다. 그러나 핫케이크를 다 태우곤 자신의 언니와 자신을 비교하며 자괴감에 빠진다. 그의 언니는 명문대생에 착한 딸이다. 이런 언니와 자신을 생각하면 할수록 무기력해지고 급기야 자살시도를 하려고 한다. 그러나 두려웠던 나머지 자살을 포기하게 되고 하루하루를 무기력하게 살아간다.

어느 날 집 앞에 버리려고 놔둔 쓰레기 더미에서 자신이 예전에 읽다 만 소설 2권을 발견하고 그곳에서 여주인공이 자신의 처지와 비슷한 것을 알게 된다.

그 소설 대목에서 힘을 얻은 지연이는 활력을 찾고 살아가게 된다.

* '불안'과 현재 청소년들의 고민

소설 속 주인공 '강지연'은 부정적인 아이이다. 자기 자신을 잘난 언니와 비교하며 언제나 위축되어 있다.

우리는 여기에서 한 가지 사실을 알 수 있다. 주인공과 언니의 차이점이 무엇일까?

바로 성적이라고 말할 수 있다. 소설 중 언니는 한 번도 나온 적이 없다. 그러나 주인공이 언니를 공부 잘하는 명문대생이라고 설명한다. 그리고 자신은 공부도 못하는 학생으로 치부하고 있다.

고등학생이라면 특히 형제자매나 친구 친척 중 한 명이 공부를 잘한다면 누구나 한번쯤 위의 주인공 같은 마음에 공감이 가고, 이것과 비슷한 고민을 해보았을 것이다.

위의 사실을 통해 알 수 있는 것은 소설 '불안'의 주인공인 강지연의 고민은 학업성적으로 분류할 수 있다.

Ⅲ. 결론

소설 '완득이'와 '어느 날 내가 죽었습니다'와 학생 소설 '성장'과 '불안'을 통해 청소년들이 하는 고민을 찾았다.

'완득이'를 통해 이성관계와 가족의 부재라는 고민을 찾을 수 있었고, '어느 날 내가 죽었습니다'를 통해 청소년들이 겪는 외로움에 대한 고민을 알게 되었다.

학생소설 '성장'에서는 학업과 진로에 관련된 고민을 한다는 것을 알게 되었고, 학생소설 '불안'에서 또한 학업에 관련된 고민을 한다는 사실을 알게 되었다.

우리는 청소년들이 많은 고민을 한다는 것을 알게 되었다. 청소년의 고민의 해결을 위해 우리는 가족 간 많은 대화를 하고 학우들과 고민을 나누며, 학교 상담실에 가서 고민에 대한 상담을 받는 등의 노력이 필요하다.

| 참고 문헌 |

- 김려령(2014), 완득이, 창비청소년문학.
- 이경혜(2004), 어느 날 내가 죽었습니다, 바람의 아이들.
- 이지원(2014), 불안, 호산고 책쓰기 동아리 카페.
- 신동혁(2014), 성장, 호산고 책쓰기 동아리 카페.

| 참고 사이트 |

- 청소년의 이해
http://kin.naver.com/qna/detail.nhn?d1id=6&dirId=60208&docId=47593995&qb=7LKt7laM64WE65Ok7J2YIO2KueynlQ==&enc=utf8§ion=kin&rank=1&search_sort=0&spq=0&pid=R9zfnF5Y7u0sstio4SCssssssssd-371668&sid=U9zRYXJvLCUAAFBaJCg

- 완득이 사진출처
http://www.domin.co.kr/news/articleView.html?idxno=1034933

- 어느 날 내가 죽었습니다 사진출처
http://book.naver.com/bookdb/book_detail.nhn?bid=149010

- 청소년 문제-청소년과 학교 부적응
http://www.happycampus.com/doc/4150719

- 2013 청소년 상담내용 현황 자료
http://news.heraldcorp.com/view.php?ud=20140526000160&md=20140526113255_BK

- 호산고 책쓰기 동아리 카페
http://cafe.daum.net/hosanbook

글쓰기 전

글쓰기 전에는 사실 글을 쓰는 것을 쉽게 보았다. 그리고 글을 쓰기 전에 주제를 정하는 것이 힘들었다. 나 혼자 하는 것이 아니라 팀으로 쓰는 것이라 내 마음대로 주제를 정하는 것이 아니어서 같이 의논하고 많은 대화 끝에 완성할 수 있었던 것 같다.

글쓰기 후

글을 쓰고 난 후에는 내가 글을 써냈다는 성취감이 느껴졌다. 처음 시도해 보는 글이었고 많이 부족하다고 느끼기도 하지만 글을 썼다는 것에 많은 초점을 두고 싶다. 색다른 경험을 했다고 생각한다.

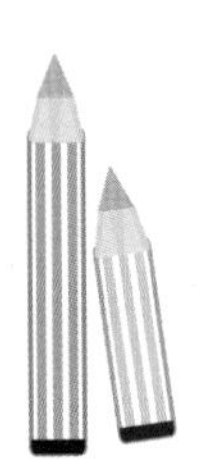

교학사 한국사 교과서의 문제점

5

김진하
&
원준식

에피소드

진하 : 혹시 교학사 한국사 교과서 문제에 대해 아니?

준식 : 네. 교과서 내용이 다른 교과서 내용과는 다르게 왜곡된 부분이 있더라고요.

진하 : 나도 그 내용 봤어. 내가 아는 내용과 다른 부분이 있더라구.

준식 : 저도 그 문제에 대해서 더 많이 알고 싶더라고요.

진하 : 그래? 그럼 우리 한번 교학사 한국사 교과서에 대해서 알아볼까?

준식 : 네.

생각해 볼 문제

1. 우리나라 학생들은 역사 문제에 대해 얼마나 알고 있고, 관심을 가지고 있는가?
2. 교학사 한국사 교과서는 어떤 부분이 잘못되었는가?
3. 교학사 한국사 교과서 사태를 통해서 우리는 무엇을 배울 수 있는가?

교학사 한국사 교과서의 문제점

김진하 & 원준식

★ 김진하는 학교 공부를 하면서 한국사나 세계사 이런 역사 쪽 과목에 흥미를 가지기 시작해서 역사 쪽으로 진로를 선택하게 되었고, 역사를 학생들에게 알려줄 수 있는 교사나 우리나라 역사를 찾아내고 발굴하는 역사학자가 되고 싶다고 생각했다. 중학교 때 시를 쓰는 대회에서 상을 탄 계기로 글을 쓰는 데 재미가 생겼고, 학교에 글쓰기 동아리가 있다는 것을 우연히 접하고 동아리에서 활동하게 되었다.

☆ 원준식은 역사를 좋아한다. 그래서 역사학과에 진학해서 박물관의 학예사나 문화재청 공무원이 되기 위해 평소에 역사에 관련된 뉴스나 다큐멘터리를 즐겨본다. 그러면서 역사왜곡에 대한 문제가 생기면 어떤 문제인지 관심을 가지게 되었고 이제는 역사왜곡이 없어지기를 희망한다.

차례

Ⅰ. 서론

1. 한국사 교과서의 문제

2013년도 개정 교과서 중에 가장 심하게 논란이 된 교과서는 단연 교학사 한국사 교과서이다. 현재 교학사 교과서가 비판을 받고 있는 이유는 한국의 역사를 왜곡해서 실어 놓았기 때문이다.[1]

2. 역사와 관련한 호산고 학생들의 인식

우선 현재의 교학사 교과서는 우리나라의 역사를 왜곡해서 문제점이 되고 있는데 우리나라 국민이라면, 특히 학생들이라면 더더욱 쉽게 접할 수 있는 교과서에 역사를 왜곡하면 어떤 일이 일어날 수 있는지 궁금해서 호산고등학교 학생들을 대상으로 설문조사를 한번 해보았다.

첫째로 교학사 한국사 교과서와 다른 교과서를 비교해 본 적이 있는지 물어보았다. 다음의 표와 같이 비교해 본 학생들보다 비교해 보지 않은 학생들이 더 많았다.

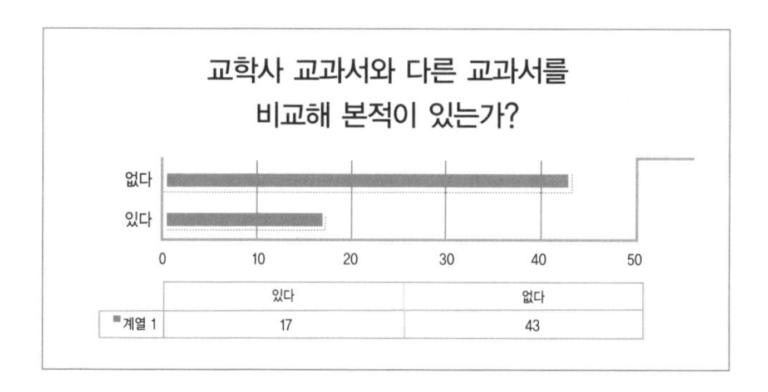

1. 많은 논란을 일으킨 교학사 한국사 교과서의 2014년도의 학교 현장 채택률은 기사에 의하면 0%이다.

둘째, 학생들에게 평소 역사지식을 어디서 얻는지에 대해서 물어보았다. 다음의 표와 같이 학생들은 교과서에서 가장 많은 지식을 얻는다는 것을 알 수 있다.

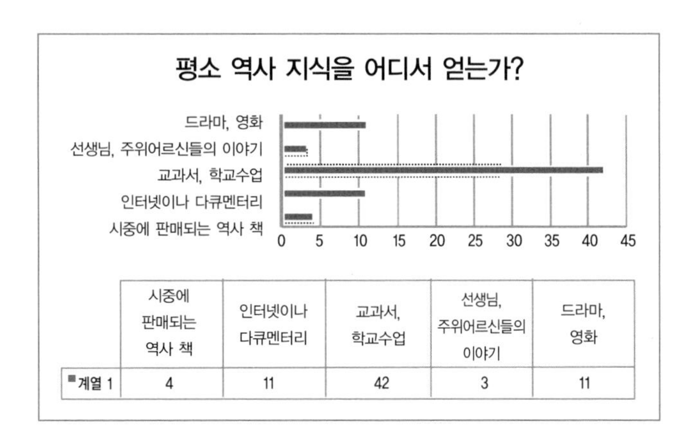

	시중에 판매되는 역사 책	인터넷이나 다큐멘터리	교과서, 학교수업	선생님, 주위어르신들의 이야기	드라마, 영화
계열 1	4	11	42	3	11

그런데 만약 왜곡된 교과서로 역사지식을 얻는다면 앞으로 왜곡된 이야기로 역사를 배우는 아이들은 우리나라가 겪은 일에 대해 작은 문제로 생각하게 될 것이다. 얼마나 많은 우리나라 민족이 희생되었는지 모른 체 별일 아니라고 넘어가게 될 것이다. 그리고 독립투사 등 훌륭하신 분들을 존경하기는커녕 존재 자체도 잊게 될지도 모른다.

Ⅱ. 한국사 교과서 문제점 분석

교학사 한국사 교과서에서 많은 문제점이 있다고 뉴스나 신문 등 많은 부분에서 논란이 되었다.

그래서 역사문제연구소에서 교학사 한국사 교과서의 문제점을 하나하나 검토하여 수정하라고 권고하였다. 하지만 교과서 내용에는 아직도 수정되지 않는 부분이 수정된 부분보다 많이 남아 있다. 다음은 수정되지 않은 부분이다.[2]

역사 교과서의 문제점은 왜곡의 문제와 표절의 문제, 오류의 문제가 있다. 지금부터 한국사 교과서의 문제점을 하나씩 찾아보겠다. 특히 문제가 많다고 이야기된, 일제시대를 중심으로 문제점을 살펴보도록 하겠다.

1. 1920년대 문화통치 및 경제 수탈

- 사이토 총독은 '조선인의 문화 창달과 민력 증진'을 내세우며 문관도 총독에 임명될 수 있도록 하였는데 **실제로는 일본 정부 측에서 한 일**이었다.

- 자료 탐구 산미증식계획의 실시에서는 쌀 소비량을 보여주는 그래프에서 **그래프의 수치가 제대로 되지 않았다.**

- 이야기 한국사에서는 최초의 근대 화장품인 박가분에 대한 설명을 **위키피디**

2. 교학사역사교과서의 문제점
http://www.kistory.or.kr/bbs/view.php?id=menu0601&page=1&sn1=&divpage=1&sn=off&ss=on&sc=on&select_arrange=headnum&desc=asc&no=156

아의 내용에서 베꼈다.

2. 인적 · 물적 자원의 수탈

– 1938년 지원병제를 시작으로 1943년 학도 지원병제 부분에서 1938년에는 '조선육군특별지원병령 '이 공포되고 1943년에는 ' 해군특별지원병령 '이 공포되었다. **그냥 지원병령이라고 하면 안 되는 것**이다.

– 일제의 인적 수탈의 자료 사진 중 일본군 위안부의 사진 설명 중 '한국인 위안부는 전선의 변경으로 일본군 부대가 이동할 때마다 따라다는 경우가 많았다.' 에서 **따라다니는 것이 아니라 '끌려 다녔다.' 라고 서술되어야** 한다.

3. 3 · 1운동의 전개와 일제의 탄압

– 이야기 한국사 고종의 망명 시도와 독살설 이 내용은 **인터넷 위키피디아의 내용을 베낀 것**이다.

– 한인 자유 대회 기념사진이라는 제목의 내용에서는 **한인 대표자 대회라고 적어 고치지** 않았다.

4. 임시 정부의 수립과 통합, 그리고 활동

– 한성 정부의 법통을 계승하고 했는데 **한성 정부의 법통을 계승하지는 않고 승인만** 하였다.

– 이 제목에서 **임시헌장과 임시의정원 대신 두 가지를 시각설명 자료로 쓴 것**

은 **부적절**하다.

- 연통제에 대한 설명을 하는데 **연통제를 연통부로 고쳐야** 한다. 연통부는 비밀행정조직이며, 연통제는 연통부라는 비밀행정조직을 만들려고 한 것이다.

- 임시정부는 무엇보다 외교 활동에 주력하였다. 신한청년당 대표로 파리에 가 있던 김규식을 전권 대사로 임명하고 파리 강화 회의에 보내 독립 청원서를 제출하게 하였다. 미국의 워싱턴에는 구미 위원부(대표 이승만)를 두고 필라델피아에는 한국 통신부(대표 서재필) 등을 두어 국제 연맹이나 각종 국제 평화 회의에서 독립을 청원하는 외교활동을 전개해 나갔다고 했는데 **임시정부는 구미위원부를 정식으로 설치한 적이 없다.**

5. 실력 양성론의 대두

- 우리 민족이 3·1운동을 통하여 독립 의지를 대내외적으로 과시하였으니, 이제는 실력을 양성하여 독립 역량을 기르고 외교 활동을 통하여 국제 사회로부터 인정을 받아 독립을 하자는 새로운 전략이 제기되었다. 이에 따라 경제, 교육, 언론, 문화, 예술 등 각 분야에서 독립 역량을 축적하기 위한 운동이 다양하게 전개되었다고 했는데 국내실력 양성운동이 외교운동 전략과 연관된 것처럼 이해된다고 되어 있는데 **3·1운동 이후 국내에서 활발하게 전개됐던 실력양성운동은 외교운동 전략과 연관성이 없다.**

6. 물산 장려 운동·청년 운동·예술 운동

- 조선물산장려회는 산업 장려, 국산품 애용, 경제적 지도 등의 활동 방침을 수립하고, 전국에 분회를 설치해 대중적 계몽 운동을 1930년대 말까지 전개

하였다고 했는데 **1923년 전후한 짧은 시기와 1930년대 초 이외에는 유명무실**이었다.

- 사료 탐구 조선 청년회 연합회의 결성 부분은 장덕수가 기사를 쓴 것으로 나타났지만 **북청 조우의 기사이며 장덕수의 친일행위는 설명하지 않았다.**

- 미국과 독일에서 활동하던 안익태는 해외에서 '애국가'와 ' 코리아 환상곡'을 작곡하였다고 했는데 **애국가와 코리아 환상곡, 이 두 곡이 다른 곡이 아니라 나중에 애국가가 되기 때문에 같은 곡**이다.

- '1938년 일제의 탄압으로 극예술 연구회가 해체되고'라고 했는데 **일제가 해산시켰다는 것은 정확한 서술이 아니다.**

7. 탐구활동 윌슨의 민족 자결주의와 레닌의 제국주의론

- 도움글에 그러나 두 사상은 결과적으로 우리 민족의 독립운동을 분열시키는 **배경이 되기도 하였다고 했는데 분열시키는 계기로 작용되지 않았다.**[3]

지금까지 교학사 한국사 교과서의 문제점을 찾아보았다. 교과서는 학교에서 학생들에게 가르치기 위해 필요한 책이므로 내용 역시 정확해야 하는 것인데 이런 내용으로 학생들을 가르치면 그것은 교과서가 아닌 것이다.

---

3. 교학사 역사 교과서의 문제점
http://www.kistory.or.kr/bbs/view.php?id=menu0601&page=1&sn1=&divpage=1&sn=off&ss=on&sc=on&select_arrange=headnum&desc=asc&no=156

Ⅲ. 결론

2014년도에 출판된 교학사 한국사 교과서는 친일적인 내용, 그리고 확실하지 않은 내용, 출처를 밝히지 않고 가져온 내용, 그리고 확실하지 않은 내용으로 수정요청이 되었었고, 지금은 수정이 완료된 상태이지만 많은 비판을 받고 있다. 우리는 교학사 한국사 교과서의 잘못된 점과 학생들의 생각을 설문조사하여 통계로 정리하였다.

교학사 교과서의 문제점을 주제로 정했을 때 엄청난 기사와 여론들이 나왔기 때문에 다른 주제보다는 자료 찾기와 글쓰기가 쉬울 거라고 생각했는데, 많은 의견과 많은 기사가 있는 만큼 의견 차이도 심하고 인터넷으로만 자료를 찾기에는 확실성이 없었던 것 같다.

그리고 이 주제를 처음 받았을 때 이게 과연 교학사 교과서만의 문제일까라는 생각이 들었는데 교학사를 비판하는 기사와 여론들에 비해 교학사의 입장이 있는 기사들은 별로 없어서 아쉬웠다. 자료 수집 때 찾은 자료로는 교학사는 다른 교과서에도 문제점이 많은데 왜 우리에게만 심의를 주고 고치라고 제안하느냐라는 불만의 입장과 이번 교과서는 고칠 점이 많은 것 같다고 사죄하는 입장이 있었다.

필자가 생각하기에 교학사 한국사 교과서는 배울 수 있는 교과서가 아닌 것 같다. 중립적인 내용이 아니라 어느 쪽으로 치우친 내용이 많고 그런 점으로 인해 많은 문제점을 낳게 되었기 때문이다.

이로 인해 어느 고등학교에서도 교학사 한국사 교과서를 채택하지 않았고, 많은 이들에게 잘못된 교과서라는 인식이 생겼다.

이번 교학사 교과서의 문제가 크기 때문에 교학사에 관심을 가진다고 다른 교과서는 제대로 확인되고 우리에게 전달되었는지 약간의 의심이 들기도 했다. 그래도 학생들이 보는 교과서에 친일적인 그리고 확실하지 않는 내용을 담는다는 것은 명확히 잘못된 일이고 비판을 받을 일이 정당한 것 같다. 그래도 지금은 수정을 완성했고, 이 일을 계기로 다시는 이런 일이 일어나지 않기를 바란다.

| 참고 문헌 |

- 한국사(2014), 교학사
- 한국사(2014), 비상

| 참고 사이트 |

- 교학사 한국사 교과서 내용 분석
http://whotheman.blog.me/10183429994
- 교학사 교과서 문제점
http://channel.pandora.tv/channel/video.ptv?c1=06&ch_userid=ohmynewscr&prgid=51294683&ref=na
- 교학사 교과서 폐지되어야한다
http://shalacho.blog.me/140202815635
- 교학사 교과서의 긍정적인 시선
http://www.newdaily.co.kr/news/article.html?no=218509

글쓰기 전

이 주제를 택한 이유는 역사를 배우는 학생들에게 제대로 된 정보를 알려주기 위한 것이다. 글을 쓰기 전에는 많은 의견을 나누는 과정에서 충돌이 생길까 봐 걱정이 된다. 또 글을 쓰면서 기대되었던 점은 글을 쓴다는 것에 대한 귀찮음, 지겨움이 사라질 것 같고, 사람들에게 역사는 딱딱하고 지루한 것이 아니라 지금까지 있게 한 위대한 선조들의 글이라고 생각할 수 있게 만들 수 있다고 기대해 본다.

글쓰기 후

글쓰기 전에는 글을 쓰는 것이 쉽다고 생각했지만 막상 글을 써보니 쉬운 것이 아니었다. 누구나 쉽게 보고 이해할 수 있는 글을 써야 한다는 생각 때문인 것 같다. 하지만 자료를 찾으면서 글을 쓰는 것에 대한 고리타분하고 재미없다는 편견은 사라지게 되었다. 이 주제에 대해 조사하면서 우리나라의 역사에 대해 한 번 더 생각하게 되는 계기가 되었다. 우리가 매년 받는 교과서가 많은 사람의 검증과 잘못된 점을 계속해서 수정한 끝에 우리에게 온다는 것을 깨달았다. 우리의 주제인 역사적으로 들어가 본다면 우리의 무관심이 선조들이 힘들게 쌓은 우리의 아름다운 역사를 보존하지는 못하고, 잘못된 지식으로 사람들에게 알려져 한 순간에 무너뜨릴 수 있다고 느꼈다. 많은 사람들이 우리나라의 또는 더 넓게 세계의 역사에 관심을 기울이고 역사를 왜곡하거나 잘못된 정보를 전달해 주는 이런 일은 다시는 없었으면 좋겠다고 느꼈다.

명품으로 보는
경제학

에피소드

예원 : 요즘 우리 사회에서 명품족들이 늘어나고 있다고 하던데 알고 있니?

지원 : 20대들이 자기 과시를 위해 사고 있다고 들었어.

예원 : 그래. 여유가 없는데도 무리하게 사는 사람들이 많다고 하더라.

지원 : 명품을 사는 이유가 그것뿐일까?

예원 : 다른 이유도 있지 않을까? 우리가 한번 알아보자.

지원 : 경제와 연관지어 생각해 보는 것도 괜찮을 것 같아.

예원 : 좋은 생각이야.

생각해 볼 문제

1. 명품은 어떻게 만들어지는 걸까?
2. 명품이 자기 과시만을 위한 걸까?
3. 명품과 경제는 어떠한 상관이 있을까?

명품으로 보는 경제학

송예원

★ 송예원은 호산고등학교에 재학 중인 고등학교 2학년생이다. 현재 경제 분야에 관심이 많아 신문의 경제면을 챙겨 읽고 있다. 지원하는 학과는 경제 경영이며 워렌 버핏과 빌 게이츠의 자서전을 보고 경영에 흥미를 가지게 되었다. 또한 경제에 대해 알기 위해 책을 읽고 있다.

차례

Ⅰ. 디자인과 경제학

1. 디자인과 경제의 관계

경제의 제일 기본이 된다고 할 수 있는 것은, 수요와 공급, 두 원칙이다. 이 원칙으로 인해 우리가 흔히 물건을 구매하고 파는 시장이 탄생하게 되고 오늘날의 경제 형태를 만들어 내기에 이른다.

사전에서의 수요와 공급의 정의는 이러하다.

> 수요[需要, demand]: [명사]
> 1. 어떤 재화나 용역을 일정한 가격으로 사려고 하는 욕구.[1]
> 2. 소비자가 지불할 수 있고 기꺼이 지불하고자 하는 상품과 서비스의 총량을 말한다.[2]
>
> 공급[供給, supply]: [명사]
> 1. 요구나 필요에 따라 물품 따위를 제공함.[3]
> 2. 생산자가 특정 기간 내에 팔려고 내놓는 재화, 서비스의 양을 말한다. 어떤 재화의 공급은 그 가격, 즉 생산자의 생산비에 달려 있다.[4]

수요의 단순한 용어 자체의 뜻은 어떤 재화나 용역을 일정한 가격으로 사고자 하는 욕구라고 한다. 하지만 경제학 사전에서의 수요는 소비자가 지불할 수 있

1. 네이버 어학사전
2. [네이버 지식백과]수요 [demand] (사회학사전, 2000.10.30, 사회문화연구소)
3. 네이버 어학사전
4. [네이버 지식백과] 공급 [supply] (사회학사전, 2000.10.30, 사회문화연구소)

고 기꺼이 지불하고자 하는 상품과 서비스의 총량이라고 정의하고 있다. 즉 소비 능력이 충족되는 욕구를 수요라고 한다.

공급에서도 이러한 차이가 존재한다. 단순한 용어 자체의 뜻으로 보자면 요구나 필요에 따라 물품을 제공한다고 정의하고 있다. 하지만 경제학 사전에서의 공급의 뜻은 생산자가 특정 기간 내에 팔려고 내놓은 재화에 해당한다. 또한 3차 산업[5]인 서비스업에도 해당한다. 이렇듯 단순한 용어 자체의 뜻보다 경제학에서는 조금 더 깊이 규정하고 있는 편이다.

디자인과 경제는 밀접한 관련을 맺고 있다. 시장이 탄생한 이후로 산업 혁명 시기에 시장은 발달하기 시작했다. 그 시기에는 소품종 대량생산으로 물건의 종류가 다양하지 않아 디자인 시장 또한 활성화되지 않은 시기였다. 하지만 오늘날 현대사회의 소품종 대량생산, 고부가가치적 체제 덕에 고객들은 다양한 물건을 고르고 소비할 수 있게 되었다. 이 과정에서 디자인은 고객들의 니즈를 수렴하여 표현하는 중요한 요소 중 하나로 자리 잡게 되었다. 즉 고객들의 니즈[6]가 곧 수요이고 그 니즈에 맞춰서 디자인을 하는 것이 공급에 해당한다고 한다.

2. 치마와 경기

치마가 짧아지면 경기가 살아난다. 경제학에 관련이 많은 사람이라면 한 번쯤 들어본 속설일지도 모른다. 치마와 경제. 전혀 연관성이 없는 이 두 요소들이 어떻게 만나는 걸까? 다음은 이 주제에 대한 글을 발췌한 것이다.

> 경기 변동과 치마길이의 상관관계를 주목한 경제학자는 조지 테일러였다. 그는 치마길이와 경기변동의 상관관계를 보여주는 지표인 '헴라인 지수(Hemline

5. 1·2차 산업의 물질적 상품들의 생산과 소비를 연결하는 유통 산업이나 물질적·비물질적 서비스 상품들을 공급하는 산업 [네이버 지식백과] 3차 산업 (Basic 중학생을 위한 사회 용어사전, 2007.7.10., ㈜신원문화사)
6. needs: 요구 조건

Index)' 를 발표한다. 그가 발표한 내용에 따르면, 경기가 불황일 때는 여성들이 스타킹을 살 돈이 부족하기 때문에 오래된 스타킹을 감추기 위해 치마를 길게 입는다는 것이다. 반대로 경기가 호황일 때는 자신의 실크 스타킹을 다른 사람에게 보여주기 위해 치마의 길이가 짧아진다는 것이다.

결과가 도출된 이유에 대해서도 다양한 해석들이 존재한다. 앞서 테일러의 주장처럼 오래된 스타킹을 가리기 위해 불황에는 긴 치마를 입게 된다는 주장에서부터, 경기가 좋아지면 건물 냉방이 좋아지기 때문이라는 주장, 경기가 좋아질 경우 여성들의 사회 참여 등이 활발해지기 때문이라는 주장 등 다양한 해석들이 있다.

하지만 이와 반대되는 주장들도 많다. 즉, 호황일수록 여성의 치마 길이가 길어지고, 불황일수록 오히려 짧아진다는 것이다. 실제로 제2차 세계대전 당시 영국은 부족한 군수물자로 인해 옷감 절약 차원에서 여성들로 하여금 짧은 치마를 입을 것을 권고한 바 있으며, 이는 실제 법령으로까지 제정되기도 하였다고 한다. 국내에서도 미니스커트는 불황의 전조로 여기는 사람들이 많다. 특히 증권가에서는 여성들이 미니스커트를 찾는 이유로는 우울함을 벗어버리고 기분 전환을 하기 위한 욕구가 투영된 것이라고 보고, 이러한 심리는 불황기에 더욱 잘 목격된다고 보았다.

치마길이와 경기 변화의 상관관계에 대해 상반된 의견들이 있어 왔지만, 최근에는 여성의 치마길이가 경기와는 전혀 관계가 없다는 것이 정설이다.

치마길이와 경기 변화의 상관관계에 대해서는 이와 같이 서로 상반된 의견들이 있어왔다. 오늘날에는 여성의 치마길이는 경기와는 무관하다는 것이 정설이다. 이는 실제 여성이 어떤 치마를 구매할 것이냐를 결정하는 요인이 경기뿐만 아니라 유행 등 다양한 요인에 의해 영향을 받고 있기 때문이다.[7]

위 글의 결론은 치마 길이과 경제는 관련이 없다는 것이지만, 경제가 우리 생

7. [네이버 캐스트]의식주 경제학 '경기 지표'

활 전반에 끼치는 영향이 결코 무관하지 않다는 것을 알 수 있다. 궁극적으로 판매가 목적인 공급시장에서는 결코 무시할 수 없는 요인으로 꼽히지는 않는다. 만약 경기가 좋지 않다면 치마의 종류와 무관하게 판매량 자체가 줄어들 수도 있는 것이다. 다른 예시로 엥겔 지수[8]와 스놉 효과 등을 꼽을 수 있다.

---

8. [네이버 지식백과]엥겔지수 [Engel's coefficient] (시사경제용어사전, 2010.11, 대한민국정부)) 엥겔 지수: 1857년 독일 통계학자 엥겔(Ernst Engel)이 가계 지출을 조사한 결과 저소득 가계일수록 식료품비가 차지하는 비율이 높고, 고소득 가계일수록 식료품비가 차지하는 비율이 낮음을 발견하였는데 이를 '엥겔의 법칙'이라고 한다.

Ⅱ. 명품을 보는 두 가지 관점

1. 과시욕 혹은 사치

사람들은 누구나 소비를 한다. 소비의 목적은 각각 다양하다. 생계에서 과시까지 이르는 다양한 소비의 종류가 있다. 누구든지 단일한 종류의 소비만 하지 않으며 여러 가지 소비를 한다. 그중에서 상류계층과 하류계층을 구분하는 소비는 과시적 소비[9]이다. 물론 모든 사람들이 정확히 말하자면 상류계층이 과시적인 것은 아니다. 또한 하류계층이 과시적 소비를 하지 않는 것도 아니다. 그러나 사회 전반적 관점으로 보자면 대부분의 과시적 소비 중 대부분을 상류층 계열이 차지하고 있다.

이와 관련된 예로는 베블렌 효과와 스놉 효과를 들 수 있다.

베블렌 효과

과시욕구 때문에 재화의 가격이 비쌀수록 수요가 늘어나는 수요증대 현상을 말한다.[10]

스놉 효과[SNOB EFFECT]

스놉 효과란 특정 제품에 대한 소비가 증가하게 되면 그 제품의 수요가 줄어드는 현상을 뜻하는 말이다. 스놉 효과에서 소비자들은 다수의 소비자들이 구매하지 못하는 제품에 호감을 느끼게 되는데, 보통 가격이 비싸서 쉽게 구매하기 어려운 고가의 제품, 명품 등이 여기에 해당된다.[11]

---

9. 과시적 소비: 필요의 의한 소비가 아닌 타인의 시선을 의식한 소비
10. [네이버 지식백과]베블렌효과 (시사상식사전, 박문각)
11. [네이버 지식백과]스놉효과 [snob effect] (매일경제, 매경닷컴)

만약 소득이 증가하여 어떤 재화를 사는 사람들이 증가하면 특정 재화에 대한 수요가 늘어난다. 하지만 희소성을 바라는 고객들에 의해 그 제품의 수요는 줄어들 수 있다. 이러한 특징은 명품의 특성 중 하나에 해당한다. 말하자면 베블렌 효과 다음 현상이 스놉 효과인 셈이다.

물론 베블렌 효과와 같이 재화의 가격이 비싸지만 무리해서 그 제품을 구입하는 사람도 있다. 하지만 또 다른 상황을 야기할 수 있다. 진짜 명품 대신 가짜 명품, 즉 짝퉁을 구입하는 것이다. 진짜 제품을 사기에는 돈이 부족하여 그를 대신하는 제품을 사는 단순히 남들의 시선만을 위한 '과시적 소비'가 발생한다. 이를 사치적 소비라고도 한다.

2. 오래된 명품

(1) 명품–단순한 이름만이 아니다

흔히 우리는 명품을 상류층의 사치라고 생각한다. 하지만 모든 소비가 사치적 소비는 아니다. 명품을 과시하기 위해 사는 사람도 있지만 그 이유로 한정되는 것은 아니다. 일단 기본적으로 명품의 타이틀을 달고 있는 제품들은 그들 나름의 철학, 엄격한 가치를 가지고 있다. 명품의 사전적 의미는 '뛰어난 물건이나 작품'이지만, 명품이라는 우리말에 대응하는 영어의 럭셔리(Luxury)는 사실 호사품이나 사치품이라는 의미가 강하다. 럭셔리의 어원은 호사스러움을 뜻하는 라틴어 룩수스(Luxus)에서 파생된 룩수리아(Luxuria)에서 찾을 수 있는데, 이 말은 극도의 사치 또는 부패를 뜻한다. 명품의 쓰임새를 살펴봐도 상류층의 사치스러운 생활을 충족시켜 주기 위한 물건이었음은 의심의 여지가 없다. 최근 들어 명품은 모든 제품 중에서 최고 중의 최고, 가장 품질이 좋은 제품, 꼭 그런 것은 아니지만 같은 제품 중에서 가장 비싼 제품을 뜻하는 말로 쓰이고 있다.

명품 패션 브랜드는 오랜 역사와 전통을 자랑하며 최고의 기술을 가진 장인의 손에 의해 탄생된 상질(上質)의 제품으로 고객에게 지속적인 신뢰와 만족을 준다. 최고급 소재와 절제된 디자인, 세월이 흐르는 동안에도 변함없이 고수되는

질 높은 제작 공정과 소량 생산의 원칙은 모든 명품 브랜드가 이어 가고 있는 장인정신의 산물이다. 해외의 콧대 높은 디자이너들은 자신이 디자인한 의상이나 액세서리, 보석류를 가리켜 스스럼없이 '작품' 이라고 칭하며, 고유의 작품기호와 일련번호까지 부여한다.[12]

이에 관한 짧은 일화들이 있다. 루이비통은 제품 출하 전 4일에 걸쳐 핸드백 낙하 실험, 무차별적 자외선 노출, 5,000여 번의 지퍼 여닫기 테스트 등을 통해 품질을 유지 · 관리한다.[13]

샤넬 제품들은 '20세기 여성들에게 자유를 선물했다' 고 평가 받고 있다. 여성들을 위한 실용적인 의상에 그만큼 신경을 썼다는 의미다. 샤넬은 당시 남성용 의상에만 쓰였던 저지 소재를 활용해 유연성을 갖춘 여성복으로 만들어 여성들의 허리를 옥죄었던 코르셋을 벗도록 만들었다. 제1차 세계대전 때, 샤넬은 운전기사의 코트에서 착안하여 방수 기능이 뛰어난 고무 레인코트를 만들었다.[14] 이외에도 샤넬은 여성의 의복에 많은 혁명을 일으켰다.

프라다는 제품의 품질을 결정짓는 원재료를 철저하게 관리해 오고 있다. 가죽과 직물이라는 두 개의 카테고리로 나누어진 원재료는 엄격한 요구사항을 토대로 하여 독점적으로 생산되고 있다. 프라다는 제품 개발을 위해 연간 약 2백만 제곱미터(㎡)의 양가죽과 카프스킨(Calf Skin, 생후 1년 미만의 송아지 가죽), 스트루쪼(Struzzo, 타조가죽), 악어가죽 등 다양한 가죽을 사용하고 있다. 이 가죽들은 생산 센터로 보내지기 전에 최적의 상태로 제공되기 위해 품질 테스트를 거치며 최고 품질의 가죽은 전통적으로 화학제품을 쓰지 않고 가죽 본연의 모습이 돋보이도록 디자인되고 있다.[15]

에르메스 브랜드는 전통적인 수작업 제조 과정을 고수하는 것을 브랜드의 원칙으로 삼는다. 또한 아무리 주문이 쇄도한다고 해도 철저히 소량 생산만을 고집한다. 이는 전 제품에 대한 이미지 관리에서뿐만이 아니라 하나의 예술품을 만들

12. [네이버 지식백과] 명품은 무엇인가? (패션과 명품, 2004.12.30, ㈜살림출판사)
13. [네이버 지식백과] 루이비통 [LOUIS VUITTON] (세계 브랜드 백과, 인터브랜드)
14. [네이버 지식백과] 샤넬 [CHANEL] (세계 브랜드 백과, 인터브랜드)
15. [네이버 지식백과] 프라다 [PRADA] (세계 브랜드 백과, 인터브랜드)

어내고 있다는 에르메스의 전통과 철저한 장인정신에서 비롯되는 것이다.[16]

(2) 재활용 가방 가구

기본적으로 이런 철저한 품질관리를 통해 탄생하는 명품도 있다. 하지만 새로운 가치를 통해 만들어지는 의미 있는 명품도 있다. 스위스의 재활용 가방, 프라이탁과 네덜란드의 폐목재 재활용 가구 피트하인 이크이다.

가방 천은 트럭 위에 씌우는 방수(防水)천을 떼 내 만들었고, 어깨끈은 폐차에서 뜯어낸 안전벨트로 만들었으며, 접합부에는 자전거 바퀴의 고무 튜브를 떼어내 붙였다. 쉽게 말해 쓰레기를 뜯어 모아 만든 가방이다. 오물과 먼지를 씻어내기 위해 세제를 많이 쓰기 때문에 가방에서 냄새도 꽤 난다. 그런데 가격은 50만 원 전후. 쓰레기를 모아 둔 것치고는 터무니없이 비싸다. 이 가방은 스위스산(産) 가방 브랜드 '프라이탁(Freitag)' 이야기다.

쓰레기를 가지고 이런 배짱을 부리는데도 홍대·이태원 등 젊은이들이 모이는 길거리를 돌아다니다 보면 적어도 한두 명은 꼭 이 가방을 들고 다닌다. 가장 싼 것도 15만 원은 하고, 비싼 것은 60만 원을 넘는 이 가방이 매년 전 세계에서 20만 개 가량 팔린다.

이 회사의 창업자 형제 중 형이자 크리에이티브 디렉터인 마르쿠스 프라이탁(43)씨는 "20년 전 사업을 처음 시작했을 때 사람들로부터 '괜찮아 보이긴 하지만, 재활용품이고, 더러워 보이고, 그런데 왜 이렇게 비싸지?' 와 같은 질문을 엄청나게 많이 받았다."며 웃었다.

그는 사람들이 재활용품을 명품으로 받아들이게 된 첫째 이유로 희소성을 꼽았다. 프라이탁 가방의 주재료인 트럭 방수천은 절대로 새 것을 쓰지 않는다. 실제로 트럭에서 5년 정도 사용된 것을 쓴다. 그러니 같은 소재, 같은 디자인의 방

16. [네이버 지식백과] 에르메스 (패션과 명품, 2004.12.30, ㈜살림출판사)

수천이라도 저마다 헌 정도, 묻은 때가 달라진다. 이미 사용한 천을 수거해 그중 일부분을 떼어 내 만든 프라이탁은 태생 자체가 세상에서 유일함을 의미한다. 프라이탁은 1993년 설립 이후 20년 동안 300만 개 이상 가방을 만들었는데, 그 가운데 똑같은 것은 단 하나도 없다. 이 회사는 직원 4명이 전 세계를 돌아다니며 트럭 운송업체를 찾아가 가방 제작에 사용할 수 있는 방수천을 구한다. 그 양이 매년 400t 정도다.

폐방수천으로 만든 가방이 이렇게 대박을 터뜨릴 줄은 창업자 형제도 전혀 몰랐다고 했다.

"솔직히 최초에 '재활용품'을 쓰게 된 것은 우연이었습니다. 처음 가방을 만들 당시 우리 집은 고속도로 옆에 붙어 있었어요. 원래는 방수 가방을 만들려고 했는데, 방수가 되면서도 튼튼한 옷감이 무엇일까 고민하다가 고속도로를 달리는 트럭을 보면서 '저걸로 하면 되겠다'는 생각이 들었습니다. 원단 공급업자들에게 문의할 수도 있었지만, 디자이너로서 새로운 재료를 찾아보고 싶은 욕심이 더 컸어요. 운송회사에 찾아가 트럭의 폐방수천을 받아 갈 수 있겠느냐고 물어봤고, 그걸로 최초의 가방을 만들었습니다. 가방은 우리가 생각했던 기능성에 딱 들어맞았습니다. 단단하고 방수가 되면서 질기니까요. 우리는 처음부터 '재활용품만 쓰겠어. 이걸로 마케팅을 할 거야' 같은 생각을 했던 것이 아니었습니다. 기능성을 찾아보던 중 우연히 눈에 띈 재료가 재활용품이었던 것입니다."

폐방수천 가방이 이렇게 잘 팔린다면 이런 생각이 들 법도 하다. 폐방수천 중에 마음에 드는 게 없다면 만들면 되지 않을까? 트럭 방수천을 만드는 원단 업체에 원하는 원단을 주문생산한 뒤 이를 염색하거나 프린트해서 더 예쁜 조합을 만들 수도 있다. 심지어 이 방법이 비용도 더 적게 든다. 그런데 왜 안 그랬을까?

이 질문에 대해 마르쿠스씨는 "그렇게 만든다면 스토리가 사라지기 때문"이라고 말했다.

"우리는 첫 시제품부터 실제로 사용됐던 트럭 방수천을 이용해서 가방을 만들었습니다. 다른 회사라면 시제품을 개선한다는 등의 명목으로 새 천을 이용할 수 있겠지만, 우리는 그러지 않았죠. 우리가 만든 제품의 본질(originality)을 지켜야 한다고 생각했습니다. 그래서 아예 새 천을 납품받거나 다른 재료를 사용하지 않았던 것입니다.

여기에서 우리 제품의 스토리가 태어납니다. 트럭 방수천이 최근 5년간 어디에서 어떤 일을 했는지가 고객들에게 '역사'로 전달됩니다. 그리고 고객이 가방을 사용하면서 제품에 새로운 이야기를 덧붙여가는 것입니다. 재활용이란 제품의 '두 번째 인생'입니다. 다른 회사라면, 새 제품을 만든 다음 '마케팅 팀' 같은 데서 제품을 설명하는 최적의 이야깃거리를 만들어냈겠지만, 우리는 억지로 만든 스토리는 의미가 없다고 생각했습니다. 진짜 스토리가 있어야 한다고 생각했고, 지금도 생산 라인 모든 부분에서 그런 룰이 지켜지고 있어요. 그게 다른 회사와 우리의 큰 차이점입니다."[17]

프라이탁과 똑 닮은 회사가 하나 있다. 네덜란드의 가구회사 '피트 하인 이크(Piet Hein Eek)'다. 디자이너인 창업자 겸 대표의 이름을 따서 만든 이 가구 업체는 너무 오래돼 더는 운항할 수 없는 선박에서 뜯어낸 목재를 가공해 찬장이나 의자, 식탁과 같은 생활 가구를 만들어 낸다.

폐목재라고 하면 저렴할 것 같지만, 실제 가격은 상상을 초월한다. 찬장 하나에 700만 원, 식탁은 1400만 원이 넘는다.

이유는 프라이탁과 비슷하다. 희소가치 때문이다. 폐목재가 어디서 난 것인지, 실제로 얼마나 사용됐는지, 어떤 바다에서 운항했는지에 따라 물을 먹은 정도나 흠집이 전부 다르기 때문에, 목재의 색깔이나 질감, 단단한 정도가 전부 달라진다. 당연히 어느 가구 하나 똑같은 게 없다.

쓰다 버린 목재로 만든 가구가 정말 실용적일까. 대답은 '그렇다'이다. 선박에 쓰이는 목재는 뱃사람들의 목숨을 좌우하는 중요한 자재이기 때문에 항상 최상급만 사용한다. 게다가 수차례 바닷물에 젖었다 마르기를 반복하면서 담금질이 돼 새 목재와 달리 변형이 없고 훨씬 더 단단하다는 것이 피트 하인 이크의 설명이다.

---

17 조선일보 weeklyBIZ [Cover Story] 명품이된 폐품 가방 '프라이탁' 열어보니

미(美)적인 요소도 무시할 수 없다. 이 가구는 폐목재 조각을 스테인드글라스 처럼 붙여서 만들었는데, 새것에서는 볼 수 없는 고풍스러운 멋이 난다.

피트 하인 이크씨는 한 인터뷰에서 "보통 가구라면 광택을 내거나 페인트칠을 하지만 우리 가구는 그 과정을 생략한다."며 "오래된 나뭇조각을 재활용해 나무의 근본적인 아름다움을 유지하고, 이를 조합해 새로운 생명을 만든다는 점에서 돈으로 환산할 수 없는 가치를 만든다."고 말했다.[18]

이런 명품은 단순한 장인 정신이 아닌 재활용, 희소성에 있어서 매력을 더한다. 단순한 폐품이 제조공정을 거쳐 세상에 하나뿐인 자신의 가방으로 탄생한다. 이러한 명품은 누구나 하나쯤 소유하고 싶지 않을까?

18. 조선일보 [Weekly BIZ] 폐선박서 뜯어낸 목재로 가구 생산… 식탁 한 개 1400만원

Ⅲ. 소비자가 선택한 명품

1. 가격 결정

일단 경제학에서 재화의 종류는 여러 가지가 있다. 소득이 오를 때 재화의 판매량이 오르는 정상재, 소득이 늘었을 때 오히려 감소하는 열등재, 사치의 목적으로 구입하는 사치재가 있다. 정상재에는 보통 우리 주위에 있는 물건들의 대부분에 해당한다. 열등재는 수입이 증가할 때 오히려 소득이 줄어드는 재화인데 예시를 들자면 평소에는 선풍기를 사용하나 소득이 증가하여 전기세를 낼 수 있을 경우에는 에어컨의 사용이 증가하고 반면에 소득의 하락으로 에어컨 대신 선풍기를 사용한다고 하면 이때 에어컨은 정상재이고 선풍기는 열등재이다.

사치재는 말 그대로 사치를 목적으로 한 소비에 해당한다. 이에는 명품, 액세서리 등이 해당한다. 이와 같은 재화는 소득탄력성[19]으로 구분한다. 소득탄력성은 증가한 수요의 퍼센트를 증가한 소득의 퍼센트로 나누는 것을 말한다. 보통 정상재의 경우 소득탄력성이 1이고 사치재의 경우는 1 이상, 열등재의 경우는 1 이하이다.

$$\text{소득탄력성} = \frac{\text{수요증가\%}}{\text{소득증가\%}} = \frac{15}{10} = 1.5$$

명품의 시장전략을 꼽으라면 단연 가격차별을 통해 이윤을 이끌어내는 것이다. 물론 생산과정에서의 생산비용이 큰 것도 사실이나, 일반 재화에 비해 부과

19. 네이버 어학사전 '소득탄력성'
소득탄력성 (所得彈力性): 〈경제〉소득의 변화에 따라 수요나 공급이 변화하는 정도. 곧 소득의 변화율에 대한 공급의 변화율, 또는 수요의 변화율의 비율로 나타낸다.

되는 이윤의 가격이 높다. 이러한 사치재는 소득이 증가했을 때 증가하는 수요가 많다.

하지만 이름이 명품인 만큼 많은 사람들이 가질 수 있는 것은 아니다. 위 본문에서 본 것과 같이 명품을 사는 이유에는 희소성이 많이 차지하고 있기 때문에 스놉 효과가 일어날 수 있는 것이다. 그 희소성에는 재화의 재료에 대한 희소성도 있지만 아무나 가질 수 없다는 것에는 가격이 큰 비중을 차지한다. 이러한 가격차별 전략을 통해 명품은 이윤을 창출한다.

경제학에서는 동일한 재화나 서비스를 공급하는 데 있어 비용 상의 차이가 없음에도 불구하고 다른 소비자들에게 각기 다른 가격을 책정하는 행위를 가격차별(price discrimination)이라고 한다. 각 소비자에게 재화나 서비스를 공급하는 비용이 서로 다른 상황에서 같은 가격을 부과하는 것 또한 가격차별에 해당한다. 같은 영화라도 아침에 보면 조조할인을 해주는 것이나, 동일한 미용실에서 커트를 한다 하더라도 성인과 학생의 커트 비용이 다른 것, 동일한 자동차라 하더라도 내수용과 수출용의 가격이 다른 것 등이 가격차별에 해당한다.

기업들이 동일한 서비스나 재화에 다른 가격을 부여하는 이유는 가격차별 전략을 통해 보다 높은 이윤을 달성할 수 있기 때문이다. 예를 들어 10명의 부유한 사람과 100명의 가난한 사람이 존재한다고 가정해 보자. 가난한 사람은 영화를 보러 갈 용의가 있지만 이들은 5,000원 이상 지불할 형편이 못 된다. 반면, 부유한 사람은 1만 원 이내라면 얼마든지 영화 관람료를 지불할 의사가 있다.

극장이 가난한 사람과 부유한 사람을 구분해서 입장료를 받지는 않지만, 이와 유사한 이유로 학생들에게 할인된 입장료를 부과하고 있다. 학생들은 일반적으로 직장을 다니는 성인들에 비해 소득이 적다. 따라서 이들에게 성인에 비해 낮은 입장료를 부과함으로써 학생들의 관람 수를 늘리고 이로 인해 해당 극장은 더 큰 수익을 거둘 수 있다.[20]

---

20. [네이버 캐스트] 가격차별을 통한 이윤 극대화

이와 같이 명품은 많은 돈을 내고 그 제품을 살 용의가 있는 사람들에 의해 가격을 책정한다. 만약 명품의 수요가 없었다면 수요와 공급 법칙에 따라 명품시장은 자연스럽게 없어졌을 것이다. 하지만 수요가 있었기에 오늘날의 명품시장이 존재하는 이유가 되었다.

경제학에서의 독점은 하나의 공급자가 시장을 장악하는 것 또는 한 회사가 시장 점유율을 50퍼센트 이상 차지하는 경우[21]를 말한다. 그러므로 경쟁 체제가 생기지 않는다. 과점은 독점과 유사하지만 소수의 공급자가 시장을 장악하는 것 또는 셋 이하의 회사가 시장 점유율의 75퍼센트를 차지하는 경우[22]이다. 이러한 행위를 합쳐 독과점으로 부르는데, 독과점은 경제 성장을 저하한다.

독과점형태의 시장이 되면 또 다른 경쟁자가 없기 때문에 그 기업에서 횡포를 부리기 일쑤가 된다. 또한 소비자의 선택권이 줄어드는데, 이러한 행태를 막는 것이 경쟁이다. 경쟁이 있어서 기업은 서로 경쟁을 하면서 가격을 낮추거나 상품의 질을 높이게 된다. 그래서 소비자가 더 좋은 물건을 취할 수 있다.

독과점과 명품을 연관시키자면 명품은 독과점 시장에 해당한다고 볼 수 있다. 예시로 남아프리카에서 생산되는 다이아몬드의 80%는 드비스라는 회사가 독점하고 있다. 각각의 분야로 본다면 경쟁자가 별로 없다. 일반적으로 생활복을 만들어내는 기업은 많다. 하지만 명품은 회사 자체가 하나의 검증받은 상품이기 때문에 고객들의 인정을 받은 명품만이 상품이 된다.

하지만 독과점 시장이 전부 나쁜 것만은 아니다. 설비투자에서 거액이 소요되는 산업의 경우에도 독점시장이 생긴다. 하지만 한 기업이 필요한 양을 모두 생산할 때 여러 기업이 나누어 생산하는 것보다 비용이 적게 들기 때문에 이른바 규모의 경제[23]가 성립하기 때문이다.

전력, 수도, 전화 산업이 이런 범주에 포함된다. 그리고 정부에서 독점으로 운

---

21. [네이버 지식백과]독과점 [獨寡占] (Basic 고교생을 위한 사회 용어사전, 2006.10.30, (주)신원문화사)
22. [네이버 지식백과]독과점 [獨寡占] (Basic 고교생을 위한 사회 용어사전, 2006.10.30, (주)신원문화사)
23. 대량 생산에 의하여 1단위당 비용을 줄이고 이익을 늘리는 방법이 일반적인데, 최근에는 설비의 증강으로써 생산비를 낮추고 있다. 생산 조직이나 생산의 규모가 커질수록 생산과 판매를 위한 비용이 줄어드는 경우 이를 규모의 경제라고 한다. 위의 경우는 설비의 증강으로 생산비가 낮아진다.

영하는 국영기업은 민간 기업에 비하여 싸고 쉽게 생활에 필요한 요소를 공급할 수 있는 원인이 된다. 또한 국가의 수입원이 될 수 있다. 만약 민영화가 된다면 경제가 분할되어 재화에 대한 가격이 더 상승할 것이다. 또 다른 예로는 담배가 있는데 만약 담배가 민영화된다면 규제를 할 수 있다. 그 예로 드라마에서의 담배를 피우는 장면을 규제한다거나 담뱃갑에 위험 문구를 기재할 수 있다. 이처럼 독과점은 적절히 사용한다면 좋은 예가 될 수 있다.

Ⅳ. 명품의 시장 전략

사람들에게 어느 정도 인지도가 있는 브랜드들이 있다. 그 브랜드들은 단순한 상품만이 아닌 하나의 브랜드로서 상품을 구성하는 가치를 가진다. 대표적인 브랜드들로는 코카콜라, 삼성, 나이키, 애플 등등도 브랜드를 이용한 차별전략을 사용한다. 이들 브랜드는 소비자들에게 친숙하게 다가감으로써 이미지를 구축하고 의미를 부여한다. 휴대폰 경쟁에서 유명한 두 회사를 살펴보자.

> 아커 교수는 현재 삼성의 브랜드 전략에 대해 10점 만점에 7~8점을 줬다. 아커 교수는 삼성이라는 브랜드가 품질 개선, 광고, 올림픽 후원 등을 통해 외형적으로 성장했지만 전략 면에서는 애플 같은 경쟁자에 밀리고 있다고 지적했다. 그러면서 '애플 스토어(Apple Store)'를 예로 들었다. 애플 스토어는 전 세계 330여 곳에 있는 애플의 직영판매점. 애플이 매장 디자인, 제품 전시 방법을 직접 관리한다.
>
> "애플 스토어에 가보면 그곳 매니저들은 당신의 고민에 대해 이야기를 들어준다. 우리 동네에 있는 애플 스토어에서 몇 명이 일하는지 아나? 무려 40명이다. 반면 삼성은 자기 제품이 소비자들에게 어떻게 제시되는지를 모르는 것 같다. 삼성 브랜드를 전달하는 사람은 누구인가? 모두가 그렇진 않겠지만 내 경험으로 보면 가전제품을 이해하지 못하는 가전제품 판매자였다. 그들이 이해하는 건 오로지 어떤 제품을 팔면 내가 돈을 더 버는가 하는 것뿐이었다."
>
> – 한국 기업들은 경쟁사의 신제품을 빨리 따라가는 패스트 팔로어(fast follower) 전략으로 지금 위치에 올랐다. 우선 시장점유율을 늘린 다음 새로운 카테고리를 만드는 전략이 유효한 게 아닌가?

"과거 일본 가전업체의 전략이 그랬다. 멋진 DVD 플레이어의 가격이 80달러부터 시작한다. 하지만 가격을 무기로 시장점유율을 늘리는 경쟁은 결국 시장 자체를 망쳐버렸다. 15년간 시장이 파괴되다시피 했다. 혁신적인 제품, 예를 들어 '스페셜 DVD 플레이어?' 라는 카테고리를 만들려면 돈이 필요하다. 하지만 브랜드끼리 벌이는 시장 점유율 경쟁에서는 돈이 안 남는다. 그런 전략에서 스페셜 DVD를 만들 돈과 시간을 확보할 수 있겠나."

– 그렇다면 어떻게 차별화해야 하나?

"삼성이나 LG가 꼭 애플의 모든 방식을 따라 해야 한다는 뜻은 아니다. 다만 애플이 그랬듯 새로운 카테고리의 제품과 서비스를 만들어내야 한다. 그냥 새로운 것은 안 된다. 거기에 사람들의 머스트 해브(must have · 꼭 가져야만 하는 것)가 담겨야 한다. 경쟁 없는 시장을 만들고, 장벽을 만들어 경쟁자로부터 자신의 이윤을 보호해야 한다. 그 장벽이란 특허가 될 수 있고, 강력한 브랜드, 판매 채널, 충성스러운 소비자가 될 수도 있다."

"기업이 시장의 주도권을 쥐고 지속적으로 이익을 낼 수 있는 방법이 딱 하나 있다."

"새로운 카테고리(제품 · 서비스를 통칭하는 것)를 만들고 소비자들의 눈에 오로지 당신의 브랜드만 보이게 해야 한다. 그리고 진입장벽을 만들어 경쟁자들로부터 그 카테고리를 보호하라. 다른 방법을 택하는 것은 미친 짓이다."

"예를 들어 현대차가 미국에서 했던 10만 마일 보증 서비스는 어떤 소비자에게는 꼭 필요한 머스트 해브다. 현대차가 제로(0)에 가깝던 미국 시장점유율을 끌어올린 것은 현대차의 브랜드가 도요타 같은 다른 브랜드보다 강해서가 아니다. 10만 마일 보증서비스를 제공하는 회사는 현대차뿐이었고, 말 그대로 그런 서비스를 원하는 사람에게 다른 브랜드는 고려 대상이 아니었기 때문이다. 경쟁자를 이기는 것이 아니라 소비자의 머리에서 경쟁자를 지워버리는 것이다."

아커 교수는 이런 전략을 "브랜드 연관성 전략"이라고 부른다. 같은 카테고리에서 여러 브랜드 가운데 자신의 브랜드를 선택하게 하는 "브랜드 선호도 전략"과는 다른 접근법이다. 자동차 회사가 경쟁사보다 더 품질 좋은 세단을 내놓고 고객을 설득하는 게 브랜드 선호 전략이라면, 미니밴처럼 새로운 카테고리를 만들고 미니밴이 필요한 사람은 처음부터 A라는 브랜드를 떠올리게 하는 것, 그래서 경쟁사와 미니밴의 연관성을 끊어버리는 것이 브랜드 연관성 전략이다.

아커 교수는 "브랜드 연관성"이라는 책에서 브랜드가 살아남기 위해서는 4단계의 과정을 거쳐야 한다고 썼다. 새로운 콘셉트를 만들고, 콘셉트를 평가하고, 카테고리 및 하위 카테고리를 정의하고, 경쟁업체에 대한 진입장벽을 만드는 것이다.[24]

지금은 삼성이 스마트폰 시장에서 우위를 점하고 있지만, 앞으로는 어떻게 될지 모를 일이다. 현재 중국에서는 애플의 아이폰을 모티브로 한 짝퉁폰인 화웨이가 아이폰의 점유율을 넘어섰다. 화웨이는 단순히 아이폰 모방에서 그치지 않고 소비자와 피드백하는 시스템을 통해 소비자의 입맛에 맞게 개선해가고 있다. 이것이 바로 브랜드 전략이다.

삼성이라고 하면 해외에서는 a/s와 서비스 그리고 싸다는 인식이 되어 있다. 이러한 브랜드 이미지는 기업의 이미지로도 이어진다. 이런 사례는 더욱더 까다로운 고객층인 상류층에게도 적용된다.

명품 브랜드들이 추구하는 전략을 살펴보자.

PRADA는 앞서가지만 너무 진보적이지 않은, 패셔너블하지만 한 시즌의 유행에 머물지 않는, 친숙하지만 늘 새로운, 그것이 바로 프라다의 기본 컨셉이다. 프라다는 제품 하나 하나가 만들어지는 모든 과정에 장인정신에서 우러나오는 엄격하고도 세심한 주의와 정성을 기울임으로써 하나의 예술품에 버금가는 완벽한

24 조선일보 weekly biz

제품을 탄생시킨다. 전 세계에 펼쳐져 있는 프라다 제품에 대한 이미지 관리와 구입정책, 가격정책의 기본 전략은 모두 밀라노에 있는 본사에서 결정함으로써 전 세계 고객들에게 프라다의 패션정신을 보다 일관되게 전달하고 있다. 또한 프라다는 인기 연예인들에게 자사 제품을 입히는 스타 마케팅 전략으로도 유명한 브랜드이다.

세계 최고의 보석으로 인정받는 보석 쇼메의 현재 주 고객은 유럽 왕실을 비롯하여 일본 황실과 중동의 석유 재벌, 미국의 케네디가 등이다. 파리 방돔 광장에 자리 잡고 있는 쇼메하우스 1층에는 예약에 의해서만 방문이 가능한 부띠끄가, 2층에는 쇼메박물관이 자리하고 있다. 쇼메하우스의 중심인 안뜰에는 아뜨리에가 있다. 이곳에서는 하얀 가운을 입은 숙련된 장인들이 초창기부터 이어진 행동 규칙과 제작원리에 따라 제품을 만들어내고 있다. 그런데 이들이 사용하는 장비들은 3세기 이상 된 것들로 아뜨리에의 모든 기구들은 곧 역사적인 유물이며, 따라서 아뜨리에 자체는 2백 2십 년 동안 살아 숨 쉬는 쥬얼리의 역사책이자, 박물관이라 할 수 있다. 쇼메의 전 과정들은 모두 장인들의 손으로 이루어져 제품에 더욱 큰 가치를 부여한다. 또한 모든 쇼메 보석에는 음각으로 새긴 작은 다이아몬드 모양의 각인(刻印)이 찍히며 그것이 바로 쇼메의 감정사 역할을 하게 된다.

에르메스는 오늘날 국제적인 그룹의 규모를 자랑하지만, 여전히 인간의 손길이 살아 숨 쉬는 회사로 남아 있기를 바란다. 에르메스의 전 제품은 4~5백여 명의 장인들의 완전한 수작업으로 만들어지며, 각각의 모델에는 그것을 제작한 장인의 고유 번호가 찍히게 된다. 또 한편 에르메스에서는 문화예술지원 부서를 운영하고 있다. 이 부서에서는 갤러리 건립, 다양한 예술 지원활동, 문화행사 개최를 맡고 있는데 전 세계의 그림, 조각, 무용 등 다방면에서 예술세계를 펼쳐나가는 작가들을 후원하고 있다. 이러한 에르메스의 메세나(Mecenat) 활동들은 자사의 모든 제품이 예술가적 정신에 기초하고 있다는 자부심에 따른 것이며 "예술가적 철학"으로 대변되는 에르메스의 기업정신을 나타내는 것이다. 올해로 2회 째를 맞는 에르메스 코리아 미술상은 이러한 에르메스의 기업정신을 보여주는 좋은 예이다.

앞서 보았듯이 명품브랜드에는 다음과 같은 공통적인 특징들이 있음을 알 수 있다. 첫째, 긴 역사와 전통을 이어가는 한결 같은 품질, 둘째, 철저한 장인정신, 셋째, 동시대적이면서도 새로움을 창조해 가는 끊임없는 제품 개발, 넷째, 일관된 브랜드 이미지 유지를 위해 가격 정책, 광고 전략, 매장 디스플레이에 이르는 모든 과정을 본사에서 관리하는 수직 통합 체제. 이러한 요소들이 모여 오늘날 고품질 · 고가치의 명품을 낳은 것이다.

그렇다면 명품이라는 타이틀을 유지하기 위한 그들만의 특별한 마케팅과 홍보기법은 어떤 것이 있는지 알아보자.

* 브랜드를 함부로 노출시키지 않는다

명품 브랜드는 TV에서 광고를 하지 않는다. 한 예로 조르지오 아르마니(GEORGIO ARMANI)의 경우 소량의 카달로그를 서점에서만 판매한다.

* Anti-status 심벌 전략

일반적으로 명품 브랜드들은 로고 문양을 찍는 디자인 자체가 유행일 때를 제외하고는 되도록 작게 박거나 안쪽으로 숨긴다. 하지만 예외적으로 로고문양 자체가 모든 아이템에 기본으로 들어가는 브랜드도 있다. 예를 들어 루이비통(Louis Vuitton)이나 샤넬(CHANEL) 등과 같은 브랜드들이다.

* 스타 마케팅 전략

명품 브랜드와 인기 연예인과는 불가분의 관계가 있다. 스타들이 자사 제품을 착용함으로써 브랜드 홍보 효과를 극대화하면서도 마케팅 비용을 절감할 수 있다는 장점 때문에 많이 활용되고 있다. 하지만 대중 매체에서의 홍보를 통해 수요를 높이기보다는 고객층을 제한함으로써 브랜드 이미지와 가치를 지키겠다는 의도에서 스타 마케팅을 피하는 브랜드들도 있다.

＊ 보수와 혁신의 적절한 조화

명품 브랜드는 저마다 역사에 남을 만한 제품을 보유하고 있는데 그것들은 당시 사람들을 깜짝 놀라게 할 정도로 획기적이고 혁신적인 제품이었다. 그럼에도 이들이 가진 혁신과 조화되는 보수성은 오랜 시간이 흘러도 브랜드 아이덴티티를 동일하게 유지시켜 주는 역할을 하고 있다.

＊ 꾸준한 메세나(Mecenat:기업의 예술후원활동)와 자선활동

국제 시장을 기반으로 예술에 투자함으로써 기업 이미지를 고양하고 잠재적 고객을 개발하는 기회로 활용하고 있다. 앞서 언급했듯이 에르메스에서는 예술가를 후원하는 메세나 활동을, 루이비통에서는 에이즈퇴치기금 마련을, 그리고 페라가모에서는 불우어린이 기금 마련 등 사회 공헌활동을 펼치고 있다.[25]

25 네이버 지식인
shttp://kin.naver.com/qna/detail.nhn?d1id=13&dirId=130105&docId=37153179&qb=66qF7ZKI7KCE6561&enc=utf8§ion=kin&rank=5&search_sort=0&spq=0

Ⅳ. 명품에 대한 우리의 올바른 선택

사람들이 명품을 보는 관점은 다양하다. 여러 종류의 사람들이 있지만 무조건 명품을 사는 사람들을 허영심이 가득한 사람인 것처럼 생각하는 것은 바람직하지 못하다. 명품을 사는 것에는 남들에게 과시하는 용도가 될 수 있지만, 명품 자체가 주는 의미도 특별하다. 어머니가 젊을 때 산 샤넬 백을 딸이 물려받는다. 이러한 명품에는 유행이라는 것이 존재하지 않는다. 오히려 시대가 지날수록 가치가 더해지는 것도 있다. 단순히 명품을 안 좋은 것으로 치부하기 보다는 용도에 맞게 적절한 방향으로 쓰는 것이 중요하다. 특별한 날에, 특별한 물건 하나는 잊지 못할 기억이 될 수 있다.

| 참고 사이트 |

• 네이버 어학사전(수요, 공급, 3차산업/서비스업, 소득탄력성)
http://krdic.naver.com/detail.nhn?docid=22685800
http://krdic.naver.com/detail.nhn?docid=3209700
http://krdic.naver.com/detail.nhn?docid=20800100
http://krdic.naver.com/search.nhn?kind=all&query=%EC%86%8C%EB%93%9D%ED%83%84%EB%A0%A5%EC%84%B1

• 네이버 지식백과(엥겔지수, 베블런효과, 스놉효과, 독과점, 루이비통, 프라다, 명품은 무엇인가?, 에르메스)
http://terms.naver.com/entry.nhn?docId=300356&cid=43665&categoryId=43665
http://terms.naver.com/entry.nhn?docId=1232670&cid=40942&categoryId=31819
http://terms.naver.com/entry.nhn?docId=20793&cid=43659&categoryId=43659
http://terms.naver.com/entry.nhn?docId=941359&cid=47332&categoryId=47332
http://terms.naver.com/entry.nhn?docId=1976205&cid=43168&categoryId=43168
http://terms.naver.com/entry.nhn?docId=2028382&cid=43168&categoryId=43168
http://terms.naver.com/entry.nhn?docId=1394832&cid=42821&categoryId=42821
http://terms.naver.com/entry.nhn?docId=652802&cid=43167&categoryId=43167

• 조선일보weeklyBIZ
http://biz.chosun.com/site/data/html_dir/2014/03/21/2014032102163.html

• 네이버 지식인
http://kin.naver.com/qna/detail.nhn?d1id=13&dirId=130105&docId=37153179&qb=66qF7ZKI7KCE6561&enc=utf8§ion=kin&rank=5&search_sort=0&spq=0

• 네이버 캐스트(가격차별을 통한 이윤극대화, 샤넬)
http://navercast.naver.com/contents.nhn?rid=235&contents_id=46344&leafId=621
http://navercast.naver.com/contents.nhn?rid=101&contents_id=4361

글쓰기 전

글을 쓰기로 한 계기는 윗글에 인용된 신문기사를 보고 난 후 그것에 대한 관심이 생겨서였다. 동아리에 들어와서 주제를 정할 때 문득 생각난 주제였지만 마음에 드는 주제 선정인 것 같았다. 처음에 사전 조사를 하면서도 내가 서툴렀던 경제 부분을 다듬는 것 같아서 좋았고 또 명품에 대해 좀 더 알게 되었다.

글쓰기 후

글을 쓰는 도중에 마음에 들지 않아 삭제한 부분도 있고 쓰고 나서 걸리는 부분도 있었다. 처음 써보는 글이기에 미숙함이 많았던 것 같고 아무래도 혼자 쓰기에는 조금 힘든 부분도 있는 것 같다. 하지만 글을 쓰면서 많은 것을 알게 된 것 같다.

음식(飮食)에 대한 사람들의 가치관

에피소드

나연 : 진실아, 너는 채식주의자에 대해서 잘 알고 있니?

진실 : 음……. 그냥 채식만 먹는 사람을 뜻하는 거 아니야?

나연 : 보통은 그렇게 알고 있는 사람들이 많은데 채식주의자 중에서도 여러 가지 유형이 있어. 어떤 채식주의자는 철저하게 채식만 하는 사람도 있고 어떤 사람은 약간의 육식을 허용하기도 해.

진실 : 그렇구나. 같은 채식주의자라도 음식을 대하는 방법이 다르구나.

나연 : 그렇지. 사람들은 저마다의 경험과 가치관에 따라 음식을 대하는 방법이 다른 것 같아.

진실 : 그렇다면 우리 음식을 대하는 사람들의 태도를 좀 더 자세하게 알아볼까?

나연 : 그래. 그리고 각각의 방법의 장점과 문제점에 대해서도 자세히 알아보자.

생각해 볼 문제

1. 음식에 대한 사람들의 태도는 어떤 것들이 있는가?
2. 이러한 태도들의 장점과 단점은 무엇인가?
3. 왜 이러한 태도를 취하는 것인가?

음식(飮食)에 대한 사람들의 가치관

탁나연

★ 탁나연은 어떤 책 하나를 읽고 식품연구에 관심이 생겼다. 그래서 좀 더 맛있고 편리하고 건강한 가공식품을 만들어 사람들에게 소개하는 것이 꿈이다. 많은 사람들이 가공식품이 해롭다고 생각하는데 그 인식을 바꾸기 위해 되도록 건강한 식품을 만들 것이고 할 수 있으면 시중에 건강한 식품만이 유통되게 하고 싶다. 그런 꿈을 이루기 위해 식품공학과에 들어가서 공부를 할 것이다. 이 꿈이 이루어질지는 모르겠지만 지금 현재의 꿈을 이루기 위해 열심히 노력할 것이다.

차례

Ⅰ. 사람들에게 음식이란?

사람들에게 음식이란 어떤 것일까?

음식에 대한 사람들의 태도는 두 가지로 분류할 수 있다. 살기 위해 먹는 사람과 먹기 위해 사는 사람. 이 두 부류의 사람들은 음식을 먹는 것은 같지만, 음식을 먹는 이유는 확연히 다르다.

먹기 위해 사는 사람은 음식이 주가 되어 이왕 먹는 거 더 맛있는 것을 추구하는 사람인 것 같다. 좀 더 과장되게 표현하자면 건강보다 식도락을 더 중요시하는 사람이라고도 할 수 있다.

살기 위해 먹는 사람은 자신의 건강을 유지하기 위해 음식을 먹는 사람이다. 예를 들어 채식을 하는 사람이나, 유기농 음식을 권장하는 사람 등 음식의 맛보다는 이 음식이 나에게 미치는 영향과 이 음식의 영양가에 관심이 있는 사람이다.

Ⅱ. 본론

1. 육식과 채식

1) 채식주의자

주로 채식을 하는 사람들을 우리는 채식주의자라고 부른다. 채식주의자들이 채식을 하는 이유는 종교적 신념 때문이거나, 환경을 생각하기 때문이거나 혹은 동물을 사랑하는 마음 때문이거나 건강을 위해서이거나 등 여러 가지가 있다.

또한 채식주의자는 여러 가지 유형이 있다. 채식주의자는 크게 베지테리언과 세미 베지테리언으로 나눌 수 있다.

베지테리언은 완전히 채식을 지향하는 비건 채식(Vegan), 우유와 유제품만 허용하는 락토 채식(Lacto), 달걀만 허용하는 오보 채식(Ovo), 그리고 달걀과 우유를 포함한 유제품만 허용하는 락토 오보 채식(Lacto Ovo)으로 나눌 수 있다.

세미 베지테리언은 달걀, 우유, 조류, 어류는 허용하고 붉은 살코기는 허용하지 않는 폴로 채식(Pollo), 우유, 달걀, 어류는 허용하되 조류는 허용하지 않는 페스코 채식(Pesco), 그리고 평소에는 완전히 채식을 하지만 상황에 따라 육식도 허용하기도 하는 플렉시테리안(Flexitarian)으로 나눌 수 있다.[1]

사람들이 채식주의를 지향하는 이유 중 가장 큰 비율을 차지하는 이유는 건강을 위해서이다. 그러나 채식주의가 몸에 무조건적으로 좋은 것은 아니다. 채식주의는 영양 불균형을 초래하고 사람을 무기력하게 한다.

---

1. 네이버 블로그 '애니아찌' – '채식주의자' 베지테리언(Vegetarian)에 대해 알아봅시다.
http://blog.naver.com/anijeong/220059643040

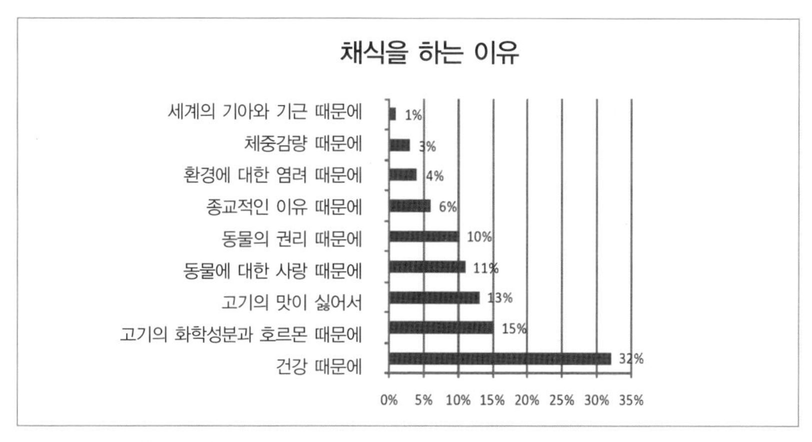

〈네이버 블로그 '애니아찌' - http://blog.naver.com/anijeong/220059643040〉

2) 육식의 즐거움

육식은 인간에게 즐거움을 주는 것 중 하나이며, 고기를 씹는 것만큼 스트레스를 확실히 풀 수 있는 방법은 이 세상 어디에도 없다. 하지만 요즘 육식은 현대인들에게 즐거움뿐만 아니라 여러 가지 문제점들도 가져다준다.

세계적으로 고기의 수요가 늘어나면서 육식에 의한 문제점들도 늘어나고 있다. 먼저 가축을 사육하기 위한 땅을 만들기 위해 점점 더 많은 열대우림이 파괴되고 이로 인해 지구온난화는 더욱더 심화되고 있다.[2]

또한 육식은 사람들을 점점 질병으로 몰아가고 있다. 지금 30,40대들이 50,60대가 될 땐 식습관의 변화에 의한 질병 문제가 심각한 사회문제로 대두될지도 모른다. 이뿐만이 아니라 1파운드의 쇠고기를 생산해내기 위해서는 16파운드의 곡물이 소비되는데, 소수의 식탐을 채워주기 위해 다수가 빈궁과 기아에 시달리게 되는 사회적 불균형이 초래된다.[3]

많은 사람들이 육식을 좋아하지만 이러한 문제들을 알고도 신경 쓰지 않을 정

2. 티스토리 블로그 '강아지와 자유인의 행복공간' - 고기 권하는 사회 2화 : 육식의 문제점 http://wdfpark.tistory.com/472
3. 네이버 블로그 '생애의 빛' - 21세기 대재앙과 육식의 문제점 http://blog.naver.com/svid/20203644449

도로 육식을 찬양하는 사람은 거의 없을 것이다. 그렇다면 이러한 문제점을 해결하기 위한 적당한 해결책을 찾아야 한다.

필자의 생각은 이러하다. 굳이 고기를 많이 먹을 필요는 없으며 하루 권장량을 지켜 먹으면 즐거움도 유지될 거라고 생각한다. 또한 이런 문제에 사람들이 관심을 가지는 것도 중요하다. 현대인들이 이 문제에 좀 더 관심을 가지고 약간의 노력을 한다면 환경을 지키고 육식의 즐거움 또한 누릴 수 있을 것이다.

2. 패스트푸드와 슬로푸드

1) 빨라서 좋은 음식

패스트푸드는 햄버거와 피자, 라면 등 비교적 빨리 먹을 수 있고 시중에서 쉽게 살 수 있는 음식이다. 패스트푸드에는 보통 장점보다는 단점이 많이 부각되는데 실질적으로 패스트푸드에는 많은 문제점이 있다.

햄버거 식품 첨가물 리스트[4]

프리피온산칼슘	글리세린지방산에스테르	주석산지방산에스테르
스테아릴젖산나트륨	탄살칼슘	아스코르빈산
아스코빌스테아레이트	합성A토코페롤	구연산
아밀라이제	소르빈산칼륨	신탄검
천연향료	황암모니아처리캐러멜색소	커큐민
변성전분	알긴산프로필렌글리콜	안식향산나트륨
파프리카추출액캡사이신	폴리소르베이트80	EDTHA칼슘2나트륨
구연산나트륨	초산	인산나트륨
안나토색소	소르빈산	향료

4. 네이버 블로그 '퍼블릭 인포메이션' – 호주 맥도날드 햄버거 식품첨가물 리스트
http://blog.naver.com/giant50/140198649093

햄버거를 예로 들자면 햄버거에는 많은 식품 첨가물이 들어가고 이러한 첨가물 때문에 열량이 굉장히 높아진다. 또한 아직까지 햄버거에 어떤 식품 첨가물이 들어가는지 정확히 밝혀지지 않았기 때문에 안정성도 장담할 수 없다. 게다가 열량은 높지만 비타민과 무기질 등이 부족해 영양 불균형을 초래할 수 있다.[5] 그럼에도 불구하고 많은 사람들이 패스트푸드를 즐기는 이유는 무엇일까?

그것은 패스트푸드의 특징인 편리함과 신속함에 있다. 바쁜 사람들은 식사를 하는 데에 시간을 빼앗기는 것을 원치 않으며 다른 식사 종류와는 달리 패스트푸드는 빠르고 간편하며 맛도 좋고 가격도 적절하다.[6]

또한 패스트푸드의 강렬한 맛은 한 번 맛본 사람이라면 잊어버리기 힘들다. 이러한 장점과 특성들 때문에 많은 사람들이 패스트푸드의 안 좋은 점을 알면서도 그것을 즐기고 애용한다.

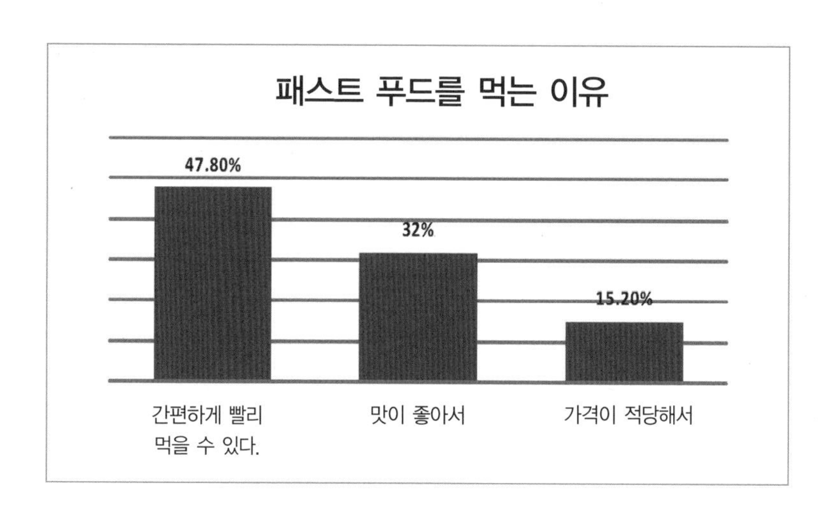

5. 네이버 블로그 'James, 평화를 꿈꾸다.' – 패스트푸드 문제점, 징거버거
http://blog.naver.com/cute8456/30174387309
6. 네이버 지식 IN – 패스트푸드를 먹는 이유
http://kin.naver.com/qna/detail.nhn?d1id=11&dirId=110812&docId=111088844&qb=7Yyo7Iqk7Yq47ZG465Oc66W8IOuoueuKlCDsnbTsnKA=&enc=utf8§ion=kin&rank=1&search_sort=0&spq=0&pid=R/dIFc5Y7uNsstdQt1KssssssV-426593&sid=U-Q6HnJvLBoAADMODIo

2) 느려서 좋은 음식

슬로푸드(slow food) 운동은 식문화 운동의 하나이다. 슬로푸드 운동은 음식을 통해 삶의 질을 개선하고, 현재 가지고 있는 음식 문화의 전통을 계속 이어가며, 전통적인 방식으로 만들어지는 세계 각국의 음식들을 발굴하고 알리는 데 목적을 두고 시작되었다. 이 운동은 패스트푸드에 반대하여 이탈리아인 카를로 페트리니(Carlo Petrini)가 처음 시작하게 되었는데, 각 나라의 전통 음식을 지키자는 취지에서 이 운동은 발달했다.

전원생활을 통하여 정성껏 키운 재료들로 시간과 정성을 다해 만드는 음식은 이 세상의 그 무엇보다도 소중하며, 나아가서는 삶에 대한 여유 있는 생각들을 가능하게 한다. 바쁜 생활에도 자연에서 얻을 수 있는 음식의 원재료에 대해 다시 한 번 생각해 보고, 시간과 노력을 들여서 음식을 제대로 만들고, 이렇게 만들어진 음식을 즐기는 것이 슬로푸드 운동의 정신이다.[7]

이렇게 슬로푸드는 마음에 여유를 주고 영양소가 풍부하여 몸을 건강하게 해주며 천천히 만들고 천천히 먹기 때문에 소화가 잘되는 등 많은 장점들이 있다.[8] 하지만 바쁜 일상과 음식을 만들어먹는 어려움 때문에 슬로푸드를 애용하는 사람들은 많지 않다.

---

7. 네이버 지식백과 – 슬로푸드 [slow food] (파워푸드 슈퍼푸드)
http://terms.naver.com/entry.nhn?docId=777235&cid=48195&categoryId=48195
8. 네이트 지식 – '슬로푸드의 장점과 단점은 무엇인가요?'(gksmfdmlandjt님의 답변)
http://ask.nate.com/qna/view.html?n=5855687

Ⅲ. 당신의 선택은?

채식, 육식, 패스트푸드, 슬로푸드 등 음식의 대한 사람들의 태도는 자신의 경험과 가치관 그리고 상황에 따라 모두 다르다.

채식주의자 중에는 동물을 사랑하거나 환경을 생각해서 채식을 하는 사람도 있고, 다이어트를 하거나 자신의 건강을 위해서 채식을 하는 사람도 있다. 또 고기를 먹을 때 어떤 사람은 고기의 식감을 좋아하여 고기를 자주 먹을 수도 있고, 어떤 사람은 건강을 위해 적정량의 고기만 섭취하기도 한다. 또한 일상이 바빠 패스트푸드나 가공식품 등으로 끼니를 해결하는 사람도 있고, 어떤 사람은 사람 몸에 안 좋은 사람들의 음식문화를 개선하고 여유로운 생활을 위해 슬로푸드를 지향하기도 한다.

이처럼 사람들은 자신의 생각과 몸의 상태 등 여러 가지 상황을 고려해 음식에 대한 자신의 태도를 결정한다. 힘이 부족하고 무기력한 사람은 적정량의 고기를 섭취하여 힘이 생기고 소화기능이 안 좋은 사람은 슬로푸드를 먹어 소화가 잘되고 얼굴색이 좋아질 수 있다. 그러므로 우리는 살면서 한 번쯤은 자신에게 맞는 음식이 무엇인지 생각하고 이 음식을 먹으면 어떠한 일이 일어나는지에 대해 생각할 필요가 있다.

음식에 대한 가치관이 사회에 미치는 영향은 생각보다 크다.

| 참고 사이트 |

- 네이버 블로그 '애니아찌'
http://blog.naver.com/anijeong/220059643040

- 네이버 블로그 '애니아찌' – '채식주의자' 베지테리언(Vegetarian)에 대해 알아봅시다.
http://blog.naver.com/anijeong/220059643040

- 티스토리 블로그 '강아지와 자유인의 행복공간' – 고기 권하는 사회 2화 : 육식의 문제점
http://wdfpark.tistory.com/472

- 네이버 블로그 '생애의 빛' – 21세기 대재앙과 육식의 문제점
http://blog.naver.com/svid/20203644449

- 네이버 블로그 '퍼블릭 인포메이션' – 호주 맥도날드 햄버거 식품첨가물 리스트
http://blog.naver.com/giant50/140198649093

- 네이버 블로그 'James, 평화를 꿈꾸다.' – 패스트푸드 문제점, 징거버거
http://blog.naver.com/cute8456/30174387309

- 네이버 지식 IN – 패스트푸드를 먹는 이유
http://kin.naver.com/qna/detail.nhn?d1id=11&dirId=110812&docId=111088844&qb=7Yyo7Iqk7Yq47ZG465Oc66W8IOuoueuKlCDsnbTsnKA=&enc=utf8§ion=kin&rank=1&search_sort=0&spq=0&pid=R/dIFc5Y7uNsstdQt1KsssssssV-426593&sid=U-Q6HnJvLBoAADMODlo

- 네이버 지식백과– 슬로푸드 [slow food] (파워푸드 슈퍼푸드)
http://terms.naver.com/entry.nhn?docId=777235&cid=48195&categoryId=48195

- 네이트 지식 – '슬로푸드의 장점과 단점은 무엇인가요?'
http://ask.nate.com/qna/view.html?n=5855687

글쓰기 전

글을 쓰기 전에 걱정되는 부분은 아무래도 혼자 하는 것이기 때문에 불안감도 있었고, 내용이 산으로 가지 않을까 걱정도 있었다. 게다가 글을 쓰기 전에 다른 주제로 바꾸어서 불안했고 약간 글을 쓰기가 불안했었다. 하지만 글을 쓴다는 것 자체가 설레고 완성품도 기대됐었다. 그리고 글을 쓰는 과정에서 많은 생각을 하게 되서 글을 쓰고 난 뒤에 나의 생각과 가치관이 어떻게 바뀔지 궁금했다.

글쓰기 후

글을 쓰고 난 후에는 쓰기 전 불안감은 줄어들고 완성에 대한 기대와 확신이 더 커졌고 혼자 힘으로 만들어서 그런지 더욱더 뿌듯하다. 또한 이 글을 쓰고 난 뒤 음식에 대한 사람들의 여러 가지 가치관을 알게 되었고 각각의 가치관들을 이해하게 되었다. 앞으로도 이런 글을 계속 써보고 싶고 이번에는 경험과 능력이 부족해서 전문적인 글을 쓰지 못했지만 다음 기회가 있다면 좀더 과학적인 글을 써보고 싶다.

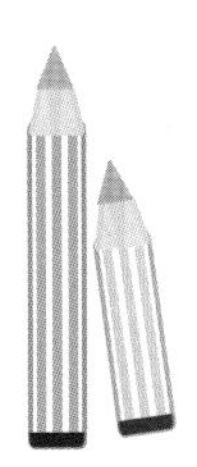

현대인들의 중독현상 분석 및 대책

8

안성근

에피소드

성근 : 어유……. 담배 냄새. 담배 좀 끊으면 안 돼?
대원 : 어쩔 수 없어. 너도 지금 게임 못 끊고 매일 그러고 있잖아!
성근 : 우리는 왜 중독에 빠져 끊지 못하는 걸까?
대원 : 그야 계속 하고 싶으니까 그렇지
성근 : 나는 그 이유가 궁금하다는 거야. 이유를 한번 찾아봐야겠다.

생각해 볼 문제

1. 현대인이 중독에 빠지는 이유는 무엇일까?
2. 중독 증상으로 어떤 것이 있는가?
3. 중독에서 벗어나기 위해서는 어떻게 해야 할까?

현대인들의 중독 현상 분석 및 대책

안성근

★ 안성근은 웹툰 닥터 프로스트를 보고 심리학에 관심을 가졌으며 심리 학습동아리, 주말 낮병원 봉사, 관련 서적 구독 등의 활동을 하고 '중독'에 대한 글을 썼다.

차례

Ⅰ. 서론

1. 현대 사회의 정신질환

현대인이란 현대의 생활과 사고를 소유하고 있는 사람을 말한다. 현대의 생활과 사고는 어떠한 문제에 있어서 현명히 해결해 나갈 수 있는 방안을 마련해 주고 안정된 삶을 살 수 있도록 도와줄 것이다. 게다가 현대의 기술까지 더해지고 현대인들의 삶은 부족함이 없어지고 있다. 하지만 이와 더불어 사회적 갈등으로 인한 사회문제도 비례적으로 증가하고 있는 추세이다.

이러한 추세는 한국사회에서도 주로 접할 수 있다.

> 취업과 결혼, 출산을 포기한다는 '3포 세대' 라는 말이 나올 만큼 각박한 세상에서 지나친 경쟁과 잦은 취업실패 등으로 우울증이 생겨 정신과의원을 찾는 젊은이들이 크게 늘어나고 있다.
>
> 최근 부산시 진구 범일동에 위치한 J병원, 대연동의 S병원, K병원 등의 정신건강의학과에는 하루에 2, 3명씩의 20대 젊은 층이 찾아와 상담을 받고 있는데, J병원 신경정신과를 찾은 신모(21) 씨는 얼마 전까지 생기발랄한 성격이었다. 하지만 자신이 원하는 학교에 입학을 하지 못하게 되어 재수를 하게 되면서 우울증이 찾아왔다고 호소했다.
>
> 신 씨는 "매일 누군가가 나를 손가락질 하고 있는 것 같고 나 같은 것은 죽어 없어져도 괜찮지 않을까 하는 생각이 들어서 이곳에 오게 되었다."고 말했다.
>
> 부산의 취업준비생 이모(28) 씨는 "지금까지 취업에 낙방한 것이 벌써 몇 번째인지 모르겠다."며 "사람들의 시선이 두려워 집 밖으로도 나오지 못했는데 부모님의 권유로 병원을 찾게 되었다."고 말했다.
>
> 자신을 대학교 졸업반이라고 밝힌 김모(24) 씨는 "취업이 주는 스트레스가 너

무 심해 잠도 안 오고 가슴의 답답함까지 시작되었다."며 대학이 허용하는 졸업 유예 제도를 이용할 생각까지 하고 있다고 밝혔다.

병원에 오는 우울증 환자들은 사람에 대한 에너지 상실을 호소하는데 학교나 직장에서 정상적인 업무에 장애를 느끼고 새로운 과제를 실행하는 동기를 갖지 못하는 등의 상실감에 빠지는데 이를 방치하게 되면 자살에 이르기까지 해 사회에 큰 문제로 대두되고 있다.

J병원 정신건강의학과 신모 원장은 "지금의 20대들이 가족과 학교, 사회로부터 많은 기대를 받고 자라왔고, 그 결과 많은 젊은이들이 학업, 재산, 외모, 지위 등에서 비관적일 정도로 높은 기대치를 가지게 되었다. 이들은 커다란 상실감과 함께 우울증에 시달리고 있다."고 말했다. 신 원장은 "과거에는 주부들의 산후우울증, 노년의 우울증, 아이들의 주의력 결핍장애(ADHD) 등에만 관심이 있었지 이 시대를 이끌어 나갈 20대의 우울증에는 관심을 두지 않았다."며 "우울증, 특히 젊은이들의 우울증은 그들만의 문제가 아닌 이 시대를 살아가는 우리들의 문제이기도 하다."고 말했다. 그는 "젊은 세대가 곪아 터지게 되면 나중에는 손쓸 수 없는 위험한 문제를 불러일으킬 것"이라고 덧붙였다.[1]

위는 지나친 경쟁과 잦은 실패(대표적으로 취업)으로 우리나라에서 가장 대표적인 사례를 든 것이다. 이 외에도 외모지상주의로 인한 문제, 가정불화, 차별 등이 있다.

대학생 유모(23)씨는 지난달 30일 인터넷 자살사이트에서 얻은 정보를 바탕으로 농약을 마시고 자살했다. 183㎝의 훤칠한 키를 지닌 유씨는 자신의 외모에 대한 콤플렉스가 무척 심했다. 외모 때문에 여자들로부터 놀림을 받는다며 지난해 4월 제대한 이후 외부 출입도 거의 하지 않은 유씨는 정신과 치료를 받았지만 결국 목숨을 끊고 말았다.[2]

1. http://www.civicnews.com/news/articleView.html?idxno=1077 경쟁사회 스트레스로 우울증 앓는 청춘 급증
2. http://www.yonginmh.co.kr/colum/1403 외모 콤플렉스

유씨는 남부럽지 않은 키를 가졌음에도 불구하고 외모 콤플렉스를 가지게 되었고 극단적인 선택까지 하게 되었다. 이처럼 외모지상주의 사회에서는 누구든지 외모 콤플렉스를 가질 수 있으므로 주의하여야 한다.

앞에서 여러 사례들을 들어 보았는데 이러한 사회문제로 우울증을 겪었다는 공통점을 찾아볼 수 있을 것이다. 우울증은 '마음의 감기' 라고도 불리는데 누구에게나 자주 일어나고 다른 여러 질환들도 유발할 수 있기 때문이다.

2. 중독이란?

중독은 원래 의학용어이지만 쇼핑중독, 게임중독, 약물중독 등 여러 가지 형태로 나타나면서 일상어가 되어 자주 사용되는 말이다. 그래서 가장 쉽게 접할 수 있는 문제이고 누구에게나 하나쯤은 안고 있는 문제이다.

하지만 대부분의 사람들은 중독의 정확한 의미를 잘 모르고 사용하는 경우가 많다. 중독(의존증이라고도 불림)은 한 가지 행동만 반복적으로 하게 하는 충동을 가리킨다. 그리고 중독은 아주 다양한 형태로 나타난다. 그 수는 셀 수 없을 만큼 많고 여러 분야로 나타나기 때문에 자신이 중독 증세를 겪고 있는지도 모를 것이다. 또 자신도 모르는 순간에 일상생활을 방해 받고 있을지도 모른다.

중독의 종류에는 신체 증상으로서 중독과 정신적 의존증으로서 중독으로 나눌 수 있지만 우리가 중독 하면 생각이 나는 정신적 의존증으로서의 중독을 다룰 것이다. 이러한 중독은 술, 담배, 마약 등과 같은 물질과 인터넷, 게임, 쇼핑 등과 같은 행위로서 도파민 수치를 일시적으로 증가시키고 이러한 쾌감은 중추, 대뇌신경계의 신경조직들이 커지게 하고 더 많은 쾌감을 요구하게 돼서 이를 계속하고자 반복하게 되고 중독증세가 일어나게 되는 것이다. 하지만 모두 중독 증세가 일어나는 것이 아니다. 중독 증세는 약물로 인해 도파민이 비정상적으로 분비되었을 때 일어나게 된다. 이러한 중독은 행동을 중지하였을 때 금단현상이 일어나 일상생활에 문제를 줄 수도 있다. 이것을 '의존' 이라고 부른다. 이렇듯

중독의 특징에는 '남용'과 '의존'이 나누어 정의되며 이 둘이 중독의 가장 큰 문제점으로 여겨진다.

최근 중독 관련 전문가들 사이에는 중독을 관례적으로 물질 중독(substance addiction)과 행동 중독(behavioral addiction)으로 나누는 경향이 있다. 이런 분류는 중독 대상을 기준으로 한 것이다. 즉, 중독 대상이 물질이면 물질 중독, 행동이면 행동 중독이라고 부른다(김교헌, 2009). 범세계적인 표준으로 사용되고 있는 미국정신의학회의 정신 장애 분류 체계인 DSM-IV-TR (APA, 2000)에서는 물질 중독과 행동 중독의 개념을 다음과 같은 방식으로 다루고 있다.

물질 중독은 '물질 관련 장애(substance-related disorder)'와 관련성이 높다. 물질 관련 장애에는 '물질 사용 장애(substance use disorder)'와 '물질로 유발된 장애(substance-induced disorder)'의 범주가 있다. 이 중 물질 사용 장애의 하위 범주에는 물질 의존(substance dependence)과 물질 남용(substance abuse)이 있고, 물질로 유발된 장애의 하위 범주에는 물질 중독(substance intoxication)과 물질 금단(substance withdrawal)이 있다. 여기서 물질이라는 용어는 남용 약물이나 처방 약물, 독소를 지칭한다. DSM-IV-TR에서는 11가지의 물질, 즉 알코올, 암페타민, 카페인, 대마, 코카인, 환각제, 흡입제, 니코틴, 아편류, 펜사이클리딘 및 유사 작용을 하는 아릴사이클로-헥실아민, 그리고 진정제, 수면제, 항불안제(신경 안정제)를 논하고 있다.

한편 인터넷 중독이나 게임 중독, 쇼핑 중독과 같은 행동 중독은 DSM-IV-TR이 매우 제한적으로 포함시키고 있다. '충동 조절 장애(impulse control disorder)'의 하위 범주에 속해 있는 병적 도박(pathological gambling), 병적 도벽(kleptomania), 병적 방화(pyromania), 발모광(trichotillomania), 간헐성 폭발성 장애(intermittent explosive disorder) 등은 행동 중독과 관련성이 높은 장애에 해당한다. 현재 충동 조절 장애에는 속하지 않지만 현상적, 임상적 혹은 생물학적 유사성에 기초해 병적 피부 뜯기(pathological skin picking), 강박

3. 네이버 지식백과 - 중독심리학
http://terms.naver.com/entry.nhn?docId=2094318&cid=41991&categoryId=41991

적 구매(compulsive buying), 비도착적 강박적 성행동(nonparaphilic compulsive sexual behavior), 인터넷 중독(internet addiction), 자기 손상 행동(self-injurious behavior), 폭식 장애(binge eating disorder) 등도 충동 조절 장애의 특징을 보인다.[3]

〈DSM-IV-TR (미국의 정신질병 진단 기준)〉

- 암페타민 (중추신경계를 흥분시키고, 기민성을 증가시키고, 말하는 능력과 전반적인 육체활동을 증가시키는 약물군)
- 간헐성 폭발성 장애 (분노조절장애)
- 비도착적 강박적 성행동(일반적인 성적 상황에서만 흥분을 느끼되 강박적으로 성 행동을 일으킴)

이렇든 중독은 여러 분류로 나누어 볼 수 있다. 이 중에서 필자는 현대화된 대한민국에서 빈번히 접할 수 있는 게임과 담배에 대한 중독을 다루게 될 것이다.

Ⅱ. 본론

1. 게임 중독

우리는 게임을 언제 접하게 되었는가?

실제로 게임을 접했던 시절은 개개인마다 다르지만, 게임을 접하게 된 적은 언제일까? 라는 의문으로 시작한다면 시각적인 부분에서 흥미를 느끼고 관찰 도중, 다른 사람이 하는 것을 보고 배우거나, 다른 사람이 우연히 가르쳐줘서 접하게 되는 경우가 다반사이다.

지금처럼 게임 관련 매뉴얼 북과 각종 잡지가 나오기 전의 이야기이다. 그러나 게임이라는 산업이 우리의 놀이 문화로써 성장할 수 있었던 근본적인 배경은 PC방에서 찾을 수 있다. PC방에서는 여러 가지 게임을 하는 게이머들을 만날 수 있고, 게임에 대한 정보와 게임을 쉽게 알 수 있는 하나의 장이라고 할 수 있기 때문이다.

[근처 PC방을 찾아가 보았다.]

2007년 7월 18일, 경상남도 진주시 이현동 인터파크 PC방을 오후 9시에 갑작스럽게 방문하여 현재 플레이하고 있는 게임을 체크해 보았다.

워드, 리니지2, 바둑, 바람의 나라, 채팅, 미르의 전설 등등의 게임이 나왔지만 어디까지나 그 당시의 게임만을 체크한 것이기 때문에 위에 언급된 게임들이 현재 인기를 끌고 있는 게임이라고 할 수 없는 점 참고하기 바란다.

다시 말해서 PC방이 등장할 시기에 게임을 해왔던 사람들이라면 알겠지만 지금은 PC방을 연령층이 다양해졌기 때문에 그 연령별로 다양한 게임을 하는 것을 쉽게 찾을 수 있고, 특정 청소년이나 남성들만 즐기는 전유물이 아니라는 것을 쉽게 알 수 있다는 것이다.[4]

무엇보다 이렇게 놀이 문화로 발전하고, 자신의 동네에 PC방 하나쯤은 있어야 한다는 사고가 생기는 건 이를 뒷받침하고 있는 우리의 인식이다.

다들 게임을 한 번씩 해 보았을 것이다. 처음 게임을 접하게 된 계기를 생각해 본다면 친구의 소개 또는 잡지나 인터넷으로 인해 접하게 되었을 것이다. 특히 잡지나 인터넷으로 더 쉽게 접하게 될 수 있게 되었고 게임을 접해 본 적이 없는 사람을 찾기 더 힘든 사회가 되었다. 그래서 게임은 우리나라에서 현대적인 문화 중 하나로 정착되었다. 하지만 게임은 많은 집중력을 잡아먹는다. 아무런 문제가 되지 않는 것처럼 보이지만 사람이 하루 집중할 수 있는 시간은 제한되어 있다. 게다가 게임 중독자(게임 과몰입자)의 경우에는 시간이 지날수록 더 게임에 집착하게 돼서 하루 집중력을 게임에 모두 소모하게 되는 상황까지 일어나게 된다.

하지만 게임은 인간관계에 도움을 주고 모두가 게임을 하는 오늘날에 게임을 하지 않으면 소외감을 느끼게 될 수 있다. 게임에 좋은 점과 나쁜 점 둘 다 존재하는데 도대체 어쩌란 말인가? 다음 글을 보게 된다면 그 해답을 단번에 알 수 있을 것이다.

> 정상인과 중독자간의 차이를 입증할 흥미로운 비교 연구(Han et al, 2012)가 있다. 프로 게이머와 게임 중독자의 뇌를 비교한 연구 결과, 게임 중독자에 비하여 프로 게이머들의 왼쪽 대상피질(통제력의 중추)이 커져 있었다.[5]

이 실험이 뜻하는 바는 이렇다. 프로게이머는 오랜 기간의 노력과 수련의 결과로 대상피질이 커져서 원활하게 게임 수행을 하면서도, 뇌의 통제력을 강력하게 발휘하여 직업으로 게임을 하면서 중독에 빠지지 않고 건전한 삶을 살아간

---

4. 우리는 게임을 언제 접하게 되었는가? PC방의 재조명
http://www.onlifezone.com/index.php?mid=s1_gamernews2&sort_index=title&order_type=desc&page=9&document_srl=7530536
5. 프로게이머와 게임중독자의 뇌
http://terms.naver.com/entry.nhn?docId=2109933&cid=51011&categoryId=51011

다. 반면, 쾌락만을 추구해 온 게임 중독자는 통제력이 뒷받침하지 못하여 결국 알코올 중독자가 술의 노예가 되듯이, 게임의 노예가 되어 점점 황폐화된 삶을 살게 되는 엄청난 문제를 초래하는 것이다.

우리는 뇌의 통제력을 길러가면서 게임을 해 가야 한다. 청소년기 학생들에게는 통제력이 성인에 비해 떨어짐으로 주변 어른들이 도와가야 한다고 생각한다.

또한 가장 심각한 게임 중독으로 리셋 증후군을 들 수 있다. 게임에서 리셋이 가능하듯이 현실에서도 리셋이 가능하다고 착각하게 되는 증후군을 리셋 증후군이라고 하는데 이 증후군으로 여러 범죄 또한 많이 일어나고 있다.

1990년 일본에서 처음 등장한 용어이고 1997년 일본에서 일어난 초등학생 토막살해사건이 발생한 후 널리 알려지게 되었다. 우리나라에서도 2005년 게임 중독을 앓고 있던 일병이 총기난사 사건을 일으키기도 하였다. 그런데 이렇게 범죄를 일으킨 사람들은 자신이 범죄행위를 하고 있다는 것을 인식하지 못하고 그저 게임의 일부라고 생각하게 된다.

2. 담배 중독

고3 남학생 4명 중 1명은 흡연…청소년 담배 구매 이렇게 쉽나

[아시아경제 온라인이슈팀] 고등학교 3학년 남학생 4명 중 1명이 흡연자인 것으로 드러나 충격을 주고 있다.

22일 교육부와 질병관리본부는 중학교 1학년부터 고등학교 3학년의 흡연, 음주, 신체활동, 식습관 등에 대해 '2013년 청소년건강행태온라인조사' 결과를 발표했다.

조사 결과 청소년 남학생 14%는 흡연자였으며, 7.5%는 매일 담배를 피우고 있었다. 매일 흡연을 하는 여학생 비율은 1.8%였다. 하루 10개비 이상 피우는 골초도 남학생은 3%, 여학생은 1%였다.

또한 청소년들은 편의점, 슈퍼마켓 등에서 쉽게 담배를 구매하고 있는 것으로 알려졌으며, 남학생 77.4%, 여학생 75.2%가 주민등록증 검사 없이 담배를 살 수 있다고 답했다.[6]

담배는 우리 몸에 해롭다는 것은 물론이고 다른 사람들에게도 해를 끼친다는 것쯤은 누구나 알고 있을 것이다. 하지만 최근에는 청소년기 때부터 담배를 접하게 되는 사람이 많아졌고 끊고 싶어도 끊지 못하는 사람도 많이 증가하고 있다.

또한 우리나라에서는 청소년 담배문제로 많은 갈등을 겪고 있어 담배를 피우는 청소년을 보자 뺨을 때린 20대가 경찰에 붙잡히는 사건처럼 불미스러운 일이 빈번히 일어나고 있다. 이런 불화까지 존재함에도 왜 계속해서 담배를 피게 되는 것일까?

그 이유는 담배의 니코틴이라는 성분 때문이다. 니코틴은 흡연자에게 쾌감을 주고 불안을 없애주는 좋은 효능도 있지만 담배를 피우지 않는 상황에서는 불안감과 담배를 피워야 한다는 강박감이 들어 담배에 중독이 된다. 이 때문에 담배가 폐암과 구강암 등의 암이나 질병들을 유발하는 데에도 불구하고 담배를 끊지 못하는 이유이다.

6 청소년 담배
http://view.asiae.co.kr/news/view.htm?idxno=2014102220414918416

V. 결론

중독은 뿌리 깊은 나무와 같다. 강한 태풍에도 쓰러지지 않는 것처럼 중독 또한 일상생활에 정신적, 육체적 질병에 앓아도 쉽게 끊지 못한다. 그렇다면 우리는 중독에서 벗어나지 못하는 것일까? 뿌리 깊은 나무라도 뿌리가 뽑히지 않는 것은 아닌 법, 중독에서 빠져나온 여러 사례를 본다면 중독 근절의 가능성과 해법을 찾을 수 있다.

[서울] "남편이 담배를 끊었어요. 이건 우리 가정의 기적입니다."

지난 달 초 이모(38 · 영등포구)씨는 직장인 남편의 금연 선언에 잠시 몽롱해졌다. '꿈인가 생시인가' 고등학교 1학년 때부터 담배를 피우기 시작해 25년간 담배에 찌들었던 남편(43 · 직장인)이 담배를 끊겠다고 했을 때 갑자기 담배 연기를 들이마신 듯 머리가 '띵!' 했다고 한다.

직장에서 승진 보너스 점수 부여와 50만 원 포상금까지 걸었어도 끊지 못했던 담배, 그가 한방에 간 사연은 다름 아닌 과태료 10만 원에 열 받은 것.

버스정류장에서 버스를 기다리다 무심코 꺼내 입에 물고 한입 들이키는 순간 단속반원에 걸려 승강이 끝에 과태료를 내게 된 이후부터다. 하지만 아내 이 씨는 과태료 10만 원으로 그 100배는 보상받은 것 같다고 콧노래 부르며 신바람 났다.

"아이들이 남편을 꽁초라 불렀어요. 항상 재떨이에 꽁초가 수북했거든요. 금연 후 제일 좋아하는 건 아이들이에요. 그 다음은 저고요. 이제 '꽁초' 대신 부를 남편의 별명을 찾고 있습니다."라며 활짝 웃어보인 이 씨는, 그간 남편의 흡연으로

---

7 http://reporter.korea.kr/newsView.do?nid=148734367
과태료로 담배를 끊다

간접 피해를 당한 비흡연자들에게 미안함을 전한다고 했다.[7]

첫째, 정책을 이용하는 법이다. 위와 같이 금연구역에서 흡연을 하는 경우 과태료가 부과되는데 이로 담배를 피울 수 있는 장소는 좁아져서 굳이 흡연구역까지 찾아가서 피우지 않는 사람들은 하루에 담배를 피우는 양이 줄어들 것이고 이 기회에 금연을 도전하는 사람이 많아질 것이다.

둘째, 주변사람들의 도움이 필요하다. 아무리 의지가 강하더라도 지나가면서 듣는 중독물질 이야기 하나에 누구나 흔들리기 마련이다. 그래서 주변 사람들에게 근절을 한다고 알리는 것 또한 매우 중요하다.

위와 같은 방법 외에도 다른 방법들이 많이 있지만 최우선적으로 문화의 문제점을 개선해야 한다. 물론 같이 게임을 하거나 담배를 같이 피우므로써 인간관계를 맺는다는 것이 잘못된 문화는 아니지만 이제는 정도가 지나쳤다. 인간관계를 위해 접한 중독물질이 한 사람의 몸과 마음, 심지어 인생까지도 망치는데 잘못된 문화가 아니라고 말할 수 있는가?

| 참고 사이트 |

- 경쟁 사회 스트레스로 우울증 앓는 청춘 급증
http://www.civicnews.com/news/articleView.html?idxno=1077?

- 외모 콤플렉스
http://www.yonginmh.co.kr/colum/1403?

- 네이버 지식백과 – 중독심리학
http://terms.naver.com/entry.nhn?docId=2094318&cid=41991&categoryId=41991?

- 우리는 게임을 언제 접하게 되었는가? PC방의 재조명
http://www.onlifezone.com/index.php?mid=s1_gamernews2&sort_index=title&order_type=desc&page=9&document_srl=7530536?

- 프로게이머와 게임중독자의 뇌
http://terms.naver.com/entry.nhn?docId=2109933&cid=51011&categoryId=51011?

- 청소년 담배
http://view.asiae.co.kr/news/view.htm?idxno=2014102220414918416

- 과태료로 담배를 끊다
http://reporter.korea.kr/newsView.do?nid=148734367?

글쓰기 전

중학교 1학년 2학년 시절 공부하기 싫어했던 나는 게임에 중독이 되어 있었고 최근 동생이 게임에 집착하는 것을 보고 그때 생각이 나서 중독에 대한 글을 쓰기 시작하였다. 또 평소에 심리학에 관심이 많았기에 심리에 관련되게 글을 쓸 것이지만 최근 게임에 많이 관심이 없어서 그때 기억을 잘 살려 글을 적어나갈 수 있을지 걱정이 된다. 하지만 실제로 중독으로 문제를 겪은 적이 있었기에 더 마음을 담아 쓸 수 있다는 점이 다행이다. 최근 게임중독 외에도 담배중독이 심각한 문제를 만들고 있어서 담배중독도 같이 쓸 예정이다.

글쓰기 후

2~3년 전 나는 학업에 대한 스트레스로 불안과 우울을 겪고 있었을지도 모른다. 더 이상 불안해지기 싫어서, 우울해지기 싫어서 게임에 집착했었던 것이었다. 그때 알고 좀더 빨리 게임을 끊고 여러 가지 경험을 만들지 못한 점이 아쉽다. 그래서 나는 앞으로 중독에 대해서 청소년기 학생에 대해서 자세히 알고 근처에 중독으로 삶이 고달픈 친구를 도와주기로 다짐하였다. 이번 글쓰기는 나한테 많은 것을 깨닫고 다짐하게 도와준 좋은 경험이었다.

mathematics
mathematics

Ⅱ부 자전적인 소설 & 평론 쓰기

글을 쓰게 된 동기

우리는 글 읽기와 글쓰기를 좋아하는 호산고등학교 학생들입니다. 처음에는 함께 모여서 좋아하는 책을 읽으면서, 같이 토론하였습니다. 그러다가, 차츰 우리도 소설을 쓰고 싶다는 생각을 하게 되었고, 어떤 소설을 쓸지에 대해서 고민을 하게 되었습니다.

선생님께서는 원래 자전적인 글부터 써야 한다고 하셨고, 우리는 자신의 고민이 뭔지 생각해 보고 자신의 고민을 다룬 소설을 쓰기로 하였습니다. 그 후 우리는 서로 소설을 바꿔 읽고, 선생님의 검토를 받아서 수정을 하였습니다. 우리는 더 나아가서 우리가 쓴 글을 모아서 청소년의 고민을 분석해 보기로 하였습니다.

일단 서로서로 소설을 바꿔 읽고, 친구들의 작품을 줄거리 분석을 하기로 하였습니다. 분석의 기준을 선생님의 도움을 받아서 첫째, 고민은 무엇인가? 둘째, 고민으로 어떤 이상 행동을 하는가? 셋째, 누구와 갈등을 겪는가? 넷째, 누가 도움을 주는가? 다섯째, 어떻게 고민을 극복하는가로 잡았습니다.

우리는 이 기준을 가지고 소설의 줄거리를 요약하고, 내용을 분석하였습니다. 그래서 그것을 바탕으로 두 편의 평론을 썼습니다. 이를 통해서, 청소년의 일반적인 고민이 무엇인지, 어떻게 극복해 나가는지 알게 되고, 생각하는 힘, 글쓰는 힘, 협동하는 힘 또한 기르려고 하였습니다.

상담

강지원

"자, 말해 봐. 여기 왔으면 무언가 할 말이 있다는 것이겠지. 무엇이 고민이니?"

아, 내 이야기를 하자면 다른 사람이 듣기엔 조금 이런 반응일 수도 있다는 생각이 든다. 그래도 나랑 같은 나이 대라면 한 번쯤 해 봤을 고민일 것이다. 일단 먼저 이야기의 시작은 이렇다.

"성적표 나왔니?"

"아, 아니요 아…….아직 안 나왔어요."

"옆반 지원이는 벌써 나왔다던데? 전교 1등이라고 지원이 엄마가 얼마나 자랑을 해대든지. 너도 열심히 해서 엄마가 좀 자랑하고 다니자 어휴."

언제까지 이렇게 간섭할 건지 왜 친구 지원이 이름을 거들먹거리는지. 분명 엄마는 지원이랑 나랑 둘도 없는 친구인 것을 안다. 그래서 분명 이런 마인드를 가지고 얘기하는 것이다. '네 친구 지원이는 공부를 잘하는데 너는 뭐니.' 이렇다고 해서 내가 공부를 못하는 것은 아니다. 저번 중간고사 때 국어 영어 수학 모두 1등급 혹은 2등급을 맞아 왔지만, 엄마는 지원이에게 졌다며 한바탕 잔소리를 들어야 했다. 한숨만 나온다. 지원이는 알까? 우리 엄마는 너 완전 싫어하는데……. 앞에 지원이가 언제 와 있었는지 내 앞에 있었다.

"무슨 생각하기에 그렇게 멍해?"

"어? 어어 아무것도 아니야. 그런데 뭔 일로 집 앞까지 나온 거야?"

"나올 것까지야 있나? 그냥 집 나오면 바로 너네 집인 걸."

그렇다. 지원이는 우리 집 옆집에 사는 것이다 이래서 나와 지원이와 비교하는 것 같다.

이윽고 학교에 도착했고 서로서로 다른 반이라 점심시간 때 만나자고 하곤 각자 반에 들어갔다.

이번 점심시간에는 나름 중요한 발표가 있어 만나기로 하였다. 이번에 수학 과학 올림피아드의 참가자 명단이 발표되는 날이다. 전교에서 2명만 가는 것이라 나와 지원이 이렇게 둘이 같이 가자고 하고 열심히 도서관과 독서실을 다니면서 준비한 것이기 때문에 진짜 기대하고 있었다. 저기서 지원이가 걸어오고 있었다. 가까이 와서 보니 표정이 심각하였다.

"왜? 그렇게 표정이 굳어져 있어? 무슨 일 있나?"

아무 말 없이 내 눈을 똑바로 보질 못하고 고개를 푹 수그렸다. 그러곤 대뜸

"미안해."

이윽고 선생님이 참가자 명단을 나에게 보여주었고 갑자기 바뀐 대회 규정 때문에 학교에서 단 1명이 출전하고, 그 한 명이 지원이, 나는 나가지 못하게 되었다.

"난 너랑 같이하는 것이 아니면 할 이유가 없는데."

"아니다. 네가 나보다 더 잘하니까 네가 나가야지. 나가서 우리 학교 이름 널리널리 알려야지. 나가서 수상하고 와라. 네 이름 이 지 원 석 자 현수막에 걸어보자."

울컥했다. 그래도 나 나름대로 괜찮은 척했다. 화장실에 들어가자마자 눈물부터 나왔다. 나 나름대로 열심히 준비했다고 생각했는데 그래도 서운함과 화나는 감정이 먼저 나왔다. 머릿속으론 '지원이가 나가는 것이 맞다. 내가 선생님이었어도 지원이를 보냈을 거야.' 라고 생각했지만 대회 출전이 좌절되자 갑자기 바뀐 대회 규정이 미웠고 선생님도 미웠다. 그리고 대회를 출전하게 된 지원이도 미웠다.

"내가 무슨 생각을 하는 거야? 내가 걔를 미워할 리가."

시간이 흘러 하교 시간이 되었고 혼자 걷는 쓸쓸한 밤길이 나를 더욱 비참하게 만들었다. 그냥 생각 없이 걷다가 그만 길을 잃어버리고 말았다. 주위를 둘러봐도 내가 아는 것이라곤 없고 근처에 아파트나 주택 같은 것도 보이지 않았다.

"어떡하지."

거릴 비유하자면 일단 가게의 불들이 다 꺼져 있었다. 그리고 여기저기 술 취한 아저씨들이 이리 비틀 저리 비틀 흔들렸고 여기 저기 술집이 간간이 보였다. 이런 제길 우리 집 근처에 이런 유흥주점이 있는 물 나쁜 곳이 있다는 것이 이제야 생각이 났다. 어려서부터 이곳이 위험하다고 하여 차로 이동할 때 빼곤 한 번도 와본 적 없는 거리였다. 머리는 어떻게 하면 집에 갈 수 있을까 라는 생각뿐이었고, 그 순간 술 취한 아저씨와 부딪쳤다.

"이년이 눈을 어디다 두고 다니는 거야!"

그 뒤론 나에게 욕을 퍼부었다. 말을 할 때마다 술 냄새가 나를 취하게 하는 것 같이 몽롱한 기분을 들게 했다. 그 뒤에 사람이 비틀비틀 아니 여자가 비틀비틀 걸어오더니 내 앞의 아저씨의 머리를 세게 내리쳤다.

"여기는 학생이 오면 안 돼! 어서 집에 가."

"길을 몰라요."

이후 귀찮다는 표정을 짓곤 주소를 말해 주자 데려다 주었다.

"데려다 주셔서 감사합니다."

"이봐. 너, 뭔 생각을 하기에 그런 곳을 가는 거야? 생각이 많은 거야? 여기 이거 내 명함인데……."

그리곤 자신의 명함을 내밀었다. 상담사? 뭐야 상담사가 술집에서 술 먹고 다니는 거야?

"고민이 있을 때는 언제든지 와라. 그럼, 안녕!"

내가 '감사합니다.' 라고 말하기 전에 이미 사라지고 없었다. 정말 이상한 언니야. 그러고 보니 벌써 시간이 많이 지났다는 것을 알게 되었다. 폰 시계를 보니 벌써 열두 시를 조금 넘은 늦은 시간이었다.

"시간이 많이 늦었다!"

허겁지겁 계단을 뛰어 왔다. 급하게 집 문을 열었다. 집에 들어와 보니 집 안 불이 다 꺼져 있는 게 영 '무슨 일 있나?' 란 생각이 들었다. 아니나 다를까 내 방 책상에 쪽지가 하나 놓여 있었다. 내용을 말하자면

'엄마 오늘 외가네 제사 있어서 밤늦게 끝날 것 같으니 공부하고 자라.'

"말도 참 딱딱하게 하네."

일단 받은 명함을 지갑에 넣었다. 그리고 공부 조금 하곤 씻고 잠에 들었다

며칠이 지나고 근 며칠 동안은 그저 그렇게 지냈다. 다만 바뀐 게 있다면 나랑 지원이랑 서로서로 피하려고 한다는 거? 아니다. 지원이는 날 피한다는 느낌이 들진 않았어. 내가, 내가 피하는 거야. 왠지 지원이 반 근처는 피하게 되었다. 최근에 한 이야기라곤 그저 곧 있을 모의고사에 대해 말을 했다. 곧 모의고사인데 공부했나? 대회 준비하느라 난 잘 못했다. 라고 했고 난 모의고사 공부를 했다는 거짓말을 할 수밖에 없었다. 사실 대회 준비하느라 모의고사 공부를 뒤로 미뤄놨고, 또한 근 며칠 책상 앞에 앉아서 하는 일이라곤, 멍 때리기밖에 없다. 그래도 이때까지 틈틈이 해온 것도 있고, 이제부터 열심히 하면 성적이 떨어지지는 않을 것이라 생각했었다. 그러나 이것은 오산이었다. 모의고사 때 해선 안 될 실수를 저지르고 말았다.

그날 어떤 실수를 했냐면…….

모의고사 당일

……. 띵동…….

"뭐해? 학교 가야지."

학교 등교할 시간에 맞춰 지원이가 집 앞에 나와 있었다.

오랜만에 같이 등교하는 것 같다는 생각을 했다. 지원이 또한 그렇게 생각했는갑다.

"너랑 같이 등교하는 거 진짜 오랜만인 것 같다."

"나도."

"근 며칠간 너 보기 힘들었다."

나만 피하는 건 줄 알았는데. 아마 대회 때문이었으리라 생각이 든다. 지원이도 나에게 미안했겠지. 그다지 나쁜 애는 아니라는 거 안다. 아마 자신도 힘들었

겠지. 나랑 그렇게 같이 나가고 싶어 했는데. 내가 말했다.

"모의고사 공부 많이 했어?"

"음. 많이 하지도. 그렇다고 안한 것도 아닌 느낌. 그저 그래."

"그래도 너는 잘하니까 잘 칠 꺼면서. 그런 말 하긴."

이윽고 학교에 도착했고 끝나고 보자라고 인사하곤 반에 들어갔다. 시험 날이라 폰을 내고 번호순으로 앉았다. 첫 번째 국어시간에는 독서파트에서 시간이 오래 걸려 문학을 제대로 하지 못했다. 쉬는 시간에 반 1등의 시험지와 비교해 보았다. 몇몇 문제는 나랑 맞지 않았지만 이번 국어시험이 어려웠다는 반 아이들의 말을 들어보니 그렇게 걱정이 되진 않았다.

다음 시험은 수학이었다. 나는 평소에도 수학을 좋아하고 또 이만하면 잘한다고 생각한다. 물론 매우 잘한다는 것은 아니지만 말이다. 그래서 그런지 그럭저럭 풀었고 난이도 또한 저번 모의고사와 다를 게 없다고 생각했다. 점심시간에는 내가 좋아하는 볶음밥이 나와 양껏 먹기도 했다. 이때까지만 해도 내가 그런 실수를 할 줄 몰랐지.

영어 시간이었다. 쉬는 시간까지는 정신이 말짱했다. 그러나 영어듣기가 시작되고, 8번 때부터 슬슬 졸리기 시작했다. 속으로 자면 안 된다고 몇 번이고 되내었지만, 나는 내 눈꺼풀을 이기지 못하고 눈을 감고 듣기를 풀었다. 그리고 듣기가 끝나고 눈을 감고 듣기를 푼 것을 후회했다.

그러곤 다음 문제에 집중하리라 마음먹었지만, 나는 내 눈꺼풀에게 졌다. 어디서 들은 것 같았다. 세상에서 가장 무거운 것이 눈꺼풀이라고.

졸려서 그런지 쉬운 앞부분도 내용이 제대로 들어오지 않았고, 자지 않기 위해 본문에 줄을 쳐 가며 했지만 정신을 차려보면 줄이 삐뚤삐뚤 긴 지렁이 지나간 자리 같았다. '시간은 없고 잠은 오고…….' 그래서 그런지 왜 해야 하나 라는 회의감도 들었다. 결국 에라 모르겠다. 라는 식으로 잠에 들었다. 자고 일어나니 시간이 10분밖에 남아 있지 않았다. 이제야 주제파악이 되었다.

잠이 확실히 깨었다. 미뤄 썼다는 실수는 들었어도 자느라 못 풀었다는 말은 한 번도 들어본 적 없다. 내 자신이 한심했다. 잠에 못 이겨서야 나중에 무얼 할 수 있겠나. 결국 난 최대한 답에 근접하게 찍고, 여러 가지 번호도 조합해 가며 영어시험을 찍기 시작했다. 그리곤 OMR카드에 하나하나 옮겼고, 이제 '돌이킬 수 없겠구나.' 라는 생각이 들었다.

머리가 백지장처럼 새하얗게 되었고. 머릿속에서 엄마가 날 어떻게 볼 지 며칠 내내 영어성적만 말하면서 어떻게 이런 점수를 받아왔냐고 나에게 닦달할 것이다. 이후 시험 끝을 알리는 종이 울리고. 다음 탐구과목을 어떻게 치렀는지 기억도 나지 않는다. 결국 난 지원이와의 약속을 지키지 못하였다.

집에 도착하고 한동안은 방에 틀어박혀 울었다.

밖에선 엄마가 내 맘도 모르는지 자꾸 "과일 먹으러 나와." 라 하고 있고 지금 나가면 울었다는 사실을 들킬까 봐 나가질 못하겠다. 분명 모의고사를 망쳤다고 생각하겠지. 불러도 나가지 않으면 자는 줄 알겠지.

마음이 진정되고 나자 불현듯 성적표에 대한 걱정이 생겼다. 분명 성적표가 나온다면 못 알아챌 엄마가 아니었기에 언젠가 알게 되겠지. 나 혼자 혼잣말로 속삭였다.

"어떡하지?"

이미 주사위는 던져졌다. 되돌아올 수 없는 강을 건넜다고. 그렇다고 마땅한 뾰족한 수가 없다.

세상에는 영원한 비밀은 없다고.

"망할……."

다음날 모의고사 가채점을 적어내는 용지가 왔다. 가채점 결과를 적어 내야 하는데 난 아직 모든 과목을 채점해 보지 않았다. 내 모의고사 시험지는 아마 학교 사물함에 고이 넣어두어 다시는 보지 않게 구석 깊숙이 처박아두었다. 시험지를 채점하고 싶어도, 내가 틀리는 것을 볼 때마다 가슴 아플 것 같아 매기질 못했고, 실장에게는 시험지를 잃어버려 적지 못했다고 하였다. 그리고 선생님이 나를 개인면담을 하신다고 부르셨다. 우리 반 아이들 몰래.

"안녕하세요. 선생님."

"자기 왔구나. 여기 앉아 있어 봐 잠시만."

선생님께서 서랍을 뒤적이더니. 조그마한 자유시간 쿠키를 주셨다.

"애들이 이거 먹으려고 자주 들락날락거리더라고. 자기도 하나 먹어봐."

쌤이 주신 초코바를 두 손에 꼭 쥐고 있다가 긴장감에 한 입 베어 물었다. 달콤 쌉싸름한 것이 맛있었다. 그 순간.

"자기 왜 종이 안 냈어?"

"시험지를 잃어버려 못 냈습니다."

"진짜로 시험지를 잃어버린 거야?"

분위기상 알 수 있었다. 선생님은 이미 알고 있던 것이야. 입이 있어도 할 말이 없었다. 어떤 말을 해야 하나 또다시 거짓말을 해야 하나 솔직하게 말을 해야 하나.

"왜? 너는 매사에 꼼꼼히 잘 챙기고. 선생님이 가지고 오라는 종이들 준비물 등등 다 잘 챙겨오던 그런 학생이잖아. 다른 학생들도 너를 매사에 꼼꼼한 아이라고 하는데 다른 종이도 아니라 시험지를 잃어버렸을 리가. 내가 아는 너는 그렇지 않아. 요즘 무슨 안 좋은 일 있니?"

더 이상 거짓말을 할 수 없을 것 같다. 지금 계속 거짓말을 하더라도 성적이 나와 버리면. 바보 천지가 아닌 이상 내가 내 성적이 부끄러워 내질 못했을 것을 알게 되겠지. 머릿속이 백지마냥 새하얘졌다. 선생님께서 날 빤히 쳐다보고 있고, 난 선생님의 눈을 쳐다볼 수 없었지만 한편 내가 무엇을 잘못 했나 죄를 지은 것도 아닌데 죄인처럼 행동하는 것인지 내 자신에게 화가 치밀어올랐다. 내가 뭘 잘못한 거야? 그저 실수였을 뿐이라고. 선생님이

"뭐 할 말 없어?"

라고 물었다. 내가 하고 싶은 말은,

'선생님 죄송합니다. 입이 열 개라도 할 말이 없어요. 하지만 제 성적만큼은 그것만큼은 묻지 말아주세요. 그것에 관해 할 말이 없습니다.'

이 말이 거의 목구멍까지 솟아올랐다. 그러나 말할 수 없이 다시 삼켜야만 했

다. 내가 무엇을 잘했다고 그런 얘기 할 처지가 되나?

♬♪ "너의 눈 코 입 날 만지던 내 손길" ♩♬

예비종이 울리고 나는 인사만 하고 나왔다.

"하아."

긴장이 풀려서 그런지 다리에 힘이 풀리려 했다. 이번 교시는 영어 시간이였다.

"34번 학생 다섯 번째 줄 읽고 해석해 보아요."

책을 들여다보았다. 지문을 보니 다시 모의고사가 생각에 입술이 말라갔다. 그리나 마음을 다잡고 천천히 읽기 시작했다.

"When I met the Prime Minister, I became aware of a key ingredient in her leadership."

그 다음 해석을 해야 한다. 그런데 Prime Minister 이 무슨 뜻이지? 그저 멍하니 다섯 번째 줄을 멍하니 보았다.

"선생님 모르겠어요."

순간 선생님의 표정을 읽었다.

"그런 것도 몰라? 어휴."

날 한심하게 보는 것 같았다. 자리에 앉아버렸다.

"단어 프린트에 Prime Minister 수상이라는 뜻이죠. 문장을 해석해 보면……."

내가 바보가 되는 순간. 밑에 있는 단어 하나 못보고.

하교 시간 당연하단 듯 지원이가 내 반 앞에서 손을 흔들고 있었다. 그리고 입모양으로.

'빨리 가방 안 싸? 나 다리 아파아.'

그러면서 활짝 웃어보였다. 눈이 초승달처럼 모아지고 꽤나 그 눈이 매력 있다고 느꼈다. 지원이라면 내 심정을 이해해 주겠지. 고민을 털어보기로 마음먹었다.

하교 시간

여기저기 학생들의 말소리로 시끌시끌했다. 나는 내 점수가 부끄러워 사람이 없는 조용한 곳으로 지원이를 이끌었다.

"지원아, 나 고민이 있는데."

말해도 되나. 심장은 터질 듯 뛰고, 입술은 말라갔다.

"우리 저번에 친 모의고사 알지?"

"응. 알지. 모의고사에 잘못된 거 있나?"

"잘못된 것보다는……."

"내가 잘못했어."

"어? 뭐라고?"

내가 영어 모의고사 때 졸다가 시간이 다 가 문제를 거의 다 찍고 매기기 두려워 선생님께 시험지 잃어버렸다는 말도 안 되는 거짓말을 하였고, 선생님이 눈치를 채 상담을 하였다는 지금까지의 모든 일들을 지원이에게 말했다.

"나 어떡할까? 우리 엄마 성격 알잖아. 알면 가만 안 두실 텐데."

나도 모르게 눈물이 나왔다.

"아, 울면 안 되는데. 아, 진짜."

"우리 편의점 갈래?"

하곤 나를 근처 편의점으로 끌고 가다시피 했다. 그러곤 내가 좋아할 만한 것들로 바구니에 담았다.

"아저씨 이거하고 그리고 이거 다 해서 얼마에요?"

"야. 야. 뭘 그렇게 많이 사?"

가격이 꽤나 높았다. 그러나 아랑곳하지 않고 계산을 하는 모습에 놀랐다.

"이거 너 다 먹어."

"나 괜찮으니까, 너 다 먹어."

내가 좋아하는 곰돌이 젤리가 있어도 지금 먹으면 체할 것 같은 기분에 영 내키지 않았다.

"나는 너 주려고 샀는데. 너 우는 모습 보니까 이런 생각이 나더라고."

"무슨 생각?"

"나는 내 친구가 울면 그냥 마음이 쓰여 챙겨주고 싶고 그러니까 울지 마라. 니가 좋아한다는 그 곰돌이 젤리 가격이 만만치 않더라. 또 울다간 나 거지 되겠어."

얼마 전까지 했던 지원이에 관한 내 생각은 눈 녹듯 녹아내렸다. 내가 못난 놈이지 내가 괜한 오해 한 거야. 봉지에서 젤리 하나를 꺼내 뜯어 씹었다.

질긴 것이 잘 씹히지도 않는데 눈물이랑 섞여 미묘한 맛을 냈다.

"지원아 고마워. 잘 먹을게."

며칠 뒤 선생님께서 모의고사 성적표가 나왔다고 7교시가 끝나고 나누어주겠다고 하셨다. 올 것이 왔네. 아직까지 내 시험지는 사물함에 꼬깃꼬깃 접혀 구석 어딘가 자리하고 있겠지. 아직까진 내 모의고사 가채점을 하지 않아 나도 내 점수를 모른다. 많이 떨어졌겠지.

드디어 내 이름이 호명되고 긴장되는 마음으로 읽어나가기 시작했다.

일단 국어 수학은 평소와 다를 바 없이 나왔다. 그리고 영어 저번보다 등급이 두 개나 떨어졌어. 그래도 기쁘다. 완전 막장 점수를 예상하고 있었는데 생각 외로 많이 안 떨어져서 다행이라고 생각했다. 그리고 기쁜 마음으로 집에 갔다.

"다녀왔습니다."

"왔니? 오늘 모의고사 성적표 나오는 날이지? 성적표 가져와 봐."

가방에서 성적표를 꺼내 가져다주었다. 그리고 몇 분간의 침묵. 종이를 보고 있는 엄마의 얼굴이 붉어졌다.

그러곤 소리를 질렀다.

"너! 이걸 성적표라고 받아 온 거야?"

"아니. 엄마, 내 말 좀 들어봐."

"네 이야기 듣기 싫어! 이딴 성적 받아오라고 너 교육시킨 줄 알어?"

입이 있어도 할 말이 없다. 같은 성적에 다른 반응이라니. 내 착각이지 원래 받아오던 성적도 맘에 안 들어 하는 걸. 그냥 한 귀로 듣고 한 귀로 흘리려 했다.

"엄마 말 하는데 어딜 보는 거야?"

그러곤

– 짝

이렇게 화내는 것을 처음 보았다. 그리고 성적표를 내 얼굴에 던졌다.

“한 번만 더 이딴 성적표 들고 오면 이걸로 안 끝나 알겠어!”

그러곤 안방으로 갔다. 공부하란 말과 함께 방으로 들어가 책을 펴고 연필을 잡았다. 그러나 아무것도 하기 싫고 맞은 뺨은 욱신욱신거려 책에 집중하기 힘들었다. 한 방울 두 방울 눈물이 나오고 엄마가 들을까 소리 내지 못하고 흐느꼈다. 문득 저번에 길을 찾아준 언니가 생각이 나 지갑만 챙기고 집을 나섰다. 폰은 챙겨가지 않았다. 엄마 통화 따윈 받고 싶지 않아.

내 기억이 맞다면 그 언니는 상담사였을 꺼야. 아니더라도 괜찮아. 그냥 집이 싫어 나온 것뿐이니까.

지갑에 명함을 꺼내 주소를 따라 찾아가기 시작했다.

“분명히 이 근처쯤 될 텐데.”

상가 3층에 위치한 상담센터. 꽤나 늦은 시간이지만 불은 환하게 켜져 있었다. 도착해서 들어 가보니 내 또래로 보이는 학생들이 상담을 받는다고 기다리고 있었다. 그때 직원분이 나에게 다가왔다.

“학생분 예약하셨나요?”

“아뇨. 저기 음, 그러니까.”

지갑에 있는 명함을 건네주었다.

“언니가 필요할 때 한번 찾아오라고 하셔서.”

명함을 보더니 날 한번 쳐다보곤

“원장님! 손님이 왔네요.”

원장님? 이런 큰 상담센터의 원장?

꽤나 좋아 보이는 방에 들어갔다. 거기에 술주정이 언니 아니 원장님이 꽤나 멋진 모습으로 일을 보고 있었다.

"언니 안녕하세요."
그러곤 언니가
"왔니?"
싱긋 웃어 보이며 나에게 말했다.
"자, 말해 봐. 여기 왔으면 무언가 할 말이 있다는 것이겠지. 무엇이 고민이니?"

상담을 받았다. 무슨 내용으로 받은 건 비밀.
밤늦게까지 언니와 상담, 아니 이야기를 나눴다.
그리고 엄마와 이야기를 나누었다. 처음엔 많이 힘들었지만 계속하고 나니 적응되어 꽤 괜찮았다.
엄마와 대화중 정했던 것 중 하나가 먼저 나에게 잘못했다고 사과한 것? 그리고 나는 학교 기숙사에 와 있다. 엄마가 마음의 준비가 필요하다기에 내가 들어간다고 한 것도 있고 내가 들어간다니 지원이도 따라 들어오고. 그러고 보니 오늘 언니랑 만나 밥 먹기로 한 것 같은데. 밥 말고 젤리 사달라고 해야지.

아이 캔 드림

김정은

다시 일어설 수 있을까. 미련한 내가.

"네? '이 어둠 속에서' 에서 담긴 뜻은 간단해요. 폭력의 깊은 내면을 담아냈어요. 주인공 '민우' 의 힘든 상황을 사회적인 반영을 했을 뿐이랍니다."

책 제목의 의미가 뭐냐는 잘 생긴 진행자의 질문에 매끄럽게 대답했다. 연습을 몇 번이나 해보았는지 내가 아는 최연지답지 않게 긴장한 기색이 없었다.

"네, 알겠습니다. 혹시 네티즌들 반응 보셨나요? 많은 사람이 청소년이 쓴 것 치곤 굉장히 잘 썼다며 호평을 하는데, 어떻게 생각하시는지?"

"정말 감사드려요, 제 소설을 이렇게나 많이 좋아해 주실지 몰랐거든요. 항상 독자님들에게 감사드리고 앞으로도 더 좋은 소설 쓰겠습니다."

"네, 이상으로 생생 인터뷰였."

뚝-

리모컨 버튼 하나로 거실의 모든 소리가 사라졌다.

진행자의 끝맺는 말도, 양말 신는 소리도, TV 속의 연지의 목소리도.

오래 전부터 항상 생각해 오던 것이 있었다. 만약에, 만약에 내가 항상 바라오고 꿈꿨던 일을 내가 아닌 누군가가, 그것도 가장 가까운 사람이 이룬다면 난 무슨 생각을 할까.

그 대답, 지금이라면 말할 수 있을 것 같다.

"말도 안 돼."

내가 아는 연지는 평소에 조용한 아이였다. 연지는 말이 없고 혼자 다녀서 아이들이 별로 달가워하지 않은 아이였다. 그런 연지가 우리나라에서 널리 알려진 출판사에서 문학상을 타고 신인 작가로서 이름을 날린단다. 나와 연지는 같은 꿈을 갖고 같은 길을 걷고 있었다. 나는 그걸 몰랐고 연지는 나보다 훨씬 멀리 앞서 갔다.

"잘 보던 TV를 왜 꺼?"

화장실에서 변기 물 내리는 소리와 문 여는 소리가 들렸다. 엄마는 신경질을 내면서 젖은 머리를 털며 다가왔다.

"그냥, 재미없어서."

"얘 봐라, 뉴스가 다 그렇지 뭐. 언제는 재밌는 뉴스 봤어?"

"뉴스 아니었어, 인터뷰였다고."

말도 안 되는 소리였다. 학교 내 상을 한 번도 받아 보지 못했던 연지가 꽤 알려진 출판사 문학상도 받고 책이 출판되고 신인 작가가 된다는 것이. 모든 게 꿈처럼 느껴졌다.

"인터뷰든 뉴스든, 그게 그거지 뭐. 그나저나, 너 학교 안 가? 몇 신데 아직도 있어?"

엄마는 대충 얼버무리며 머리의 물기를 털었다. 시계를 보니 벌써 7시를 넘어선 채로 째깍거리고 있었다. 인터뷰가 어찌 되었든 학교는 가야 했다.

"엄마, 나 학교 갈게. 오늘도 회사 지각하지 마요."

옆에 있던 검은 색 가방을 메고 일어서서 곧장 현관문으로 향했다. 항상 신는 파란 스니커즈에 내 발을 구겨 넣은 뒤 신발장 문 거울에 비친 내 모습을 들여다보았다. 오늘따라 유난히 초라해 보이는 내 모습이 두 눈에 들어왔다. 마치 패배자가 된 듯이 어깨가 축 처져 있었다. 갑자기 짜증이 밀려왔다.

"운영이 너나 지각하지 마라, 집도 먼 게 계속 늦잠이나 자고. 좀 일찍 일어나!"

나는 엄마의 말을 뒤로 한 채, 거울 속 패배자를 지나 현관문을 활짝 열고 소리가 나도록 세게 닫았다.

"야, 운영아! 대박, 세상에 우리 학교에서 이런 일이 일어나다니."

멀리서 키 작은 애가 내게 손을 흔들었다. 나도 손을 흔들었더니 윤정이 복도에 있던 아이들을 제치고 급한 볼일이 있는 사람마냥, 나에게 다급히 달려왔다.

"그거 들었어? 김운영? 오늘 재밌는 일 하나 터졌다."

"뭔데 그래, 우리 학교에서 네가 좋아하는 김려령 작가님이라도 왔어?"

"야, 그랬으면 내가 너한테 오겠냐? 사인을 받기 위해 일 번으로 섰을 거다."

윤정이가 두 눈을 반짝이며 나를 쳐다봤다.

나에겐 두 명의 절친한 친구가 있다. 한 명은 어렸을 때부터 알고 지내던 사이인 이만영과 또 한 명은 중학교 때부터 친해진 최윤정이다. 이만영은 어렸을 때부터 봐온 사이라 서로를 잘 알았다. 그리고 성격도 나와 반대로 무뚝뚝하고 침착해서 서로 잘 맞았지만 윤정이는 성격이 괴팍해서 친구 된 이래로 싸우기도 진짜 많이 싸웠다. 아직까지도 친구사이로 지내는 게 신기할 정도다.

원래 윤정이는 책을 싫어했었다. 만화책도 안 볼 정도로 말이다. 그런데 언제부턴가 자신은 김려령 작가님을 좋아한다고 말하기 시작했다. 그렇게 책을 싫어하던 아이가 그 후로부터 책을 읽기 시작했고 선생님이 되겠다고 말했다. 정말, 이렇게 변한 이유가 궁금해서 도대체 갑자기 왜 책을 좋아하게 됐냐고 물어봐도 그저 실실 웃기만 했다.

"그럼 대체 뭔데?"

"운영, 운영. 왜, 오늘 아침에 최연지 인터뷰 나온 거."

윤정이의 말에 순간 거울 속 패배자가 다시 된 기분이 들었다. 마치 그 모습이 나의 진짜 모습인 마냥 계속해서 내 몸에 서서히 입혀지고 있다. 속이 매스껍다.

"어, 그래서?"

"어라? 알고 있었구나, 나 정말 놀랐다니까. 난 최연지가 글 쓰는 재주가 있는 줄 몰랐어. 평소에 말도 없고 같이 논 적도 없어서 아무것도 못 하는 애인가 싶었지. 그런데 글 잘 써서 작가가 되다니. 그것도 내가 존경하고 존경하는 김려령 작가님의 이름을 따서 네티즌들이 '리틀 김려령' 이라는 별명까지 붙였더라고."

최연지. 친구가 없는 애였다. 평소에도 누구 하나 최연지를 챙겨 주지 않았고 거들떠보지도 않았었다. 그냥 있는 듯 없는 듯 게임 속 깍두기 같은 존재였다. 아무도 신경 쓰지 않는 존재, 그런 애가 글 한번 잘 썼다고 한 번에 많은 사람의 입에 오르내렸단다. 내가 하찮게 느껴졌다.

"야, 반에 들어가면 나랑 같이 최연지 자리 좀 같이 가자. 응?"

"왜."

"내가 책 좋아하잖아. 그래서 내가 최연지 책 어제 샀거든? 거기에 사인을 받으려고. 지금 아니면 언제 작가의 사인을 받아보겠니. 그러니까 같이 가자. 어?"

나는 더는 대답하지 않고 '1-12' 라고 하얀 글씨로 적힌 작은 문패를 바라보며 앞문을 열었다.

"최연지, 그거 진짜야? 너 작가 돼?"

"연지야, 사인 좀 해줄래?"

"연지, 연지. 내가 그 책 읽어봤는데……."

문을 열자마자 몇몇 반애들에 의해 어쩔 줄 모르는 연지가 눈에 들어왔다. 반애들은 연지의 이름을 부르며 사인해 달라는 말과 어떤 애는 책에 관심이 많다며 자연스레 연지의 친구인 양 짝꿍을 제치고 옆에 앉았다.

"운영이, 안녕! 만영이 아침부터 또 잔다? 얘는 매일 잠만 자. 만영아! 너 어제 안 자고 뭐 했냐. 빨리 일어나. 야, 일어 나!"

만영이의 옆 짝꿍인 진실이가 자는 만영이의 등을 흔들어 깨우려 했다. 만영이가 일어나지 않자 진실이는 말로 깨우기 힘들었는지 만영의 등을 손바닥으로 세게 때렸다.

"야, 왜 때려, 아프잖아!"

"네가 하도 안 일어나서 그랬다, 왜!"

만영이는 분했는지 진실이의 등을 때리러 의자에서 엉덩이를 뗐다. 하지만 일어섬과 동시에 만영이는 내가 바로 옆에 있다는 것을 알아챘는지 진실이의 등에 향했던 손을 나에게 옮겼다.

"어, 안녕."

뒤늦은 인사를 건네는 사람은 만영이었다. 그런데 오늘 얘가 많이 이상하다. 계속 나를 빤히 쳐다본다. 평소에 안 그러던 애가 무슨 할 말이 있는지 계속 머뭇거린다.

"왜, 이만영."

"……."

"왜, 말해."

"……."

"이만영, 너, 자꾸 그러고 있으니까 내가 다 답답하다. 야, 할 말 있으면 해. 자꾸 머뭇거리지 말고."

"어, 괜찮냐?"

나는 그 말을 듣는 순간 내 입에서 "뭐가?"라는 말이 나오기도 전에 얘가 무슨 말을 하는지 알 수 있었다. 만영이는 내가 자존심이 세다는 것도, 지기 싫어한다는 것도, 누구보다 노력해서 당당히 꿈을 이루려 한다는 것도 알고 있다. 아주 오래 전부터 같이 있던 친구였으니까. 그래서일까. 만영이만큼은 누구보다 내 속을 더 잘 알고 있었다. 역시 오래된 친구라는 건가. 나는 진지한 얼굴로 뚫어져라 쳐다보는 만영이에게 피식 웃었다.

"그래."

"……."

"괜찮다고 말해 봤자 넌 또 거짓말한다고 뭐라 말하겠지? 그래, 이만영. 나 지금 기분 되게 찝찝해. 왜, 그거 있잖아, 그거. 사촌이 땅을 사면 배가 아프다던가……. 뭐 그런 거. 그런 기분 언제 느끼나 했더니 지금이 딱 그래. 하. 괜찮아, 어차피 재도 노력한 거잖아. 나보다 더 노력했으니까 더 빨리 작가가 된 거잖아. 안 그래?"

"그럴 지도."

"그럼 됐네. 뭘 더 따져. 내가 기분 나쁠 거 하나도 없어. 그나저나 넌 앞으로 안 가? 선생님 오셨잖아. 빨리 앞으로 돌아!"

만영이가 고개를 돌렸다. 말은 그렇게 했지만, 왠지 배가 아프다. 욱신거리는 것이, 마치 최연지가 옆에서 내 배를 쿡쿡 찌르는 것 같다. 그 아이는 잘못한 게 없는데도 머릿속에는 두 번째 줄 맨 끝자리에 있는 최연지가 '쌤통이다.', '이제 내가 너보다 먼저 작가가 됐어, 기분이 어때?' 하면서 사악하게 웃고 있다. 괜히 최연지가 미웠다.

"자, 내가 재밌는 소식 하나 들었는데, 최연지?"

"네?"

"축하한다, 작가 된다면서. 상도 받고."

"감, 감사합니다."

"얘들아, 우리 연지를 위해 축하 기념으로 박수 한 번 치자, 박수!"

말이 끝나기 무섭게 선생님과 아이들은 손뼉을 치기 시작했다. 짝짝 소리를 들을 때마다 내 안의 초라한 모습이 꿈틀거리기 시작했다. 진실이도, 윤정이도, 만영이도 손뼉을 쳤다. 손을 들어 손뼉을 칠 힘이 없다. 다시 배가 욱신거린다.

"그럼 아침 조회는 이 정도로 하고. 반장은 잠깐 따라와."

문이 닫히고 담임선생님이 나가자 조용했던 반은 소란스러워졌다. 한참 동안 내 두 눈을 굴려 반을 둘러보았다. 아침밥을 못 먹어 학교에서 먹는 아이, 친구와 떠드는 아이, 더러워진 분필 지우개, 바닥에 떨어진 학교 앞 미술학원 홍보 부채, 우산 3개 꽂혀 있는 우산꽂이, 피곤한지 엎드려 잠자는 아이들까지……. 문득 우리 반 창문 쪽 하늘색 벽을 바라보았다. 벽에 걸려 있는 시계는 8시 25분을 가리켰고 나는 이제껏 참던 숨을 내쉬었다. 이제 좀 살 것 같다.

7시 반. 숨 막히는 진공관을 겨우 빠져나왔다. 학교 교문 밖, 우리 학교 교복을 입은 애들 속에서 나는 혼자서 지하철까지 말없이 빠르게 걸어갔다. 오늘은 만영이와 함께 하교하지 못했다. 내가 야자를 빼고 나온 거다. 평소에는 같이 다니는데 오늘은 그러질 못했다. 오늘은, 오늘은 정말 혼자 걷고 싶었다. 내 머리 속이 뒤죽박죽이어서 그렇기도 하지만, 가장 큰 이유라면 자꾸만 오늘 수업했던 국어가 떠오른다. 속이 너무 매스껍다.

"가시리에서 '위 증즐가 대평성대'가 의미하는 것은 궁궐에서 가요를 사용하기 위해 궁녀들이 붙인 가락입니다. 그러니까 애초에 있었던 가락이 아니라 후에 만들어 넣은 가락이라는 거죠."

1학년 국어 담당, 민주 쌤이다. 이 시간은 내가 정말 좋아하는 시간이다. 글을 좋아해서 그런 것도 있지만, 민주 쌤이라서 더 좋아하게 됐다. 민주 쌤은 한일고에 인기 있는 여선생님으로 다가오는 모든 사람에게 친절을 베푸는 사람이다. 그리고 한때 '신춘문예' 라고 신문사에서 개최하는 시인이나 작가 등을 뽑는 대회가 있는데 그곳에서 당선된 사람이기도 했다.

"그러니까 가시리는 슬픈데, 왜 대평성대니 뭐니, 나온다 싶으면 당황하지 말고 쌤 설명을 기억해 주세요. 알겠죠?"

"네."

그래서 민주 쌤이 좋았다. 다른 쌤들보다도 더. 왜냐하면 나와 같은 꿈을 가졌던 사람이기도 하고 다른 사람들보다 나를 인정해 주고 응원해 주기 때문이다.

"아, 있잖아요. 내가 잠깐 잊고 있었는데……."

"네, 뭐요?"

"혹시 이 반에 최연지 양 있어요?"

민주 쌤은 갑자기 최연지를 부르며 두리번거렸다.

"최연지요? 왜요, 쌤?"

"최연지, 우리 반 맞아요. 선생님."

반 아이들이 너도나도 할 것도 없이 대답했다.

"작가 된다면서요? 축하해요, 이번에 학교에서 자랑스러운 한일인상이 나갈 것 같아요. 우리 학교에서 이런 인재가 나오다니, 참 좋네요. 연지 양?"

"네?"

"축하해요. 자, 박수."

민주 쌤이 미소를 지으며 손뼉을 치자 아이들도 하나둘 치더니, 어느새 박수 소리가 커졌다. 내 초라한 모습이 꿈틀거린다. 나는 또 손뼉을 치지 못했다. 스스로 구차한 변명을 해가며…….

"들었는지 모르겠지만, 저도 옛날에는 한때 작가가 꿈이라서 00신문사에 개최한 '신춘문예' 라는 대회에 나가 꿈을 현실로 이루려 한 적도 있었는데……. 연지 양 보니까 갑자기 그때가 생각나네요."

민주 쌤은 마치 꿈을 꾸는 듯 행복한 얼굴로 말했다.

"쌤, 그러면 뽑혔어요?"

"왜 작가 안 하시고 선생님 했어요?"

아이들은 궁금하다는 듯이 끊임없이 질문했지만, 민주 쌤은 더는 자신의 옛이야기를 언급하지 않았다. 그저 눈으로 활짝 웃으며 우리를 흐뭇하게 바라볼 뿐이었다.

"다시 한 번 축하해요, 연지 양. 앞으로 꼭, 좋은 작가 됐으면 좋겠네요."

"감사합니다."

최연지는 민주 쌤의 말에 또박또박 대답했다. 민주 쌤은 웃으며 잠시 멈췄던 수업을 진행하였고 아이들은 저마다 여러 가지로 할 말이 많은지 계속해서 조잘조잘거렸다.

"차렷, 경례."

"수고하셨습니다."

종이 치자, 수업이 마쳤다. 아이들의 왁자지껄한 소리가 들려왔지만 나는 그런 것에 안중에도 없었다. 그저 내 안에서 자꾸만 꿈틀거리며 초라한 모습을 드러내려 하는 것을 잠재우려 할 뿐이었다. 나는 뒤를 힐끔 돌았다. 뒤에서 최연지가 보인다. 무언가 끄적거리고 있었다. 최연지에게서 처음 보는 모습이다. 진짜 작가 같다. 사람들은 나에게 글을 잘 쓴다고 나중에 크면 작가 하라고 말을 했었다. 그런데 지금은 옛말이 되어버린 것 같다. 하나같이 최연지를 향해 같은 말을 하고 있다. 하나같이…….

집으로 향하는 걸음이 빨라졌다. 학교에서는 수업 시간마다 같은 일이 반복되었다. 나는 계속 메스꺼울 수밖에 없었다. 최연지는 사람들에게 칭찬과 박수를 받았다. 그 광경을 매번 볼 때마다 초라한 모습이 꿈틀거렸다. 그 속도가 점점 빨라지면서 나를 침식하려 했다. 초라한 모습으로, 질투에 눈 먼 모습으로, 아래로, 아래로.

이번 중간고사는 콧물로 더러워져 구겨진 휴지를 쓰레기통에 던져 넣은 것과 다름없었다. 한마디로 시험지를 손이 아니라 발로 풀었다고 하는 게 맞는 말이다. 한심함에 괜히 눈물이 차올랐다. 눈물을 눈에서 떨어뜨리지 않기 위해 열린 창문에 얼굴을 대고 바람을 쐬었다. 파란 하늘과 예쁜 꽃들이 내 두 눈에 보였다. 슬프다. 바깥의 풍경은 저리도 싱그러운 봄을 만끽하는데 왜 나는, 내 인생은 푸르죽죽한 봄을 맞이하는지 모르겠다.

"김운영! 담임이 너 오래!"

올 것이 왔다. 요즘 통 소식이 없다고 생각했는데 오늘에서야 담임선생님이 나를 불렀다. 이건 진짜 안 봐도 비디오다. 보나마나 성적이다, 성적. 몸을 일으키고 반에서 천천히 나왔다. 교실 밖 복도의 따뜻한 공기가 내 폐부 깊이 들어갔다 나왔다.

"자, 앉아라."

교무실에 도착했을 때, 나를 맞이한 담임선생님의 목소리는 안쓰럽다는 말투였다. 왠지 나를 불쌍하고 동정심이 일어나게 하는 아이라고 생각하는 듯했다. 기분이 나빴다. 나는 말없이 앉아 맞은 편 싱크대 위 거울을 응시했다. 한쪽 눈썹을 살짝 찡그린 내가 보였다.

"운영아, 이번 성적이 크게 떨어졌더구나."

"네."

"요즘 네가 수업 집중도 잘하지 못하고 야자 시간에도 공부를 잘 안 하는 것 같은데, 맞니?"

"네."

담임선생님의 질문에 하나하나 답할 때마다 주눅이 들었다. 뭔가 고문하는 느낌이 들었다.

"혹시, 힘든 일 있었니?"

"아니요, 없었어요."

있다. 힘든 일. 최연지로 인해 괴로운 내 마음, 내 심정. 정작 본인은 나를 괴롭히지 않았음에도 자꾸 네 마음속에서 나타나는 괴로움과 질투. 그 모든 것들이 나를 힘들고 초라하게 만들었다. 나는 점점 열등감이 생겼고 무슨 일만 해도 나 스스로 최연지와 나 자신을 비교했다. 그리고 비교함으로써 때로는 이겼다는 쾌감을, 때로는 열등감을 얻으며 살고 있었다. 시험 따윈 안중에도 없었다. 잘 치든 말든 그저 최연지의 일에 대해서만 신경 썼다.

"그래? 알았다. 다음부터는 좀더 열심히 해서 성적을 올렸으면 좋겠구나. 이번 시험은 저번보다 너무 내려갔어. 더 열심히 해야된다. 알겠지?"

"네."

나의 단호한 말투에 담임선생님은 더는 묻지 않았다. 그저 자꾸 내 표정의 변화를 살피려 했다.

"그래, 잘 가고."

길고 미로 같은 교무실을 겨우 빠져나와 문을 닫았다. 등줄기에서 식은땀이 흘러내렸다. 평소에는 이렇게 긴장하지 않았는데 나도 모르는 사이에 다리가 저릴 정도로 긴장을 해버렸다. 요즘따라 나는 내가 아닌 것 같다. 나 스스로 위축되고 소심해짐을 느꼈다. 간이 콩알만해진 거다. 언제부터 겁쟁이가 되어버린 건지, 진이 다 빠졌다.

"오오! 운영아, 쌤이 왜 불렀어?"

반에 들어오자 윤정이가 궁금하다는 표정으로 다가왔다.

"그냥. 별 거 아냐."

"그래, 뭐……."

"……."

침묵이 이어졌다. 나는 더는 할 말이 없어 제자리로 돌아가려 윤정이를 지나쳐 자리로 걸어갔다. 그때 갑자기 윤정이가 방금 생각났다는 듯이 양손바닥을 맞대어 치며, 큰 소리로 나에게 말했다.

"아, 맞다! 운영아, 너 시험 잘 쳤어? 나 완전 잘 쳤는데! 이번에 점수 20점 올랐어. 대박이지?"

"응, 대박."

윤정이가 점수가 올랐다며 들떠서 쉴 새 없이 이야기 할 때, 나는 아무런 이야기도 하지 않았다. 아니, 할 수 없었다가 맞는 대답이다. 나는 윤정이의 말을 듣는 체 마는 체하였다. 어쩔 수 없다. 나는 이미 시험을 망쳤고 쪽팔려서라도 네 점수는 내 입으로 말 못한다. 그런 네 자신이 한심했다. 어차피 공부를 안 한 건 난데, 누굴 쪽팔리다고 하는 건지……. 현재 내 꿈을 이루기 위해 시험 점수가 잘 나와야 하는 것도 중요한데, 나는 시험은 안중에도 없고 최연지만 의식하고 앉아 있으니 네 스스로가 너무 답답하고 얄미웠다.

"야, 넌 시험 잘 쳤냐?"

"응?"

"잘 쳤냐고."

"뭐, 그냥."

"에이, 그냥이 뭐냐, 그냥이. 좀 자세히 말해 봐. 너 이번에 네 점수 한 번도 말한 적 없잖아, 난 다 말했는데. 불공평해, 빨리 말해! 잘 쳤어, 못 쳤어? 응? 잘 쳤냐니까?"

윤정이의 계속된 질문에도 끝까지 대답하지 않았다. 내 점수를 당당하게 말할 수 없었기도 하고 내 자신이 너무 부끄러웠고 한편으로는 짜증났다. 더 이상 이런 열등감은 필요 없는데. 그냥 예전처럼 당당하게 살고 싶은데. 그러질 못해서 그저 웃기만 했다.

발로 쓴 시험이 끝이 난 지도 어느덧 일주일이 지났다. 아이들은 다음 모의고사를 준비하느라 바빴지만 나는 다른 일도 하느라 더 바빴다. 바로, 소설을 써야 하기 때문이다. 최근 학교에서 'ㅍ' 출판사의 청소년 문학 공모전을 한다는 포스터가 붙었다. 응모 대상은 중 · 고등학생이면 누구나, 부문은 소설, 장르는 상관없다는 내용이었다. 많은 학생들은 '에, 또 글이야? 어차피 쓰지도 못할 거…….' 하면서 게시판을 간단히 훑고 지나쳤겠지만, 나는 그대로 지나칠 수 없었다. 포스터가 붙어 있는 교무실 옆 초록색 긴 게시판에서 시선을 뗄 수가 없었다. 항상 최연지를 의식해 왔던 마음, 그 마음을 무언가 바꿀 수 있는 그런 계기가 될 수 있을지도 모른다는 생각이 들었다.

"이거, 나가 보게?"

내 옆에 있는 만영이가 물었다. 내 마음 속에서 이미 나가야 한다고 외치고 있었다. 이건 일종의 기회일지도 모른다.

"응."

나는 자신 있게 대답했다. 나는 이 공모전이 기회이면서 언젠가 넘어뜨려야 하는 큰 벽이라고 생각했다. 지금까지 최연지만을 의식해서 살아왔었다. 훨씬 전에는 내가 스스로 글도 써보고 자료도 찾고 나름 열심히 꿈을 위해 걸어가고 있었는데 어느 순간부터 최연지에게 열등감을 느끼고 나 스스로의 연습을 포기했었다. 참 부끄러운 일이다. 그깟 일로 연습을 포기한다는 건, 꿈을 포기했다는 뜻과 같은데. 언젠가 보았던 어깨가 축 처진 초라한 모습이 되고 싶지 않다. 그건 미래의 내 모습이 아니다. 다시 첫 발을 내딛고 싶다.

"여기 유명한 데 아니야?"

"그렇지. 그래도 한 번 나가 보게."

"뽑아 줄까?"

"모르지? 뽑히면 좋은 거고 안 뽑히면……,아닌 거고."

나간다는 것만으로도 큰 힘이 될 것이다. 하지만 열심히 쓴 소설이 뽑히지 않는다면 서운할 것 같기도 하다. 뽑히면, 뽑히면, 완전 행복할 텐데…….

"잘 해!"

"어?"

"너 글 잘 쓰잖아. 이번에는 네가 좀…… 힘들었지만, 이번에는 잘 될 거야, 김운영 파이팅!"

"어,어……."

이만영은 두 손을 주먹을 쥐며 파이팅을 외쳤다. 갑작스런 이만영의 응원에 당황해 고개만 끄덕였다.

"에이, 뭐야. 시시해. 내가 응원해 줬으면 너도 해야지! 파이팅!"

"……."

"파이팅, 안 하냐?"

"어, 파이팅!"

"제발, 제발 잘돼라. 제발……."

내일이 마지막 마감일이라 허둥지둥 끝을 맺고 주최자에게 보내는 메일을 써 내려 간다. 이번 소설의 장르는 추리이다. 주인공은 '린다'라는 인물로 스파이더맨처럼 기상천외한 능력은 아니지만 우연히 초능력을 얻은 주인공이 이 능력을 통해 경찰들이 해결해 주지 않는 주민들의 소소한 사건들을 해결해 주는 내용이다.

이번만큼은 자신 있게 써내려 간다. 정말 열심히 쓴 소설이고, 다른 사람들도 이 이야기는 생각하지 못했을 것이다.

"내가 얼마나 열심히 썼는데, 너는 제발 붙어야 한다, 제발."

이번 공모전을 위해 학교에서 틈틈이 적고, 밤에 고치고 하는 식으로 시간을 쪼개가며 소설을 완성했다. 완성했을 때의 기분은 말할 수 없을 만큼 최고였다. 그것도 그럴 것이 사실 지금까지 단 한 번도 내가 시작한 소설의 결말을 맺지 못했다. 항상 첫 시작은 좋았지만 중도 포기한 미완성 작품들이 USB에 널리고 널렸다. 그래서 이 작품이 뜻 깊고 뭔가 될 것이라는, 나도 이제 괴로움에서 안녕이라는 확신이 든 것도 같다.

[제발 부탁드립니다. 소설 '린다의 꿈' 꼭 뽑아 주시기 바랍니다.]

커서가 '다.' 자에서 깜빡거렸다. 한숨이 나왔다. 과연 될지, 안 되면 어떻게 할지……. 깊은 한숨을 한 번 더 내쉬고 키보드에 있던 두 손을 포개어 마우스로 가져갔다. 마우스를 땀에 젖은 두 손으로 꽉 쥐어 메일의 '보내기' 버튼을 향해 화살표 모양의 포인터를 이동시켰다. 심장이 빨리 뛰었다. 두 손에 힘이 잔뜩 들어갔다.

"제발, 제발, 제발, 제발, 제발……. 부탁인데 제발 붙어라, 제발."

두 눈을 꼭 감고 오른쪽 검지로 왼쪽 마우스 버튼을 그대로 눌러버렸다. 모니터 화면에 'Cha8265님께 성공적으로 메일이 전송되었습니다.'라는 창이 하나

떴다. 이제 됐다. 마우스에 포개었던 두 손을 내려놓고 참았던 숨을 내쉬었다. 이거, 007 작전보다 더 힘든 일이다. 식은땀이 흘러 내렸다. 창문의 방충망 사이에 새어나오는 밤바람이 찼다.

"운영아, 밥 안 먹어?"

부엌에서 들려오는 엄마의 물음에 답하지 않았다. 바쁜데 밥은 무슨. 시계는 7시 10분을 가리켰다. 초침이 움직일 때마다 초조하다. 몇 분 안 남았다.

"운영아! 밥은 먹고 가자, 밥!"

"안 먹어요, 바빠!"

"그게 무슨 소리야, 아침에 밥을 먹어야 힘이 되고 공부가 되지!"

안 먹겠다는 내 대답에 엄마가 이해할 수 없다는 표정으로 내 방문을 열었다.

"엄마, 나 바빠요, 지각할지도 모른다고요. 먼저 갈게요."

나는 서둘러 의자에 걸쳐진 가방을 어깨에 메고 파란색 스니커즈를 신발장에 꺼내어 신었다.

"아, 오늘 비 올지도 몰라. 일기 예보에 중부지방, 비 온다더라."

"소나기?"

"아니, 낮부터 하루 종일 내린다던데……."

"에잇."

신발장 옆 우산꽂이 칸에 있는 다홍색 장우산을 잡았다. 소나기였으면 좋았을 텐데. 왜 하필 오늘 비온대.

"갔다 올게요, 다녀오겠습니다."

"그래, 차 조심하고."

"네."

계단에서 내 발걸음 소리가 울렸다. 뒤에서 우리 집 현관문이 닫히는 소리가 들렸다. 계단을 재빨리 내려가 우편함을 지나쳐 밖으로 뛰쳐나가니 산뜻한 아침 공기가 나를 반겼다. 어제보다 습기도 없고 선선한 공기다.

주차되어 있는 자동차들을 지나쳐 뛰어가다 문득 중요한 일이 하나 생각났다.

"맞다, 그거."

얼마 전에 넣었던 'ㅍ' 출판사 청소년 공모전, 이제 며칠 안 남았다. 발표를 앞두고 몇 주 동안은 정말, 정말 내가 뭘 했는지 하나도 모르겠다. 아침에 일어나면 비몽사몽하다가도 갑자기 머릿속에서 발표 '디데이 며칠 전' 뭐, 이런 게 자꾸 떠올라서 밥이 입으로 들어가는지 콧구멍으로 들어가는지 몰랐고, 학교 수업도 나름 열심히 듣기 위해 노력은 했지만 어느새 발표가 걱정되어 딴 생각하기 일쑤였다. 어느새 발표는 내일 모레로 다가왔고 나는 요 며칠 동안 설레서 잠도 안 왔다.

"야, 거기 빨간 가방! 그래, 너, 너. 위에 그게 뭐야? 교복은?"

"아, 쌤. 죄송해요!"

"일로 와. 여기 서 있어! 너는 벌점…… 야! 너! 너는 체육복 입고 왔냐?"

딴 생각 하다가 벌써 학교 교문 앞이다. 아이들이 우글우글 거리고 선생님들은 복장 단속에 나섰다. 나는 내 교복의 위아래를 재빨리 훑었다. 아, 다행이다. 난 안 걸리겠다.

"야, 김운영!"

누군가 나를 불렀다. 선생님인가 싶어서 재빨리 돌아봤다. 십년감수했다, 최윤정이었다.

"야, 내가 몇 번을 불렀는데, 이제 돌아봐!"

"미안, 미안. 나 못 들었어."

"내가 10번 넘게 불렀는데, 김운영, 김운영!……이라고."

"아, 쏘리."

"됐다, 됐어. 아, 맞다! 너 발표 오늘이지!"

"아니, 내일모레거든."

발표를 오늘이라 생각하다니. 윤정이도 잘 깜빡하지만, 가만 생각해 보면 나의 호들갑도 문제였다. 며칠 동안 설레서 윤정이든 만영이든 계속 나 안 되면 어떡하나, 되면 어떡하나 하면서 걔네들에게 오두방정을 떨었다. 지금 보니 내가 참 헷갈리게 만든 것 같다.

"진짜?"

"응, 진짜. 내일모레임."

"어라, 난 네가 그렇게 진정을 못하고 '며칠 안 남았어, 안 남았어…….' 이런 말 자주 하길래, 오늘 발표인가 했는데."

"아무튼, 코앞인 건 확실해. 떨려서 오늘 하루 제대로 하려나 모르겠다."

"그러게. 그런 운영이 옆에서 있는 나도 편하게 생활할 수 있을지 모르겠네."

"야, 최윤정!"

어느새 12반 문 앞에 도착했다. 윤정이의 미안하다는 말을 들으며 문을 열었고 나는 2분단을 지나 내 자리의 책상에 책가방을 내려놓았다.

몇몇 친한 아이들과 가벼운 인사를 나누며 자리에 앉았다. 시간표를 보고 대충 오늘 수업 준비를 할 때, 담임선생님이 오셨고 평소와 다름없는 아침조회를 했다.

"자, 조회는 이걸로 끝이다. 반장은……아, 반장은 됐고 김운영?"

"네?"

"운영이는 잠시 나와 봐라."

나는 재빨리 대답을 하고 복도로 나왔다. 담임선생님이 기다리고 계셨다.

"운영아, 왔니."

"네."

"너, 'ㅍ' 출판사 청소년 공모전 나갔지?"

"네, 무슨 일이세요?"

"아, 그 공모전 문제로 교무실에서 민주선생님이 한번 와보라고 하시더라."

"지금요?"

"그래, 지금 갔다 와라."

"네."

'ㅍ' 출판사에서 무슨 연락이 왔나, 아니면 공모전에 무슨 문제가 생겼나. 내일모레가 발표 날인데. 갑자기 뭐지. 불안해졌다. 원래 공모전은 전, 전날에 뭔가 알려주는 그런 게 있었나? 이런 생각이 들자 빨리 안 갈 수가 없었다. 나는 계단을 재빨리 올라가 5층에 있는 교무실로 향했다.

"쌤, 안녕하세요."

"어, 왔니. 운영아."

문을 열고 들어가 인사하자 민주쌤이 기다렸다는 듯이 나를 반겼다.

"네, 무슨 일이신지……."

"어, 운영아. 잠시만."

민주 쌤은 말하다 말고 마우스를 움직여 컴퓨터의 바탕화면의 '공모전' 이라는 폴더를 열었다. 폴더 안에는 다양한 문서들과 자료들이 있었는데, 그 중에 하나를 찾아 열었다.

"'ㅍ' 출판사 청소년 문학 공모전 확정자?"

"그래, 나한테 오늘 아침에 문서 하나가 이메일로 도착했는데, 여기 봐봐."

민주 쌤은 마우스로 문서를 천천히 내려갔다. 그러다 내 두 눈에 똑똑히 보이는 글자들.

'우수상 2명 : 이초은, 김운영 (상장 및 상금 20만 원.)'

"예에?"

아니, 내가, 내가, 내가 우수상을 받다니! 이게 꿈이야 생시야. 나는 민주 쌤 모르게 뒷짐을 진 뒤 내 오른쪽 손을 힘껏 꼬집었다. 말도 안 돼. 아팠다. 손을 보니 살갗이 빨개졌다. 현실이다. 나에게 상상할 수도 없던 일이 일어났다. 세상에. 내가 되다니.

"많이 놀랐지, 나도 보고 놀랐어. 우리 학교 학생이 여기에 오를 줄은 몰랐거든."

"……."

"축하한다, 운영아."

"네, 감사합니다!"

"그래, 그런데 운영아, 아직은 이른 것 같기도 해."

"네?"

"그게, 발표는 내일모레잖아. 그 때 동안 확정자들 작품 한 번 더 검토하거든. 그 때 뭔가 비슷한 작품이 있다던가, 아니면 다른 웹 사이트에 올린 적 있다던가, 만약 그렇게 되면 탈락시키고 다른 후보자를 발표할 수도 있어. 혹시 모르니까 그런 것 한 번 생각해 보고."

"네."

"그래, 수업 잘 하고."

"네."

문을 닫고 계단을 내려갔다. 내가 우수상을 받다니. 대박, 어떻게 내가 이런, 이런 상을……. 그냥 장려상이라도 받았으면 좋겠다고 바랐었는데, 우수상이라니. 아직도 현실이 아니라 꿈속의 꿈같다. 머릿속에서 온통 입상했다는 생각이 가득 찼다. 아, 정말 내 생애 이런 일이. 꿈같은 현실에 오늘은 너무 기뻐서 하루 종일 웃고 다닐 것 같다. 만영이랑 윤정이도 말해 줘야겠다.

삑 삑 삑 삑 삑–

아침 알람 소리와 동시에 눈이 떠졌다. 머리맡에 둔 알람시계를 안 보고 손을 들어 잡았다. 시계는 정확히 새벽 6시를 가리켰다. 오늘은 정말 일찍 일어났다. 평소에는 엄마에게 등짝 맞아가며 겨우 7시에 일어났는데.

"으함, 으랏차차차찻!"

한바탕 요상한 소리를 내며 기지개를 켰다. 정말 어제 잠 좀 자려고 몇 번이나 뒤척였는지 모른다. 그놈의 잠이 안 와서 내일 늦게 일어나지 않을까, 정말 조마조마했다. 그래도 다행히 6시에 일어나서 얼마나 다행인지. 6시 5분이 조금 넘었다. 나는 빠르게 일어나 거실에 있는 컴퓨터로 향했다. 본체의 전원을 켜고 모니터가 켜지기만을 초조하게 기다렸다. 오늘은 'ㅍ' 출판사 청소년 공모전 발표가 있는 날이다.

"제발, 제발……."

매일마다 이 날을 기다려 왔었는데, 막상 되고 보니 초조하고 불안하고 자신이 없어진다. 오늘은 수상자들에게 개별통지가 있는 날로, 메일로 결과를 알려준다 하였다. 나머지는 'ㅍ' 출판사 홈페이지의 공지사항에 들어가 보면 알 수 있다고 했으니…….

설렘 반, 긴장 반으로 떨리는 마음을 간신히 가라앉히고 조심스레 아이디와 비번을 쳤다.

[안녕하세요, 김운영 님.]

로그인하자 나를 반기는 문구가 보였다. 그 밑의 메일을 눌러서 이제 확인만 하면 된다. 진정하자, 김운영. 이제 겨우 로그인만 했을 뿐이다. 메일을 봐야 안다고.

"제발, 제발……."

메일을 눌러버렸다. 질끈 감고 있던 눈을 뜨고 메일의 유무를 확인했다. 오늘 나에게 온 메일은 20개나 있었다. 트위터 소식, 감사 편지, 소설카페 공지, 친구가 장난으로 보낸 메일들과 쇼핑이나 뉴스 메일…….

"어라?"

없다. 어디에도 출판사의 '출' 자도 보이지 않는다. 이게 어떻게 된 거지. 아직 메일이 발송되지 않았나?

"진짜 없어? 왜 없지? 왜?"

진짜 없다. 다시 봐도 내 메일은 20개였고, 하나같이 내가 원하는 내용과 전혀 상관없는 내용들만 가득했다. 갑자기 두려웠다. '이대로 내가 안 되면 어떡하나.' 라는 생각이 머릿속에서 서서히 뿌리를 내리기 시작했다. 나는 혹시나 하는 마음에 'ㅍ' 출판사 홈페이지에 들어갔다. 들어가자마자 보이는 건 공지사항 코너였고, 공지사항에 제일 위에 '청소년문학 공모전 결과 발표' 라는 글이 있었다.

"제발, 이번에는……."

청소년문학 공모전 결과 발표

대상 : 소설 '엄마에게 미안해', 성명 '박정식'
최우수상 : 소설 '바람 냄새', 성명 '심혜연'
우수상 : 소설 '우주별', 성명 '이초은',
소설 '100인', 성명 '이혁민'
격려상 : 소설 '초록색 우산', 성명 '김민희',
소설 '민들레 씨앗은 어디로?' 성명 '조서현',
소설 '인간의 세계', 성명 '함호수'.

※ 수상작은 단행본으로 출간됩니다.

보는 게 아니었다. 한숨이 나왔다. 이번엔, 이번에는 정말 열심히 소설 썼는데……. 남극의 빙하 사이의 깊은 틈에 홀로 빠져 있는 기분이다. 분명이 민주쌤이 나는 우수상 수상자라고 말씀해주셨는데 나는 왜, 왜, 뽑히지 못했을까. 왜 내 이름이 없지? 분명 저기 한 자리엔 내 이름이 있어야 하는데…….

시계는 6시 반을 가리켰다. 30분 동안 무슨 일이 일어난 건지, 머리가 뒤죽박죽이다. 학교는 가야 했다. 나는 학교에 가서 물어보기로 했다. 그래, 민주 쌤이라면 이 어이없는 상황을 설명해 주겠지.

"미안하다. 출판사에서 아침에 메일 받았는데, '김운영님의 〈린다의 꿈〉은 작품성이 아주 뛰어나서 우수상 수상자였었으나, 기존의 비슷한 작품이 있어서 등단하지 못했습니다. 안타깝지만 수상자가 교체되었습니다.' 라는 내용이더라. 운영아, 좋은 소식 기대했을 텐데, 실망이 컸지?"

"……."

나는 아무 대답도 할 수 없었다. 목이 메여왔다. 설마, 설마 했는데 기어코 현실일 줄이야. 비슷한 작품이 있어서 탈락이라니, 난 다른 작품을 전혀 빼기지 않았는데. 소설 속 린다의 이야기는 내가 직접 생각하고 창작한 건데. 이렇게 억울할 순 없었다. 계속 안타깝다니, 미안하다는 위로의 말을 건네는 민주 쌤에게 아무 말도 할 수 없었다. 세상에, 이제야 나도 괴로움에서 탈출하겠다 싶었는데, 수상할 수 없다니.

"힘내라, 운영아. 다음번에도 기회가 있을 거야."

"네……."

간신히 대답하고 교무실 밖으로 나왔다. 복도의 공기가 무겁게 느껴졌다. 3층으로 가는 내 발걸음이 한없이 무겁게 느껴졌고, 계단 한 칸 한 칸 내려갈 때마다 베토벤의 '운명 교향곡'이 내 귓가에서 맴돌았다. 오늘 날씨 되게 좋던데. 메일 하나 때문에 기분이 구멍이다.

"운영아! 어떻게 됐어? 잘됐어?"

반에 들어와 보니 윤정이가 달려왔다. 저번에 내가 호들갑을 하도 떨어서 아마 어떻게 됐는지 내심 궁금했을 것이다.

"말 시키지 마."

방금 내 말투는 싸늘하기 그지없다. 물론 이러면 안 되는 거 안다. 하지만 오늘은 그럴 수밖에 없다. 내가 그토록 바라왔던 것이 물거품이 되어 사라지는 날이니까. 그냥 짜증이 난다, 다. 아침에 괜히 설레서 일찍 일어난 것도 짜증나고, 위로해 줬던 민주 쌤도, 네 앞에서 궁금해서 자꾸 물어보는 윤정이도, 자기만 하는 만영이도, 한창 작가 활동하고 있는 최연지도 짜증난다. 그리고 들떠서 소설이나 쓰고 앉아 있던 내 자신에게도.

한동안은 다들 나를 폐인이라 불렀다. 숨만 쉬고 뭐든 의욕이 없는 사람, 항상 피곤하게 보이고 같이 있으면 덩달아 피곤해져 오는 사람……. 오죽하면 만영이도 나를 보면서, "폐인 짓 좀 그만하지?"라고 했을까.

공모전이 끝난 지 세 달이 지났다. 그 동안 여름방학이 왔고 여름방학 동안 흔히 말하는 방콕을 하면서 내내 집에만 있었다. 간혹 만영이 보러 밖에 나가더라도, 내가 항상 멍하니 있고, 뭘 해도 싱겁다는 표정이어서 만영이도 포기해 일찍 집에 돌아왔다. 방학 동안 한 거라곤 엄마랑 TV나 보고 컴퓨터로 영화나 보는 게 전부였다. 물론, 공부도 한답시고 노력은 했지만, 해내겠다는 분량의 1/2도 하지 못했다. 개학을 해도 마찬가지였다. 다른 아이들은 2학기, 새로운 시작이니 열심히 해보자는 뭐, 그런 분위기를 자아냈지만 나는 그러거나 말거나였고, 친구들의 반갑다는 인사에도 그냥 대충 인사하고 그만이었다.

"운영아, 너 이제 소설 안 써?"

가끔 윤정이가 잊을 만하면 소설 더 이상 안 쓰냐고 묻는 걸 종종 할 때가 있다. 그런 소리 할 때마다 솔직히 이제 안 쓴다고 소리치고 싶었다. 그 끔찍했던 공모전을 뒤로하고 다시 글을 쓰려니 배가 아프고, 그때의 억울했던 기분이 다시 들기도 했다. 그저 글을 못 쓴다는 핑계로 나는 여전히 안 쓰고, 거들떠보지도 않고 있다.

"안 써, 이제."

"어, 그래?"

내가 그 질문에 답할 때마다 단호하게 말 하는데도 불구하고, 윤정이는 항상 못 미덥다는 듯이 말한다. 마치, '넌 언젠가 다시 글 쓸 거다.' 라고 말하고 있는 느낌이다.

"차렷, 경례."

"수고하셨습니다."

종이 치자, 4교시, 지루했던 지학시간이 끝났다. 조금 피곤해서 책상에 엎드려 있다가 문득 점심시간이라는 생각에 일어나 화장실에 가서 손을 씻었다. 화장실 거울에서 비춰지는 나는 피로에 쌓인 직장인 같은 모습을 하고 있었다. 나는 기운 없는 모습을 한 번 더 바라본 후에 화장실에서 나왔다.

"어, 운영아."

나를 부르는 소리에 뒤를 돌아보았다. 어제 1교시 수업 때 보고 오늘 하루 종일 안 본 민주 쌤이다.

"어, 안녕하세요."

"그래, 운영아!"

"네."

"혹시 지금 시간 되니?"

"아, 지금이요?"

"응, 할 말이 있어서……."

"네, 그런데 무슨 말을……."

내 말에 민주 쌤은 그건 교무실에 가서 이야기 하자며 내 손목을 잡고 엘리베이터에 나와 함께 탔다.

"가서 맛있는 것도 줄게."

"네, 감사합니다."

나는 영문도 모른 채, 감사하다는 말을 하면서 민주 쌤 뒤를 졸졸 따라갔다.

"자, 다 왔네."

"……."

"운영이는 여기 앉아."

"네, 감사합니다."

제법 널찍한 교무실에는 민주 쌤과 나밖에 없었다. 아직 더워서 그런지 선풍기와 에어컨이 둘 다 틀려져 있었고 교무실의 창문은 하나같이 에어컨 바람 바깥에 안 새어 나오게 하려고 굳게 닫혀 있어서 방안에 에어컨 특유의 냄새로 가득했다.

"자, 받아. 이건 선물."

"아, 감사합니다."

내 손에 들려진 건 바나나 우유와 흰색 앙금이 있는 빵. 둘 다 내가 좋아하는 거다. 아싸, 이게 웬 횡재냐.

"운영아, 지금 먹어도 돼."

"아니요, 괜찮아요."

"이야기가 좀 길어질 테니까, 먹으면서 듣고 있어도 돼."

아, 어차피 조금 있으면 밥 먹어야 하잖아. 나는 민주 쌤의 제의를 괜찮다고 나중에 먹겠다고 하며 미루어뒀다.

"운영아, 내가 너를 부른 이유는, 옛날이야기 해주려고."

"옛날이야기요?"

"그래, 저번에 수업할 때 잠깐 들려줬던, 이야기."

아, 그 이야기라면 나도 안다. 최연지가 작가됐다며 칭찬했을 때, 그때 민주 쌤이 그 시절 생각난다는 듯이 말했던 이야기.

"네, 알아요."

"그거 들려주려고 불렀어."

"……."

"내가 옛날에 말이지, 한 10년 전쯤? 그때, 작가가 꿈이었었거든. 아주 어렸을 때부터 작가가 꿈이었었어. 이건 그때 대충 들어서 알지?"

"아, 네."

"그 당시에 작가가 되기 위해서 몇 가지 방법이 있었는데, 그중 하나가 유명한 신문사들이 하는 신춘문예라는 신인작가들을 발굴하는 대회 같은 게 있었어. 난 신춘문예로 작가하려고 그 전부터 글 짓는 연습 정말 열심히 하고 내 작품도 써 봤었어. 그래서 아, 어느 정도 나도 할 수 있을 것 같다는 생각이 들어서 신춘문예에 이때까지 쓴 글 중 제일 잘 썼다 싶은 소설 하나 냈었거든."

"네……."

"그런데, 안 될 줄 알았던 글이 당선이 된 거야. 너무 감사했지. '이제 난 작가가 될 수 있을 것이다.' 라고 생각했었지."

"……."

"그런데 그게 아니더라고, 신춘문예는 되어 봤자, 소용이 없더라. 처음에는 당선되어서 사람들의 관심을 조금 받더니 금세 시들해져 버리더라고. 그리고 잊어진 신세가 된 거지. 그래도 나름 극복해서 좋은 소설 하나 만들어서 여기저기 출판사에 투고를 해봤어. 그런데 운영아, 하나같이 하는 말이 뭔지 알아?"

"……."

“‘당신의 작품은 이해할 수 없습니다. 당신의 소설은 저희와 맞지 않는 것 같습니다.’ 라고 했었어. 몇 번 더 넣어 봤지만 하나같이 같은 말, 같은 거절……. 그래서 그 길로 차라리 작가가 되지 말고, 다른 일이나 찾아보자, 라는 생각이 들었고 그래서 지금 찾은 게 선생님이야.”

“…….”

“운영아, 너 요즘 수업할 때 보면 너 아닌 것 같아. 다른 생각 하고, 수업은 쳐다보지도 않고.”

“…….”

“네가 공모전 때문에 많이 힘들어 한다는 거 알아. 하지만 한 번의 도전을 실패했다고 해서 계속 아무것도 못하는 사람처럼 있으면 안 돼. 다 해보고 포기해야지. 시작도 안 했는데 포기를 왜 해. 너도 나처럼 되고 싶은 거야, 운영아? 나처럼 작가가 아닌 평생 다른 일을 하며 후회하는 인생을 살고 싶은 거야?”

민주 쌤의 말씀이 가슴에 콕 박혔다. 글을 안 쓰고 다른 일을 평생 해야 한다……. 뭔가 상상이 가지 않는다. 생각해 보면 나는 이때까지 글을 쓰며 살아올 생각만 했지, 다른 일, 예를 들어서 이소연처럼 우주비행사가 된다든가 로이킴처럼 오디션에 붙어서 가수가 된다든가 아니면 그냥 평범한 회사원을 한다든가. 그런 내 모습은 상상도 안했다.

“아니요.”

“그럼, 계속 노력해야지. 그대로 포기해버리면 나중에 후회할 거다.”

내 생각에도 그렇다. 나는 분명 후회할 것이다. 고등학생 때의 내 결정을 두고두고 후회하며 난 왜 이런 일을 하기로 마음먹었었는지, 이해가 안 간다며 억울해 하고 있을 것이다.

나는 자리에서 일어나 교무실 문 쪽을 향해 걸어갔다.

“감사했습니다. 제가 바나나우유 좋아하는 줄 어떻게 아셨어요, 감사합니다. 잘 먹을게요.”

“그래, 바나나우유 친구 주지 말고.”

“네. 안녕히 계세요.”

솔직히 난 이때까지 내 스스로 정직하지 못 했다. 배가 아파서 글을 못 쓰겠다니. 사실은 엄청 쓰고 싶었으면서. 수업할 때도, 만영이랑 놀 때도, 밥 먹을 때도 머릿속에서 제발 좀 써달라고 말하는 이야기들이 한 둘이 아니었는데. 그걸 참고 있었다니.

"야, 운영아! 어디 갔다가 와, 기다렸잖아. 너 때문에 늦게 먹게 생겼어."

엇, 이런. 윤정이가 괴물처럼 달려왔다. 그러고 보니 점심시간이었지. 지금 먹어도 늦겠다.

"미안, 미안. 교무실에 좀."

"교무실에는 왜…… 어? 바나나우유다! 내가 좋아하는……."

"어, 안 돼. 받았어."

"그래도 내 놔, 너 때문에 배고파 죽는 줄 알았다고!"

"안 돼, 이건 내꺼야."

"그래도 내 놔, 배고프다고!"

오늘따라 유난히 윤정이의 목소리가 기분 좋게 들린다. 아, 밥 먹고 소설이나 써야지. 세상에서 가장 맛있는 바나나 우유나 먹으면서.

"야, 야, 야! 이거, 이거!"

폰 질이나 하던 이만영이 갑자기 뒤를 돌아 말을 건다. 아까 전부터 심심해서 계속 이만영 옆구리를 찔러 댔는데. 이제야 반응을 보이는 건가. 하도 찔러서 내 손가락만 아프다.

"하, 이제야 돌아봄?"

"아니, 그게 중요한 게 아니라……."

이만영은 더 이상 말을 하지 않고 손으로 자신의 스마트폰 화면을 가리켰다.

"……."

"보이지? 이거, 이거."

오. 최고다, 이만영. 네가 잘하는 게 잠 말고 있긴 있구나.

제28회 만비출판사 청소년 문학공모전

모집부문 : 청소년의 고통, 고비, 이별, 희망, 꿈을 주제로 청소년을 대상독자로 한 미발표 장편소설.

마　　감 : 20XX년 11월 2일.

분　　량 : 200자 원고지 700자 내외.

응모자격 : 누구나.

발　　표 : 20XX년 12월 24일 본사 홈페이지(입상자에게 개별 통지).

보 낼 곳 : 600-700 경기도 XX시 XX읍 XX리 123-33 (주)만비어린이청소년출판부.

기　　타

1. 수상작은 단행본으로 출간합니다.
2. 응모 원고는 반환하지 않으며, 우편접수만 받습니다.
3. 응모 시 겉봉에 '청소년문학공모전 응모작'이라고 밝히고, 원고에 이름, 주소, 전화번호를 꼭 써주세요.

"오, 대박."

만비출판사. 국내에서 유명한 출판사로 어린이들의 동화부터 어른들의 자기계발서까지. 베스트셀러 작가들의 책들도 많고 신인작가들을 위해 공모전도 자주 개최하는 출판사이다. 그리고 내가 꿈에 그리던 곳.

"그치? 우연히 사이트 이곳저곳 클릭하다가 찾아냈어."

"……."

"왜, 대답이 없어?"

만비출판사라니. 와, 이거 언제 하나, 이번에 공모전 열면 누가 받나 궁금해하고 있었는데. 그 공모전이 지금 내 눈앞에 반짝이며 있다.

"야."

"왜, 왜."

"이만영, 너 그렇게 안 봤는데 진짜. 진짜 기특하다. 어떻게 이런 생각을 했냐."

"뭐, 그냥 네가 요즘 안 쓰던 글을 쓰고 있길래, 도움 주려고."

별일 아니라는 듯, 자신은 힘 안 들이고 찾았다는 듯이 내 시선에도 아랑곳하지 않고 자신의 스마트폰만을 바라보고 있었다. 사실은 엄청 열심히 찾아봤으면서. 그럼에도 별말 안 하는 민영이가 참 고마웠다.

"오-"

"뭐가 '오' 야."

"그냥 대단하다고."

"음, 내가 좀."

만영은 잘난 체하듯이 왼손으로 자신의 머리카락을 뒤로 젖혔다.

"어휴!"

창밖에 선선한 바람이 교실 안을 훑고 나갔다. 최근 새로운 소식 하나 있었다. 몇 주 전, 최연지의 새로운 책이 출판되었다. '우리 은하' . 신선한 공기를 찾고자 떠나는 외계인들의 모험 이야기로 대중들의 시선을 한 몸에 받고 있는 중이다. 많은 선생님들이 앞으로도 초심 잃지 말고 승승장구하라며 격려의 박수를 보냈다. 그럴 때마다 반 애들도 덩달아 쳤고 나도 손뼉 마주하여 쳤다.

이제 연지의 책 따위, 아무렇지도 않다. 더 이상 괴롭고 힘든 복잡 미묘한 마음이 들지 않았고 오히려 그것이 시발점이 되어 내 꿈은 활활 타올랐다.

"아무튼 할 거야? 말거야?"

만영이가 내 팔을 잡고 늘어졌다. 그녀는 안 하면 자기 할 일 한다며 자신의 폰을 끄려는 척 행동했다.

'해야지.'

내가 공모전을 선택하는 건 당연하다. 못할 것도 없다. 그 동안 좋은 기회를 기다리며 연습을 얼마나 했는데. 지금 놓치면 후회할 것이다.

"해야지."

뭣도 모르고 질투심만 가득했던 예전에는 공모전은 그저 슬럼프를 이겨내기 위한 수단으로만 사용했었다. '나' 스스로에 기대하는 마음과 질투가 뒤섞여 나에게 오는 스트레스가 너무 괴로워서 소설을 쓸 때 그 생각만 하며 공모전 우승을 꿈꿔왔고 그랬기에 탈락했었다.

그런 경험이 있기에 이번만큼은 지고 싶지 않았다. 이제는 괴로움이 아니라 내가 이루고자하는 '꿈'으로, 기회로 생각하고 글을 쓰고 싶다. 꿈을 이루겠다는 마음으로.

"다음 소식입니다. 전국적으로 대대적인 폭설이 내린다고 합니다. 약 20년 만에 내리는 폭설이라는데요, 자세한 이야기는 김유현 기자가 말하겠습니다, 김유현 기자."

"네, 지금은 아직 심하게 내리지는 않는데요. 기상청에 따르면 내일부터 약 5일 동안 폭설이 내린다고 합니다. 이는……."

갑자기 차가운 공기가 방 안에 들어왔다. 추워서 내 주위에 있던 큰 담요 하나를 집어 들어 내 몸을 칭칭 김밥처럼 감쌌다. 베란다 문을 활짝 열고 엄마가 어제 빨래한 양말들을 들고 안으로 들어왔다. 베란다에서 흘러들어온 공기가 미쳐 감싸지 못한 내 발과 발가락을 훑고 지나갔다. 나는 반사적으로 발을 꼼지락거리며 담요 안으로 집어넣었다.

"엄마, 내일 폭설이라는데."

베란다 문이 닫히자 차가운 공기가 금세 따뜻한 공기로 바뀌었다. 몸을 둘렀던 곰돌이 담요를 풀어 내 어깨에 걸쳤다.

"폭설?"

"응, 내일 전국적으로 많이 온다던데."

"아, 내일 크리스마스 이브인데, 그럼 약속 취소해야 하나."

초콜릿색처럼 진한 고동색 벽에 걸려 있는 달력의 12월 종이에 파란 글씨로 새겨진 '24' 라는 숫자. 그곳에 붉은 동그라미가 여러 개 쳐져 있었다. 그 옆 숫자 '25' 에도 같은 붉은색 동그라미가 겹겹이 그려져 있었다.

"여러분이 크리스마스의 기적을 만들 수 있습니다. 작은 관심이 커다란 기적을 만듭니다."

TV에서는 추운 겨울에 독거노인들을 위해 기부해 달라는 공익광고가 한참이고, 내 손에 든 코코아는 갈색 빛을 띠어 맛있게 보이지만 이미 서서히 식어가고 있다. 나는 식은 코코아를 조금 마셨다. 시계는 밤 10시를 가리키고 있었고 베란다 바깥 풍경 속 교회는 성탄절을 축복하는 빨강, 초록, 노랑 빛의 물결로 가득 비췄다.

'이제 2시간만 지나면 된다.'

나는 서서히 오는 내일을 기다리고 있다. 이제 2시간만 지나면 내일이다. 기다린다고 해서 조급하거나 초초하지는 않다. 오히려 마음이 차분해지는 느낌이랄까.

TV에서는 12월 내내 곧 다가올 크리스마스와 며칠 후, 오는 다음 해의 종소리를 들을 생각에 들떠 있었다. 전반적으로 내 주위 사람들이 다 그렇다. '내년에는 뭐 해야지, 뭐 하고 놀지.' 하면서……. 하지만 나는 한동안 소설을 쓰고 고치기를 반복하느라 바빴고 공모전에 낸 후에는 결과 발표 기다리느라 너무 두근거려서 손에 샤프도 안 잡히고 제대로 잠도 못 잤다. 혹여 저번과 같은 슬픈 일을 겪을까 봐서도 있지만 한편으론 내 글을 다른 사람이 본다는 생각에 더 떨렸던 것 같다. 요 근래 친구들과 놀러 갈 때도 빠짐없이 내 소설 이야기가 나왔고 만약 이브에 합격통보가 오면 우리들끼리 만나서 파티를 열기로 약속하기도 했었다. 물론 이브에 폭설이라고 하니까 다음에 미뤄야 할 듯싶지만.

컴퓨터 속 각각의 웹툰들이 하나같이 크리스마스 잘 보내라는 그림들로 가득했다. 아, 이제 진짜 몇 분 안 남았다. 초록색 물결의 사이트에 다시 들어갔다. 나의 아이디와 비밀번호를 입력한 뒤 로그인 버튼을 눌렀다. '안녕하세요, 김운영님' 이라는 문구를 봄과 동시에 메일을 클릭했다.

이제 2분 남았다.

그 동안 잠깐 TV를 봐도 되는데, 내 눈은 계속해서 컴퓨터 모니터로 향했다.

TV에서는 캐럴송이 울려 퍼졌고 그 몇 초 동안 모니터가 내 신경을 긁어놓았다.

TV속 시계가 움직였다. 정시가 다 되간다는 알림이 울렸다. 나는 재빠르게 거실 시계를 보았다. 시계의 긴 바늘과 작은 바늘은 '12' 를 가리키고 있었다. 정시다.

심호흡을 3번 길게 내뱉은 뒤에 꺼진 모니터를 다시 켰다. 인터넷의 새로 고침을 눌러 메일을 다시 보았다.

20XX년 12월 24일 0시 7분에 나는 메일을 2개 받았다.

하나.

[오늘일정 : 20XX년 12월 24일 / 오늘은 크리스마스이브♡]

둘.

[jty2020, 제 28회 만비출판사 청소년문학공모전 결과 발표입니다. 소설 '아이 캔 드림' 작가, '김운영' 님 축하드립니다, 대상으로 당선되셨습니다.]

만영이에게 전화해야겠다. 그냥 오늘 해야겠다, 파티.

꿈이 생기는 이유

박성만

2012년 4월 6일 2시경 자전거 도로에서 한 중학생 정도 되는 소년이 픽시 자전거와 함께 쓰러져 있었다. 그러나 그 옆에 있던 친구가 신고해서 119차를 타고 갔다.

"학생 괜찮아?"

희미한 정신 속에 중저음의 따뜻한 목소리가 들렸다.

"네……."

"학생 뭐 기억나는 거 있어?"

"네……. 엄마 아빠 이름 기억나요……."

나는 아무 생각 없이 가족 이름만 스쳐 지나갔다.

그리고 깨어나 보니 집이었다.

일어나 보니 아빠가 옆에 있었다.

"아빠, 내가 왜 여기 있어요?"

"자전거 타다가 응급실 실려 갔잖아."

갑자기 기억이 나기 시작했다. 나는 승우랑 자전거 길에서 자전거 타다가 나무에 부딪쳐서 뒤로 넘어졌다. 그리고 기억이 안 나서 승우에게 전화를 했다.

"여보세요."

"여보세요."

"승우야, 내 어떻게하다가 그렇게 되었지?"

"니가 나랑 자전거 타다가 나무에 부딪혀 뒤로 날아갔잖아."

"그 다음은?"

"네가 입에 거품 물고 쓰러져서 119에 신고했지."

이제 기억이 모두 돌아왔다. 그 뒤로 갑자기 뇌진탕 때문에 머리가 너무 아파왔다. 그러고 보니 뒤에 혹이 나와 있었다. 너무 아파서 나는 약을 먹었다.

갑자기 떠올랐다. 나에게 말을 걸던 투박하지만 따뜻한 목소리는 나를 도와줬던 구급대원의 소리였다. 그런 사람이 없었더라면 난 어떻게 되었을까? 너무 멋있는 것 같다.

그때부터 나는 다짐했다. 남을 구하는 직업을 가질 것이라고

그로부터 2년 뒤…….

나는 고등학생이 되었다. 이제 대학을 가고 꿈을 정해야 하는 나이가 된 것이다.

나는 생각했다 남을 돕는 일이 무엇이 있을까?

소방관, 경찰관, 구조대원, 군인 등 많은 것을 생각했다. 아직은 나도 모르겠다. 뭐가 다른 사람을 구하는지 내가 무엇을 해야 하는지도 나의 머릿속은 어지러워진다.

소방관은 불을 꺼서 사람들을 구하고, 경찰관은 범죄와 싸우고, 구조대원은 나처럼 위급한 사람 구해 주고, 군인은 우리나라를 지켜주고 다 해보고 싶다.

다음날 학교

새 학기가 다가왔다 반에는 처음 보는 아이들, 모든 게 새로웠다.

학교에 들어가니까 제일 처음 하는 말이 등급을 맞춰야 좋은 학교를 가고 꿈을 이룰 수 있다는 말이었다.

나는 갑자기 공부를 못하면 꿈은 못이루고 남을 구할 수 없고 인생 종친다는 생각이 머리를 스쳤다.

나는 사람들을 구하고 싶은데……. 공부를 못해서 꿈을 포기해야 하나? 나는 너무 속상하고 화가 났다.

그때부터 나는 공부를 했다. 왜냐하면 남을 구하고 지키고 더 이상 아픈 사람들이 없기를 바라기 때문이다. 그러나 모의고사 전국 80%를 했다. 나는 너무 충격이 커서 며칠 간 공부가 손에 안 잡혔다.

그때 어떤 선생님이 말씀을 하셨다. 이번 모의고사는 모의로 치는 것이기 때

문에 상관없다고. 그러나 나는 마음 한 구석으로 미칠 뻔했다.

왜냐하면 공부를 했는데도 불구하고 성적이 너무 낮아서 의욕을 상실했기 때문이다.

한 달 후 중간고사를 쳤다 역시 망쳤다. 그러나 한 과목은 잘 쳤다. 왜냐하면 그 과목은 내가 좋아하는 과목이었다. 나는 왜 이 과목만 잘 쳤을까?

나는 곰곰이 생각했다. 시간을 시험기간으로 돌려보니 나는 이 과목만 열심히 공부하고 있었던 거 같았다. 왠지 몰랐다. 뭐라 해야 할지 모르는 감정이었다. 나에게도 뭔가 할 수 있는 게 있고 뭔가 뿌듯하기도 하고 내가 노력하면 모두 다 될 것 같았다.

그로부터 두 달 뒤, 나는 두 달 동안 공부만 했다. 꿈이 뭔지 도 모른 채 그리고 나는 좋은 성적을 받았다. 그래도 나는 갑자기 이런 생각이 들었다.

내가 이렇게 계속 열심히 해도 내가 선택할 수 있는 꿈이 몇 가지나 있을까? 나는 계속 불안하기 시작했다. 우리 학교가 공부를 못하는 곳이라서 반에서 1등 해도 최상위 대학교도 가기 힘들기 때문이다.

나는 어떻게 해야 할지 모르겠다. 하고 싶은 것도 있고 그 일에 대한 수행능력이 있어도 학교 성적이 안 좋으면 포기해야 하는 이 현실이 너무 싫어졌다.

나는 이 현실을 도피하고 싶어졌다. 그래도 세상은 안 변할 것을 알고 있다. 어른들은 우리들에게 이렇게 말하지, 니들이 세상을 바꾸면 된다고. 하지만 이미 꿈보다 성적을 보는 세상이 되어 버렸으니까 재능을 못 살리고 사는 사람이 많이 있다.

다만 나는 처음 보는 사람이 우릴 평가할 수 있는 것이 성적밖에 없는 게 안타까울 뿐이다.

나는 우리나라가 사람의 재능을 살릴 수 있는 제도를 만들었으면 좋겠다. 지금 우리나라는 영어하고 관련 없는 직업을 가져도 영어를 잘해야 하고, 왜 그런지 모르겠다. 공부를 잘한다고 과연 사람을 잘 구할까. 우리는 사회를 보면 꿈도 뭐도 없이 좋은 대학교 가려고 하는 사람이 많은 것 같다. 이 대학교 가면 취직되겠지 이 대학교 가면 평생 먹고 사는 데 지장 안 가겠지 이런 생각들로 가득

찬 사람들이 국회의원 되고 높은 데까지 올라가면 우리나라 망할 것 같다. 궁극적으로 우리는 배불리 먹으려고 공부하는 것 같다.

우리는 벌써 이렇게 되어 버렸지만 나중에 애들은 재능과 꿈을 무시당하지 않는 세상이 왔으면 좋겠다. 내가 이런 생각 해도 세상은 안 바뀌니까 이 나라에서 태어난 게 잘못이지……. 잠이나 자자.

다음날 뉴스를 보니 아침에 여객선이 침몰했는데 기관사가 사람을 대피시키지도 않고 도망가서 사람들 200명이 실종되었다. 대체 이 선장은 무엇을 한 걸까. 그 일에 소명의식도 없고 그냥 돈만 벌고, 자기 하나 살자고 여러 명을 무참히 죽이고, 이렇게까지 살고 싶은지 모르겠다.

내가 왜 소방관, 경찰관, 구급대원을 동경하는지 알아. 이 사람들은 돈은 별로 못 벌지만 열심히 다른 사람을 구하고 자기 직업에 대해 자긍심을 가지기 때문이야. 저 선장과는 전혀 반대가 되는 거지…….

나는 이제 목표가 생겼다. 공부가 아무리 어렵고 삶에 필요 없고 너무 짜증나도, 나는 이 악물고 열심히 공부해서 꼭 구급대원이 되어 이런 개념 없는 사람들 때문에 죽어가는 사람들을 다 살릴 것이다.

이젠 공부로 인성을 평가하는 더러운 세상에서 공부를 시작해서 세상 좀 바꿔야겠다.

나는 그렇게 1학년을 내 꿈에 대해 디러운 이 세상에 대해 생각했다. 그리고 나는 명확한 목표가 생겼다.

2학년이 되었다. 나는 이제 소방관이라는 꿈을 굳혀서 소방관이 뭐하면 되는지 알아봐야 겠다.

일단 소방관이 되려면 21살 이상 그리고 운전면허증이 있어야 하네. 그 다음 필기시험을 쳐야 하네. 국어, 영어, 한국사. 나는 일단 마음이 너무 놓였다. 내가 다 잘 하는 시험이어서 국어, 영어는 공부 좀 하고 한국사는 거의 1등급 수준이기 때문이다 .

나는 그래도 마음 좀 찜찜했다. 나랑 똑같은 생각을 하는 사람이 많을 것 같았다. 그래도 나는 내 길은 이 길이다 하며 소방전문 대학교를 가기 위해 공부를 열심히 했다.

그러나 그 목표에 대해 한계는 다가오기 마련이다 내 모의고사 성적을 보니까 법과 정치 등급이 9등급이 나왔다 내가 가고 싶은 대학교는 3~5등급을 맞아야 하기 때문이다.

나는 특단의 조치를 했다. 선택과목을 바꿨다.

그러고는 문제가 별로 없었다. 우리나라가 뭐 돌아가는 거는 뭐 상관 안 쓰기로 했다. 그러나 약간은 신경이 쓰였다. 나는 그냥 공부만 했다. 왜냐하면 내가 사람을 구하는 것을 보고 싶기 때문이다. 그래서 동기부여가 되서 나는 더욱더 열심히 한 것 같았다. 그리고 나는 고등학교를 그렇게 보내고 이제 대망의 수능 날짜가 왔다. 나는 목표는 고작 5등급이었지만 그 꿈은 컸다.

수능 당일 나는 수능을 치러 고일 고등학교에 갔다. 나는 이때까지 있었던 일들이 떠올랐다.

5년 전 나는 누군가에게 구조를 당했다. 그리고 그 누군가처럼 되길 원했다.

하지만 우리나라의 고등학생의 힘든 입시 경쟁에 마음을 다치고 꿈을 잃었다가 다시 꿈을 찾고 이런 걸 반복하고 나는 성장해 온 것 같다.

나는 수능을 치러 들어갔다.

이때까지 내가 준비한 모든 것을 수능 문제지에 다 쏟아부었다.

나는 이제 후회하지 않으려고 노력했던 모든 것이 결과로 나왔으면 좋겠다. 그리고 수능발표 날 나는 떨어질까 붙을까, 이 소릴 마음속으로 천번 만번 외치고 사이트에 접속했다.

두근두근 나의 눈에서 눈물이 났다 그것은 슬픈 눈물이 아니었다. 그 눈물은 이때까지 내가 겪은 경험과 노력에 대한 보상 같은 눈물이었다.

나는 결국에 주작전문대학교 소방안정행정학과에 입학을 했다.

이제 꿈으로 가는 마지막 관문이다. 이제 나는 화려한 캠퍼스 생활을 뒤로 하고 2년 동안 공부만 했다.

정말 힘들었다. 나는 이 생각만 했던 것 같다. 사람들을 구할 수 있고 인생의 패배자인 것 같던 내가 남한테 필요 있는 사람이 되면 얼마나 살맛이 날까. 이 생각으로 나는 공부를 해왔던 것 같다. 나는 결국에 소방관 시험에 합격했다.

나는 소방관이 되었다.

나는 소방관이다. 사람들은 나에게 월급도 적도 위험한 소방관 일을 왜 하냐고 묻는다. 소방관 되는 게 얼마나 힘든지 모르니까 이런 소리를 한다. 내가 왜 소방관이 됐냐면 누굴 구하고 사람들의 웃음을 보고 싶어서. 그리고 사람 돕는 게 너무 좋다. 어릴 때 날 구해준 응급대원처럼 멋있는 사람이 되고 싶어 나는 오늘도 불 끄러 간다!!

성장

신동혁

나는 이고일이다 17살인데 웃길지도 모르지만 사실 난 지금 호산고등학교에 다니는 고등학교 1학년인 학생이다.

난 고민이 많다. 사실 난 잘하는 것 하나 없다.

난 공부도 인문계도 겨우 들어 올 정도로 못하고 그렇다고 해서 운동을 남들보다 잘하지도 못한다.

차라리 꿈이라도 있었다면 이렇게 방황하지는 않았을 것이다. 난 요즘 매일 덤덤하게 살아간다. 그.이야기를 지금부터 해보려 한다.

지금은 4교시 점심시간. 난 지겨운 수업시간을 엎드린 채로 보낸 후 드디어 점심시간이 되었다. 점심시간이 되자 김반항과 최일진은 어김없이 내 주변으로 와서 말을 걸었다.

"야, 고일아. 오늘 보충시간에 피시방 가기로 한 거 알지?"

"응, 가야지. 보충시간에 가면 쌤 화날 거 같은데…… 아니다, 가자."

나는 교칙을 어긴다는 것이 마음에 걸리지만 친구들과 노는 게 좋아 가기로 약속했다.

우리는 점심을 먹으며 우리 학교 교칙에 대하여 이야기했다. 역시나 반항과 일진은 불만이 있었다. 그것은 담임선생님이 보충을 빼주지 않는다는 이유였다.

선생님은 반항이와 일진에게 부모님에게 허락을 받아오라고 하였지만 부모님이 허락하지 않아서 문제가 되는 것이었다.

우리는 하는수없이 그냥 보충시간에 나가게 되었다.

이런 하루가 반복되자 선생님은 우리를 불렀다.

"너희 자꾸 보충 빼면 부모님께 연락드린다."

"네."

우리는 화가 났지만 반항할 수 없었다. 이 학교에 다니는 이상 학교 교칙을 지켜야 한다는 걸 알고 있기 때문이다. 그리고 선생님이랑 싸워서 좋을 것 없다는 것 그것도 알기 때문이었다.

우리는 하는 수 없이 그냥 반으로 돌아와 앞으로의 대책을 머리를 써서 생각하고 있었다.

아무리 생각해도 좋은 아이디어는 나오지 못했다. 우리는 어떻게 하면 선생님들을 속이고 학교생활을 편하게 할지가 제일 큰 고민이었다.

우리는 어떻게든 생각하려 했지만 생각나지 않았다.

그래서 그냥 교칙을 지켜보려 시도하였지만 그런 생활은 지금까지 자유분방하게 살아온 나에겐 지옥과 같은 법이었다.

우리는 그 지옥 같은 법을 지키기 위해 점점 교활해졌다.

그리고 노하우를 하나하나 흡수하기 시작했다.

예를 들면 몰래 폰 만지는 스킬, 몰래 매점 가는 스킬, 선도부에게 안 끄이는 스킬, 밖에 나갈 스킬, 외출증을 위조하는 스킬 등 우리는 교칙을 어길 수 없었기에 이렇게 우리만의 노하우가 늘어갈 수밖에 없었다.

그러던 어느 날이었다. 어느 때와 같이 나는 보충을 듣지 않고 친구들과 피시방에서 게임을 하던 중 나의 형에게 전화가 온 것이다. 형은 내가 학교에 있을 시간인 걸 알기 때문에 전화하지 않는데 전화가 온 형이 난 두려웠다.

형의 전화를 받았다. 그러자 형은 당장 집으로 오라고 나에게 경고하였다. 난 떨리는 가슴을 부여잡고 집으로 가는 버스에서 이런저런 생각을 했다.

혹시 내가 보충을 하지 않은 것을 형이 알게 되었을까 봐 난 두려웠다. 평소 우리 집은 엄하기 때문에 난 부모님이 시키는 대로 항상 하여야 했다. 하지만 오늘 내 마음대로 보충을 듣지 않고 피시방에서 게임을 하였기에 혼날 것이 분명했다.

나는 집 앞에 다 와 심호흡을 했다.

그러고는 집으로 들어섰다. 역시나 형과 아버지가 나를 기다리고 있었다. 난 오히려 화가 났다. 그래서 나는 흥분하여 말을 하였다.

내가 왜 하기 싫은 보충을 해야 하며 내 의지대로 한 보충도 아닌데 안 들었다고 맞아야 하는지 내가 지금 맞아야 할 상황이야 하며 대들었고 부모님한테 난 공부가 싫다, 그냥 날 자유롭게 해달라고 하자 돌아오는 건 뺨으로 날아드는 아버지의 커다란 손뿐이었다. 그러곤 아버지는 커서 뭐 할 거냐며 날 한심하게 보며 혀를 찼다.

난 화가 나기도 하면서 억울하였다. 난 방으로 들어와 내 인생에 상관 말라고 소리를 지르고 벽에 화풀이를 하다가 힘들어 잠에 들었다.

다음날 난 어느 때와 같이 학교 가듯이 교복을 입었지만 난 오늘 학교를 안 간다라는 마음을 먹었다. 집 밖을 나와 친구집 근처 놀이터로 발을 옮겼다. 난 저절로 한숨이 나왔다. 왜 내가 이 나라에 태어나서 고생을 하는지 난 중얼중얼 거리고 있었다.

그러자 나와 함께 학교를 가지 않은 반항이는 피시방에 가자고 나에게 제안하였고 나도 제안을 받아들여 우리는 피시방에 갔다. 즐겁게 게임을 하는 도중에도 한숨은 멈추지 않았다. 이유 모를 한숨이 계속 나왔다. 휴대전화에는 나를 찾는 부모님과 선생님의 전화가 계속 왔기 때문이다.

학교에서 해방된 것에 기뻤지만 그 기쁨은 오래 가지 못했다.

나를 걱정하실 부모님 때문에 맘 편히 게임을 할 수 없었다. 하지만 그렇다고 학교로 돌아갈 수 없는 나였다. 난 깊은 한숨을 쉬며 게임을 진행하였다. 피시방에서 2시간쯤 지났을까? 형으로부터 문자가 왔다. 어머니가 쓰러지셨다는 문자였다. 어머니는 평소부터 몸이 좋지 못하신 분이셨다.

그래서 항상 나에게 습관처럼 하시던 말이 있었다.

몸에 해로운 것은 절대 하지 말라는 이야기였다.

나는 충격적인 마음을 가다듬고 택시로 몸을 옮겼다.

택시에서 병원으로 가는 동안 난 참을 수 없는 눈물이 흘렀다. 난 병원에 도착하자마자 화장실에서 마음을 가다듬고 어머니가 계신 방으로 무거운 발걸음을 옮겼다. 방을 들어서자 야위어진 아버지와 형이 있었고 그보다 더 야윈 어머니가 침대에 누워서 주무시고 계셨다. 난 어머니 옆에 앉아 어머니의 작은 손을 꼭 잡아드렸다. 그리고 아버지와 형을 식사하러 보냈다.

그 후 난 어머니를 바라보며 옛 추억에 잠시 빠졌다.

우리 어머니는 그 누구보다도 건강하신 분이셨다.

어릴 때 항상 어머니를 따라다니며 맛있는 것도 먹고 함께 생일도 맞이하고 항상 즐거웠다. 하지만 어느 날부터 나의 눈엔 어릴 땐 못 보던 것이 보이기 시작했다.

그것은 부모님의 대립이었다. 어느 날부터 우리 어머니와 아버지는 조금씩 싸우기 시작하셨다. 부모님이 싸우신 이후로부터 나는 어머니의 미소를 보기 힘들었던 것 같다.

항상 형과 나를 위해 어머니는 이혼하지 않고 참는 것이라는 말을 자주 하셨다. 그럴 때마다 난 더 잘해드리려고 노력했다. 그러나 그 진심은 어머니께 닿지 못했다. 난 항상 미안합니다, 사랑합니다, 이 말을 항상 해드리고 싶었다. 하지만 부모님의 대립, 나의 사춘기가 겹치면서 그런 말은 점점 추억속의 말이 되어가고 있었다. 난 이런저런 회상을 하다가 눈물이 핑 돌아 눈물을 감추려 생긋 눈웃음을 지어 내 감정을 억눌렀다.

그때 어머니가 잠에서 깨셨다. 어머니는 나에게 언제 왔냐고 묻고 밥은 먹었냐고 내 걱정만 하는 어머니가 고마우면서 안타까웠다. 이렇게 아플 때까지 자식 걱정을 하는 어머니에 난 가슴이 아팠다.

난 웃으며 어머니에게 안부를 물었다.

알고 보니 어머니는 스트레스를 받아서 병원에 누워계신 것을 나중에 의사를 통해 알게 되었다. 난 이런 어머니를 보고 학교로 다시 들어가야겠다는 마음을 다잡았다.

난 어머니에게 미안해 사랑해 말만 남기고 후다닥 방을 나와 학교로 발걸음을 돌렸다. 내가 학교로 돌아왔을 때는 야자를 하기 직전이었다. 난 책상에 앉아 곰곰이 생각해 봤다.

앞으로 내가 어떻게 살아야 할지를 생각해 봤다. 하지만 공부도 못하고 꿈도 없던 내게는 그냥 한 가지 방법밖에 없다고 생각했다. 그저 나에게 기회를 많이 주기로 난 결심했다.

그래서 난 내 서랍에 있는 책 한 권을 들어 1페이지를 펴보았다.

난 무슨 아기가 영어를 보듯이 빤히 쳐다볼 수밖에 없었다. 평소에 수업을 듣지 않던 나에게는 1페이지도 전혀 알 수 없는 상황이었다. 나는 하는 수 없이 보던 책을 덮어두고 발길을 병원으로 옮겼다. 가서 티는 내지 않았지만 얼굴에는 힘든 모습은 숨기지 못하였다.

그런 나에게 어머니는 한자의 명함을 내밀었다.

"이게 뭐예요?"

난 명함의 의미를 어머니에게 물었다. 어머니는 대답하였다.

"너 혼자 공부하기 힘들잖아. 거기 찾아가 봐. 학원비는 걱정 말고 꼭 성공해. 그게 효도하는 거야."

어머니는 이 말만 남긴 뒤 등을 돌렸다. 난 어머니 말을 무시하고 유명한 곳에서 배우고 싶었다. 그 이유는 유명한 곳을 다니면 공부를 잘할 수 있을 것 같은 기분이 들어서이다.

난 길을 걷다가 전봇대에 붙어 있는 학원 광고지를 보았다. 광고에는 이렇게 적혀 있었다. 많은 명문 학교에 보냈다는 글을 보고 적혀 있는 장소로 발을 옮겼다. 그 장소는 학원으로 보였다. 학원 근처에 도착해 보니 쓰러지려 하는 허름한 건물이 한 곳 있었다. 나는 의문이 들었다. 과연 이곳에서 내가 공부를 잘할 수 있을지 나는 의문이었다. 난 의문을 가지고 부서지려하는 문을 슬그머니 열어보았다. 그러자 한 70대쯤으로 보이는 할아버지 한 분이 소파에 몸을 묻고 잠을 청하고 계셨다. 난 슬쩍 다가가 할아버지께 공손히 물었다.

"할아버지 여기 학원의 원장님이세요?"

"그래 공부하러 온 거지? 그럼 바로 시작해 보자. 앉아봐."

난 순간 당황하였다. 별다른 절차 없이 바로 공부를 시작하자고 하는 원장님이 약간 이해되지 않았지만 일단 책상에 앉았다.

그러자 원장님이 책 한 권을 던져 주시며 말씀하셨다.

"풀어 보거라."

나는 당황스러운 티를 숨기지 못한 채 손에 샤프를 들고 첫 페이지를 보았다. 어렵지 않은 문제였다. 하지만 점점 풀기 어려워졌고 내가 머리를 싸매고 있을 때 옆에서 언제 왔는지도 모르는 여학생이 말을 했다.

"그 문제는 이렇게 푸는 거야." 하며 나에게 문제 푸는 방법을 설명해 주었다. 내가 놀란 표정을 겨우 가다듬고 어떤 말을 해야 할지 어떤 행동을 해야 할지 고민하였다. 혼자 생각하였다. '안녕이라 해야 하나 아님 반가워 라고 해야 하나. 아 어떻게 하지…….'

내가 이렇게 생각을 하고 있을 때 원장님이 말씀하셨다.

"내 딸이다. 서로 동갑이니 인사해라."

그러자 그 여학생은 이야기했다.

"안녕. 내 이름은 강현주야. 만나서 반가워. 니 이름은 뭐야?"

난 대답했다.

"어. 내 이름은 이고일이야 반갑다."

우리의 인사가 끝나자 원장님은 말씀하셨다.

"고일아, 앞으로 매일 이 시간에 여기로 오거라. 오늘은 여기까지다."

난 인사를 하며 학원을 나와 집으로 걸어갔다. 난 오늘 배운 것들을 곰곰이 생각하며 집에 도착했다. 도착해서 침대에 누우니 현주에게 문자가 왔다.

"안녕, 고일아. 나 현주야."

난 답장을 몇 통 해주고 잠이 들었다.

난 다음 날 학교를 마친 뒤 집에서 휴식을 취하다가 학원으로 출발하였다. 그곳에서 오늘도 많은 것을 배웠다. 학원이 마친 후 난 집으로 가려고 골목길 쪽으로 걸어가려던 찰나에 현주가 뒤에서 내 이름을 불렀다.

난 뒤를 돌아보자 현주가 나를 향해 뛰어왔다. 그러곤 말했다.

"야, 이고일. 집에 같이 가자."

난 흔쾌히 요구를 받아들였고 난 현주를 집에 데려다 주며 이야기를 나눴다.

난 현주에게 물었다.

"현주야, 넌 꿈이 있니?"

그러자 현주는 당당하게 대답하였다.

"당연하지. 난 커서 선생님이 될 거야."

현주는 대답 후 나에게 물었다.

"넌?"

난 대답했다.

"난 아직 하고 싶은 게 없어."

그러자 현주는 날 위로해 주며 이야기하였다.

"괜찮아. 꿈은 생길 거야. 아직 늦지는 않았어. 그냥 마음 급해 하지 말고 천천히 생각해 봐. 정말 네가 좋아하는 게 무엇인지 계속 생각하다보면 언젠간 알게 될 거야."

난 그 말을 듣고 집에 돌아오며 정말 내가 좋아하는 것이 무엇인지 곰곰이 생각해 보았다. 난 어릴 적부터 선생님놀이를 한 기억이 많이 있는 거 같다. 난 비록 공부는 못하지만 누군가를 가르치는 것을 좋아한다는 것을 현주 덕분에 알게 되었다.

난 다짐했다. 선생님을 하기로 내 마음속에 결정하였다. 그날 이후부터 난 꾸준히 성실히 생활하였다. 학교에서도 열심히 수업을 들었고 학원에서도 열심히 공부하였다. 그렇게 열심히 공부하다 보니 어느새 1학년 졸업날이었다.

그날 가족과 예상하지 못한 현주가 왔다. 나는 생각지 못한 현주의 등장에 더욱 기분이 좋았다. 우리들은 졸업 기념으로 밥을 먹으로 갔다. 고기 집에서 부모님과 현주는 이야기를 나누었다. 부모님은 이야기하셨다.

"모자란 아들을 옆에서 항상 챙겨주며 같이 공부도 하러 가고 좀 같이 잘되게 도와줘."

그 말을 들은 현주는 웃으며 공손하게 인사하며 우리는 식사를 마쳤다. 밥을 먹은 후 나는 현주와 둘이서 후식을 먹으로 아이스크림 집으로 갔다. 그곳에서 우리는 이야기를 나눴다. 나는 이야기했다.

"오늘 졸업식인지 어떻게 알고 왔어?"

"친구인데 이 정도는 기본이지."

난 현지가 나를 친구로 생각한다는 것에 내심 뿌듯했다. 우리는 아이스크림을 다 먹은 후 각자의 집으로 갔다.

나는 2학년에 올라가도 똑같았다. 계속 공부만 했다. 내가 이렇게까지 열심히 하는 것은 다 목표가 있어서라고 생각했다. 나는 선생님이 될 목표를 다지며 학원을 갔다. 오늘도 어김없이 바로 공부가 시작되었다. 원장님은 내가 무엇에 약한지 무엇을 잘하는지 다 알고 계셔서 공부가 훨씬 수월하게 되었다. 공부가 다 끝나갈 무렵에 원장님은 영화표 2장을 내밀었다. 나는 원장님을 바라보았다. 그러자 원장님은 말씀하셨다.

"너무 공부만 하면 안 된다. 현주랑 영화 한 편 봐라."

나는 감사한 마음에 인사를 하며 영화표를 받아들고 현주에게 연락하였다.

"현주야, 이번 주 토요일에 시간 괜찮으면 나랑 영화 보러 가자."

그러자 현주는 곧바로 승낙하였다. 난 기분 좋게 집으로 돌아가 토요일에 대한 상상을 하다가 잠이 들었다. 드디어 토요일 3시가 되기 1시간 전인 2시였다. 나는 현주와 영화 볼 생각에 꽃단장을 하고 있었다.

그러곤 약속시간 안에 약속 장소로 나는 갔다. 몇 분 후 현주가 등장했다. 평소 교복을 입고 있을 때는 몰랐던 현주의 또 다른 모습이 보였다. 현주가 가까이 오자 나는 현주와 인사를 하며 영화관으로 들어갔다.

영화는 30일이라는 제목의 교육적인 영화였다. 방황하던 아이를 모범생으로 만드는 영화였다. 저 영화의 마지막은 그 학생이 서울대학교에 입학하는 동시에 끝이 난다. 난 심장이 두근거렸다. 과연 나도 저렇게 성공할 수 있을까라는 생각이 들며 기대가 되었다. 영화가 끝난 후 난 현주와 미래에 대해 이야기하였다.

우리 둘 다 꼭 선생님이 되자는 약속을 하였다. 약속. 우리는 자리에서 일어나 다시 공부를 하러 학원을 갔다. 나는 항상 이런 생각을 했다.

'나니까 성공한다. 내 삶의 주인공은 나니까 성공한다.'

그리고 이런 생각을 했다. 열심히 공부해서 수능 날 내 인생을 바꿀 거라는 생각을 머리 깊게 박았다. 지겹지만 항상 똑같은 일상은 반복되었다. 학교 학원 그런 삶이 다였다.

그리고 2년 후 드디어 고3 수능 날 하루 전이었다. 지금 눈을 감고 잔다면 내일은 펜을 잡고 내 인생의 가장 중요한 마지막 시험을 쳐야 한다. 난 설렘과 걱정을 가슴에 품고 잠에 들었다.

드디어 수능 당일이다. 난 아침부터 일어나 마지막 점검을 하고 밥을 먹고 수능 시험 장소로 발을 옮겼다. 시험장에 들어가기 전 가족과 현주가 나를 축하하는 가운데 난 시험장 안으로 모습을 감췄다.

몇 시간 후 다시 내가 웃는 모습으로 나타났다. 행복했다. 결과는 모르지만 2년 동안의 피나는 노력이 드디어 끝이 났다는 사실에 날아갈 것만 같다는 기분이 들었다. 우리는 밥을 먹으로 가서 따뜻한 분위기가 넘쳤다.

난 기분이 좋은 게 또 있다 예전에는 사고뭉치 막내였던 내가 이제는 부모님의 자랑이 될 수 있을 거 같다는 기대감이 들었다. 며칠이 지난 후 수능 결과가 나오는 날이 되었다. 가족과 현주가 같이 가 주었다. 결과는 놀라웠다. 내가 수능 만점자였다. 단 한 문제도 틀리지 않고 수능을 마쳤다.

나는 감격하였다. 우리들은 얼싸안고 춤을 추었다. 내가 감격에 젖어 있을 때 원장선생님이 나타났다. 난 감사함에 얼른 달려가 절을 하였다. 우리 어머니는 원장님을 보고 감동의 눈물을 흘렸다. 무슨 일인지 쉽게 판단되지 않았다. 우리가 고기를 먹으로 가서 난 처음으로 이야기를 들었다.

원장님은 40년 전 우리 어머니를 가르치시던 초등학교 선생님이셨다. 나는 그 사실을 듣고 매우 놀랐다. 우리는 이런저런 이야기를 하다가 나의 원장님이 회사 한 곳을 추천해 주셨다. 난 내일 그곳에 입사 시험을 보러 간다.

원장님은 내가 원래 하던 만큼만 하라고 나에게 용기를 주셨다.

집으로 돌아와 내일 입사시험에 갈 생각으로 긴장과 설렘을 가지고 잠에 든다. 이렇게 이야기는 끝이 나게 된다. 뒷이야기는 독자들의 상상에 맡기도록 하겠다.

불안

이지원

중간고사가 끝났다. 창밖엔 비가 내리고 있었다. 내 시험지에 내리는 비만큼 폭우가 쏟아졌다. 우산도 없는데다가 학교에서 지하철까지 15분 거리에 지하철 내려서도 집까지는 10분 넘게 걸어야 했다. 옆에서 친구들은 노래방 가자고 이야기 중이었다. 화장실로 들어가서 엄마에게 전화를 걸었다.

"엄마."

– 시험 잘 쳤어?

"아니, 지금 비 오는데 집이면 태우러 오면 안 돼?"

– 동생 자서 안 돼. 시험 못 쳤어? 얼마나 못 쳤는데?

"몰라, 다 망쳤어. 놔두고 오면 되잖아."

– 또 망쳤어? 너는 한 번이라도 잘 쳤다고 한 적은 있니? 그리고 네 동생 아직 6살이야. 어떻게 놔두고 가? 혼자 집에 있다가 어떻게 될 줄 알고. 친구랑 우산 같이 쓰고 와.

성적은 모의고사 때보다 엄청나게 떨어졌다. 대부분의 친구들은 모의고사 점수가 학교시험보다 낮다고 하던데 나는 모의고사 때의 점수의 반절도 채 되지 않았다.

"모의고사는 잘 쳤잖아. 그냥 좀 데리러 오면 안 돼? 애들 다 엄마 와서 차타고 갔어. 나만 학교에 있다고."

– 모의고사 잘 쳤다고 공부 안 하더니 그럴 줄 알았다. 제발 네 언니의 반만 닮아봐라. 이번 방학에는 언니한테 꼭 과외 받아! 안 한다고 그렇게 튕기더니 성적이 그게 뭐야! 네 언니한테 과외 받고 싶어 하는 사람이 널렸어.

명문대에 들어간 언니는 과외를 하고 있었는데 학부모들 사이에서 입소문이

자자했다. 작년 언니가 과외를 해주던 학생 중 두 명이나 명문대에 합격했기 때문이다. 그런 학생들을 가르치다가 나 같은 걸 가르치면 얼마나 비교될지 뻔했다. 시험을 못 친 것은 내 잘못 맞다. 하지만 모의고사 잘 쳤다고 공부를 안 한 건 아니었다. 공부는 평소와 다름없이 했지만 운이 없었다. 헷갈리던 문제는 거의 대부분 틀렸고 수학은 모두 계산 실수로 틀렸다. 이런 말을 하면 엄마는 실수도 실력이라면서 또 모든 것이 내 잘못이라고 할 것이다.

"안 한다고 했잖아. 하기 싫다고. 그럼 나 비 맞고 그냥 집까지 가야 해?"

– 교복 비에 젖으면 씻기 힘들어. 말리기도 힘들고.

"그럼 나보고 어떻게 해라고! 애들도 없는데 방도가 있어?"

울컥해서 나도 모르게 큰 소리를 냈다.

– 지금 화내는 거야? 누가 누구한테 화를 내?

"아 됐어, 알아서 갈게."

– 뭘 또 알아서 와? 어떻게 오…….

뚝.

짜증이 확 치밀어 올랐다. 아무리 시험을 못 쳤다고 해서 이렇게 비가 많이 오는데 학교에 오는 것이 그렇게 힘든가보다. 차를 타면 고작 십분도 안 되는 거리인데……. 울고 싶었다. 조금이라도 눈에서 힘을 풀면 눈물이 떨어질 듯한 느낌에 쉽사리 화장실에서 나가지 못했다. 얼굴을 정리하고 교실로 돌아갔다.

"강지원! 어디 갔다 이제 와? 너도 노래방 가자. 시험도 끝났겠다, 스트레스 풀어야지?"

집에 가고 싶었다. 우산 따위 필요 없었다. 비를 맞든 교복이 다 젖든 상관하지 않고 그냥 집에 가서 침대에 푹 파묻혀서 자고 싶었다. 속이 매스꺼웠다. 하지만 그렇게 할 수는 없었다. 비를 맞고 걸어가면 미친년 취급을 받을 것이 뻔하다. 또 노래방 가는 것을 거절하면 왜 가지 않느냐고 닦달할 것이 분명하기 때문에 마지못해 알겠다고 대답했다.

친구들과 노래방에서 나온 시간은 7시쯤이었다. 마침 배가 고파 저녁을 먹으러 근처 파스타 집에 들어갔다. 고등학생 8명이 옹기종기 모여앉아서 나누는 이야기는 늘 한결 같았다. 가수A양과 배우B군이 사귄다, 벌써 100일이 넘었다, 아니다 다시 헤어졌다……. 그때 어느 눈치 없는 친구 한 명이 슬쩍 성적에 대한 이야기를 꺼냈다.

"야, 그런데 이번 중간고사 예상보다 상당히 어려웠지? 난 앞에 어려운 문제 푼다고 시간 없는데다가 뒤에도 어려운 문제 잔뜩 있기에 포기하고 다 찍고 놀았어."

뭐라는 건지. 그 애는 내 앞자리였고 시험지를 걷는 그 순간까지 열심히 연필을 놀려 대는 것을 나는 똑똑히 보았다. 아마 다들 그 말이 거짓말이라는 것을 알 것이다. 그렇지만 모두들 그 애의 말에 맞장구 쳐주었다. 여기에서 대놓고 [거짓말 하지 마.] 라고 말할 수 있는 이는 아무도 없었다.

"그래, 이번에는 반타작도 못할 것 같다."

"나도. 이번 시험은 진짜 어려웠다니깐."

"솔직히 이번 시험 잘 친 사람이 괴물 아니야?"

그 말에 다들 웃음을 터뜨렸다. 나도 그 아이들 사이에서 같이 웃어주었다. 솔직히 웃기지는 않았다. 음식이 나왔다. 내가 시킨 것은 크림 파스타였다. 맛은 좋았지만 내 속은 별로 좋지 않았다. 모의고사 성적을 알고 있는 친구들이 성적을 물을까 봐 겁이 났다. 아마 중간고사 점수를 들으면 모의고사 때의 성적은 순전히 운이었다는 것이 명백하게 알게 될 것이다. 실망하고 저 정도 밖에 못하는 애라고 생각할 것이다. 언니를 아는 사람이 있다면 또 비교 당할지도 몰랐다. 속이 울렁거렸다. 몇 입 먹지 않은 파스타를 그대로 남겼다. 쉽게 진정되지 않는 속을 뒤로 하고 일부러 화제를 돌렸다.

"우리 집 주변에 카페 새로 생겼던데 다 먹었으면 거기 가볼까?"

아이들이 밥을 다 먹자 내가 추천한 카페로 향했다. 나는 시원한 음료를 사서 허기를 달랬다. 느끼하지 않아서 속은 좀 진정된 듯했다. 우리는 카페에서 시답잖은 얘기만 하며 시간을 보내다 집으로 돌아갔다. 집에 들어가서 시계를 보니 9시가 조금 넘어 있었다. 어린 동생 때문에 엄마는 자고 있었고 아빠는 아직 집에 들어오지 않았다. 다행이었다. 만약 엄마가 깨어 있었거나 아빠가 집에 있었다면 분명히 잔소리 폭탄을 맞았을 것이다.

아까 속이 좋지 않아서 파스타를 대부분 남겼던 탓인지 배가 고팠다. 요리는 못하지만 당장 먹을 수 있는 것이 없어서 핫케이크를 만들었다. 나름 열심히 만들어 봤지만 완성된 핫케이크는 까맣게 색칠되어 있었다.

내가 그랬다. 어지간한 사람들은 다 한다는 간단한 핫케이크 하나 제대로 못했다. 우유와 계란을 넣고 반죽한 다음 후라이팬에 굽는 게 뭐가 힘들다고 안 되는지 나도 잘 모르겠다. 지금은 서울에서 대학교를 다니고 있는 언니는 혼자 자취를 할 수 있을 정도로 요리도 잘했다. 나와는 다르게. 언니는 모든 게 나랑 달랐다. 언니는 좋은 쪽으로 나는 좋지 않은 쪽으로. 언니가 지금의 나와 같은 나이였을 땐 나같지 않았다. 언니는 시험이 끝나자 여행 계획을 세웠고 나는 엄마, 아빠의 허락을 절대로 받을 수 없다고 생각했다. 그래서 말조차 꺼내 보지 않은 나와는 다르게 언니는 몇 시간에 한 번씩 반드시 전화를 한다는 조건을 내걸고 체계적으로 세운 계획표를 보여주며 엄마, 아빠를 설득해서 꽤 멀리까지 여행을 갔다 왔다. 또 명절에 친척들이 모두 모이는 자리에서는 무엇이든지 잘해서 예쁨 받는 언니와 같은 핏줄임에도 불구하고 언니에게 한참을 못 미치는 나는 항상 비교대상이었다.

특히 지난 추석은 끔찍했다. 그날 요리를 하느라 바쁜 엄마를 돕기 위해 언니와 나는 설거지를 하고 있었다. 그런데 내가 실수로 쟁반을 깼고 또 나름대로 수습하기 위해 깨진 그릇을 치우다가 손을 베였다. 다친 손 때문에 집안일을 돕기 힘들고 도와봤자 다 깨먹기만 해서 별 도움도 안 되는 나를 대신해 언니가 두 배로 집안일을 하는 수밖에 없었다. 설거지도 못하는 내가 바보 같고 한심해서 짜증났다. 그 와중에 가만히 소파에 앉아 있어야 했던 내 귀에는 친척들이 속삭이는 소리가 들려왔다. 언니에 대한 열등감으로 절어 있던 나에게만 들렸던 환청이었을지도 모르겠다.

– 큰 애가 서울에 있는 명문대에 합격했다면서요?

– 뭐 매년 명절마다 그렇게 공부 잘한다, 잘한다, 노래를 부르고 다녔는데 못 들어가면 그게 더 이상하지. 그런데 작은 애는 공부 못 하나? 어찌 자랑을 한 번

안한데.

– 언니에게 다 떠넘기고 새치름하게 앉아 있는 거 봐요. 제 언니는 공부도 잘하고 부지런히 집안일 돕는데 저는 뭐한다고 저리 앉아만 있어?

말하고 싶었다. 나는 다쳐서 일 못하는 거라고, 게을러빠져서 언니한테 떠넘기고 탱자탱자 노는 게 아니라고, 나도 도우려고 했다고. 내가 말해 봤자 변명, 그 이상도 이하도 안 될 것 같아서 그냥 입을 꾹 다물고만 있었다.

언니가 싫었다. 내가 못하는 걸 완벽하게 해내는 것도 싫었고 내가 언니의 동생이라는 이유로 항상 비교 받고 살아야 한다는 것도 싫었다. 언니 앞에만 서도 기가 죽었다. 마치 내가 친척들이 말한 것처럼 한심한 사람인 것 같았다.

다 태워버린 핫케이크를 꾸역꾸역 먹었다. 그게 마치 나같아서, 잘 하는 것 하나 없는 나같아서, 타서 씹고 맛없는 부분도 남김없이 다 먹어치웠다. 그리고 십 분 만에 후회했다. 억지로 먹은 새까만 핫케이크와 파스타를 내 두 눈으로 생생하게 확인하게 될 줄은 몰랐다. 멍청하기는. 속이 안 좋았는데 그런 걸 먹으니 몸이 안 배겨 나갈 게 빤한데도 바보같이 먹어치웠으니 다 토하는 게 당연했다. 이젠 제 몸 하나 제대로 하지도 못한다. 계속 울렁거리는 속을 진정시키기 위해 차가운 물 한 잔을 먹고 침대로 기어들어갔다. 이렇게 누워서 다시 일어나지 않았으면 좋겠다는 생각을 하며 잠에 빠져들었다.

중간고사를 친 이후로 공부에 거의 손을 놓았다. 수업시간에 자는 건 물론이고 수행평가와 태도 점수도 엉망이었다. 아무것도 하기 싫었다. 야자시간에도 휴대폰 게임과 미뤄뒀던 드라마들을 보다 보니 시간은 금방 지나갔다. 그렇게 놀다 보니 어느새 기말고사를 이주 앞두고 있었다. 학원 선생님께서 말씀하셨다.

"이제 기말고사가 2주밖에 안 남은 거 알지? 슬슬 긴장해야 할 때다. 정말 딱 2주만 미친 듯이 공부하면 충분히 성적 잘 나올 수 있어. 2주 고생하고 편하게 쉴래, 2주 놀고 불편하게 남들 다 놀 때 공부 할래? 이 시험 하나 뭐 별 상관있나 하는 사람도 있지? 상관 아주 많아. 이 시험 망친다고 세상 안 망해. 근데 니들 인생은 망할 수도 있어. 나중에 고3 되면 후회 엄청나게 할 걸? 내가 왜 이때 공부를 안 했을까 그러면서. 고1 내신 1~2등급 차이가 대학 몇 개를 가르는 줄 알아? 제발 공부 좀 해라."

그리고 수업이 모두 끝난 후 나만 불러서 또 이렇게 말씀하셨다.

"모의고사 때는 잘 쳤는데 중간고사는 성적이 좀 낮게 나왔더라. 조금만 더 노력해서 기말 때는 좋은 성적 받아보자. 원래 성적이 좋았으니까 다시 올라 갈 수 있어!"

아니, 못 올라간다. 그곳은 언니 같은 사람들이나 있는 곳이다. 원래 성적이 좋았다고? 좋지 않았다. 운이 좋아서 점수가 몇 번 잘 나왔을지는 몰라도 나에게 그 자리는 부담스러운 자리였다. 공부를 잘 하기는 무슨. 차라리 처음 시험을 완전히 망칠 걸 그랬다. 그랬다면 부담은 덜 했겠지. 칭찬은 고래도 춤추게 한다지만 나에겐 아니었다. 나에게 칭찬은 독이었다. 거기다 내가 노력해서 이룬 것이 아니라 운으로 이루어진 일을 칭찬하면 더더욱. 다른 사람들은 이럴 때 노력해서 자신의 진짜 실력으로 만든다지만 나는 노력하기는커녕 사람들의 시선을 걱정만 하면서 행동은 하지 않았다. 해야 한다는 생각은 들었지만 주변 사람들에게 좋지 않은 시선을 받는 건 싫었다. 하지만 노력한다고 무조건 성공할 리 없다는 생각만 가지고 아무것도 하지 않았다.

학원에서 뭘 배웠는지도 모르겠다. 아무 생각 없이 집에 왔다. 2박 3일간 동생을 데리고 여행 가니 알아서 밥을 해 먹거나 아니면 밖에서 시켜 먹으라는 쪽지가 놓여 있었다. 침대에 누워 게임을 하다가 밖을 보니 벌써 어두컴컴했고 비도 내렸다. 비 내리는 소리가 듣기 싫어서 mp3를 꺼내 노래를 크게 틀고 침대에 누웠다. 빗방울 하나가 창문을 두드리는 소리는 게으르고 멍청한 나에게 하늘이 하는 욕인 것 같았다. 왜 그러고 사냐. 차라리 죽는 게 낫지 않냐. 하나라도 끈질기게 하는 모습을 못 봤다. 정말 죽기 살기로 노력해 본 적은 있냐. 노래를 아무리 크게 틀어도 머릿속에서 울리는 소리는 끊기지 않았다. 누군가가 끊임없이 내 귓가에 속삭였다.

그날은 정말로 죽고 싶다는 생각을 하게 되었던 날이었다. 수백 번씩 나를 비난했다. 죽으면 모든 게 끝날 것 같았다. 내가 언니를 미워하지 않아도 되고 내가 못하는 일을 굳이 할 필요도 없고 내가 더 이상 내 자신이 보기에도 부끄러운 모습을 보이지 않아도 될 것 같았다. 죽고 싶다는 생각 외에는 아무런 생각도 들지 않았다.

몇 번 인터넷에서 이런 글을 본 적이 있다. 죽을 용기가 있다면 그 용기로 다른 것을 하면 되지 않느냐는. 죽을 용기도 있으면서 왜 다른 건 하지 못하는지 그런 의문이 담긴 글이었다. 그때 나는 그 글을 쓴 사람에게 말해 주고 싶었다. 죽을 용기가 생기는 이유는 자살을 시도하면 반드시 죽는다는 보장이 있기 때문이라고. 하지만 그 용기로 다른 일을 한다고 해서 그것이 반드시 성공한다는, 좋은 방향으로 흘러간다는 보장이 없어서 죽을 때만 그 용기를 낼 수 있는 것 같다고. 물론 아닌 사람도 있겠지만 그때의 나는 그랬다.

우리 집은 18층이었다. 마음만 먹어 뛰어내린다면 거의 100% 죽을 것이다. 창문 밖을 봤다. 높았다. 생각보다 꽤, 너무, 좀 심하게 높았다. 아무렇지도 않게 내려다봤던 바닥이 괴물이 돼서 나를 집어 삼킬 것 같았다. 아니, 괴물이 아니라 푹신한 이불이 돼서 나를 받쳐 줄 것 같기도 했다. 아마 뛰어내려서 자살을 하는 사람들은 나 같은 상상을 하고 뛰어내리지 않았을까. 그런데 나는 여전했다. 바보에다가 멍청한 나였다. 딱 3초만 용기내서 뛰어내린다면 모든 게 끝이었다. 나를 지긋지긋하게 괴롭혔던 내가 만든 못된 언니의 허상도, 부끄러운 내 모습도. 창문에 걸터앉아 놓고는 한 발짝 너 내밀지 못했다. 그냥 몸을 앞으로 조금만 숙이면 되는데. 그렇게 창문에 앉아 있는 지 몇 분이나 지났을까. 후들거리는 다리를 붙잡고 활짝 열었던 창문을 닫았다. 다리가 풀리며 쓰러지듯 벽에 주저앉았다. 부끄러운 내 모습을 없애고 싶었는데 부끄러운 모습을 더 늘려만 가는 것 같았다. 눈앞이 뿌옇게 흐려졌다. 울면 이런 한심한 나를 인정하는 것 같아서 울기 싫었다. 보고 있는 사람이 있든 없든 한심한 내가 되기는 싫었다. 이미 된 것 같긴 했지만.

피곤하고 머리가 욱신욱신 쑤셨다. 한바탕 싸움이라도 한 것처럼 온몸이 뻐근했다. 그냥 죽은 듯이 잠자고 싶었다. 죽는 건 못했으니까 죽는 시늉이나 할까. 아무리 용기가 없다 해도 그건 하겠지. 내가 생각해도 나는 참 한심한 놈인 것 같았다. 죽을 용기가 없으니 죽는 척이라니. 웃음도 나지 않는다.

거의 잠든 것 같았는데 우당탕 하는 소리에 정신이 번쩍 들었다. 소리의 근원지는 베란다였다. 한 구석에 쌓여 있는 책 더미가 바람 때문에 쓰러져 있었다. 몇 달 전 책상정리를 하면서 나온 문제집과 교과서, 다 쓴 공책 등을 원래 쌓여 있던 낡고 읽지 않는 책들 위에 올려둔 것이 화근이었다. 거의 내 키만큼 쌓여서 휘청거리고 있었으니 그럴 만도 했다. 종이가 이곳저곳에서 나풀거리고 있었다. 창문을 닫고 책과 종이를 다시 차곡차곡 쌓아 올렸다. 반쯤 다시 정리가 되었을 때 중학교 일학년쯤에 샀던 소설책을 잡지책 사이에서 발견했다. 상, 하 2권으로 이루어진 책이었는데, 처음 몇 장을 읽다가 어떤 이유인지는 모르겠지만 읽지 않은 것으로 기억한다. 다시 죽은 듯이 잠자기는 싫어서 다른 책들을 한곳에 밀어두고 그 책을 펼쳐 들었다.

처음은 흥미진진했다. 희망적인 이야기일 것이라고 생각했던 것과는 다르게 주인공의 언니가 죽었다. 그리 끔찍하게 죽은 건 아니었지만 주인공을 위해서 스스로 죽는 모습이 울고 싶지 않았는데 그런데도 그냥 눈물이 나오게 만들었다. 내가 울고 싶어서, 내가 힘들어서 우는 건지 정말로 그 부분이 너무 슬퍼서 우는 건지는 나도 잘 모르겠다. 처음은 슬퍼서 운 것 같았는데 어느새 책의 내용은 눈에 들어오지 않았다. 내가 너무 힘들고 너무 불쌍해서 운 것 같다. 성적 때문에 불안해 하는 내가, 다른 사람 시선을 신경을 쓰지 않으리라 다짐하고도 결국 신경을 쓰고 있는 내가, 사사건건 언니에게 밀리고 비교 받는 내가 불쌍해서.

모든 건 언니 때문이다. 나에게 이상한 시선을 보내는 사람들 때문이다. 대학만 강요하는 이 학벌주의 사회 때문이다. 결코 나 때문이 아니라 다른 모든 것들이 잘못된 것이다. 눈물은 그칠 줄 몰랐다. 잠시 멎은 것 같다가도 또 다시 눈물이 펑펑 흘러내렸다. 그럴 때면 다시 그 부분으로 돌아와서 다시 울었다. 서럽고 힘들었다. 내가 너무 불쌍해 보였다. 모든 일의 피해자인 것 같았다.

책을 부여잡고 그 부분을 보며 울고만 있었다. 나는 피해자가 아니었다. 가해자면 가해자였지 결코 피해자는 아니었다. 언니를 좋아하고 닮으려 노력해야 하는데 내가 못하는 것을 언니의 탓으로 돌리고 원망하는 가해자였다. 공부도 못하면서 쓸데없는 자존심 세워서 엄마의 걱정만 늘리는 내가 가해자였고 내가 나쁜 놈이었다. 언니보다 내 자신이 더 싫었다. 할 수 있는 게 없고 언니처럼 당당하지도 못 하고 실패할까 두려워 나서지도 못했다. 하다못해 뛰어내리는 그 간단한 것조차 하지 못했다. 한심하기 짝이 없는 내가 싫었다.

그런 생각을 하며 몇 분? 아니면 몇 시간을 울었을까. 대여섯 번 그렇게 울다 보니 조금씩 점점 책의 내용이 눈에 들어오기 시작했다. 한 장 한 장 책장을 넘기면서 불쌍하게 보이던 나도 넘겨버리고 나쁜 놈이었던 나도 넘겨버리고 내가 싫어하는 나도 다 넘겨버렸다. 죽고 싶다는 생각도 한심한 나도 그 한 장에 꾹꾹 담아서 책을 끝까지 다 완벽하게 다 읽었다. 더 이상 그 부분을 봐도 눈물이 나오지 않았다. 죽고 싶다는 생각도 나지 않았다. 이 책과 함께 내 썩어버린 감정을 도려내 그 찌꺼기들을 책들 사이에 파묻어 놓고 다시는 꺼내지 않을 것이다. 혹여나 다시 이런 감정이 생긴다면 다시 한 번 그 책을 꺼내서 더 꽉꽉 눌러 담아 버릴 것이다.

기말고사가 끝났다. 그날 이후에도 언니에게 과외를 받지는 않았다. 다만 내가 혼자서 계획을 세우고 공부했다. 완벽하게 실천하지는 못 했다. 많아도 60% 정도 밖에 실천하지 못했지만 예전에 계획을 세우고 이틀하고 그만 둔 것보다는 나았다. 어느 책에서 [공부를 잘 하고 싶다면 나름대로 노력했다 하지 말고 절대적으로 많이 공부해야 한다.]라는 구절을 읽은 적이 있었다. 하지만 나는 나름대로 노력했고, 지난번 중간고사보다 더 나은 성적을 거두었다. 그 정도면 괜찮았다. 비록 모의고사보다 훨씬 낮은 성적이라도 내가 공부한 만큼 성적이 나온 것 같았다. 내 시험지에서 내리는 비는 어느 정도 멎은 것 같지만 오늘도 하늘에서 비는 세차게 내리고 있었다. 이번에는 혹시나 하는 생각에 엄마에게 전화를 걸었다.

"엄마, 어디야?"

– 회사지. 시험 끝났나 봐.

"응. 그러면 못 태우러 오겠네?

– 못 가. 시험은 잘 쳤고?

"공부한 만큼 나온 것 같아."

– 이번에 너 공부 별로 안 했지 않나? 학원에서도 숙제 안 해온다고 걱정 많이 하던데. 그럴 거면 차라리 과외 하랬잖아.

"나름대로 열심히 했어. 그리고 시험 치기 몇 주 전부터는 제대로 했어. 중간고사 끝나고 잠깐 논 게 다야."

– 노력만 하면 뭐해. 결과가 잘 나와야지. 이번에도 성적 떨어졌으면 방학동안 언니 과외 받기로 한 약속 안 잊었지?

"지난번보다는 성적 올랐어."

확실하게 점수가 오르기는 했다. 주변 애들이 다 못 쳤다고 찡찡거리는 거 보면 등수도 떨어질 것 같지는 않았다. 공부 열심히 해야겠다는 생각은 들었지만 언니에게 과외를 받는 건 정말 싫었다. 언니가 싫은 건 아니었다. 다만 비교받는 게 싫었을 뿐이다. 그걸 싫어하지 않는 사람이 어디 있을까. 그래도 이번에는 성적이 올랐으니 칭찬 한마디는 해줄 거라고 생각했다.

– 그거야 모르지. 딴 애들도 다 같이 잘 쳤을지. 성적은 성적표 나오면 다시 이야기하자. 더 중요한 건 집에 좀 일찍 들어와. 아무리 문자해 봐도 너무 늦게까지 놀지 말고. 또 지난번처럼 9시에 들어오면 문 걸어 잠가 둘 거야.

나는 시험 전날 밤새는 것이 습관이라 시험이 끝났어도 잘 놀지 못했다. 그래서 지난 중간고사 빼고는 시험 끝난 날에 논 적이 한 번도 없었다. 그걸 알면서도 엄마는 그렇게 말했다.

"시험 친 날에는 피곤해서 애들하고 노는 거 안 좋아하는 거 알잖아."

– 그러는 애가 왜 지난번엔 밤늦게까지 놀다가 들어왔대?

엄마는 농담 반 진담 반 섞어 이야기할지 몰라도 나는 그런 말투가 너무 싫었다. 비꼬는 것 같았다. 내 습관을 다 알면서도 저렇게 말하는 게 싫었다. 오늘은 푹 자라고 말해 준다면 얼마나 좋을까.

"그땐 우산이 없어서 애들 꺼 빌려 써야 돼서 어쩔 수 없었어."

– 그때 6시쯤에 비 다 그쳤잖아.

"중간에 어떻게 빠져나와. 애들 다 노는데. 처음부터 안 갔으면 모를까."

– 그걸 왜 못 빠져. 그냥 피곤하다고 하고 집에 오면 돼지.

대화를 이어가기가 힘들었다. 변명을 한다 해도 좋은 방향으로 이어가지는 않을 것 같았다. 결국 내가 먼저 말을 끊었다.

"……. 지금 집에 가서 잘 거야."

– 알았어. 집에 가서 전화나 문자 한 통 넣고 자.

대답을 하지 않고 전화를 끊었다. 그때 저 멀리서 친구가 뛰어왔다.

"강지원, 시험 잘 쳤어?"

그땐 이 질문이 왜 그렇게 무서웠을까. 시험 한 번 못 치는 게 무슨 대수라고.

"뭐, 공부한 만큼 나온 것 같아. 너는?"

솔직하게 대답해 주었다. 그 애가 다른 애들처럼 거짓말 하지 않기를 바라면서.

"난 또 망쳤어. 학원 선생님께 왕창 깨지겠다."

그 애는 우는 척을 하며 말했다. 거짓말인지 아닌지는 성적이 나와 보면 알겠지. 지금은 믿어도 괜찮을 것 같았다. 그 애가 이어 말했다.

"아, 오늘도 노래방 갈 거지? 지난번에 갔던 애들이랑 똑같이 가는데 걔네 진짜 노래 잘 부르지? 그리고 저번에 너 노래 거의 안 불렀잖아. 이번에 마음껏 불러."

가기 싫었다. 기말고사는 중간고사보다 기간이 길어서 무려 4일 동안 잠을 고작 5~6시간도 자지 못 했다. 게다가 어제는 밤을 새서 더더욱 가기 피곤했다. 지난번에는 어쩔 수 없이 친구들을 따라갔지만 이번에는 그냥 비를 맞고 갈 생각이었다.

"아니, 나 어제 밤새서 너무 피곤해. 미안한데 나 집에 먼저 갈게. 너희들끼리 재미있게 놀아."

교복 대신 빨래하기 편한 체육복으로 옷을 갈아입고 걸어갔다. 오 분쯤 걸었을까, 골목길 저 안쪽에 편의점이 하나 있었다. 덥고 꿉꿉한 날씨에 시원한 음료수나 하나 사 먹을 생각으로 편의점에 들어갔다. 그곳에는 마침 우산을 팔고 있었다. 우산을 사서 쓰고 집까지 걸어갔다. 집에 들어가자마자 몽롱한 정신으로 얼른 샤워를 하고 잠을 청했다.

정신없이 자고 일어나보니 저녁 10시였다. 점심, 저녁 모두 먹지 않고 잠만 잔 터라 매우 배가 고팠다. 내일은 토요일이니 지금 먹고 새벽까지 놀다가 자도 괜찮을 것이다. 집에 남아 있던 찬밥으로 김치볶음밥을 만들었다. 역시 태웠다. 그래도 지난번에 만들었던 계란 후라이보다는 덜 태웠다. 설거지를 하다가 또 그릇을 깨트려 버릴까 봐 플라스틱 접시에 김치볶음밥을 옮겨 담았다. 내가 못 하는 일을 굳이 만들고 싶지는 않았다. 김치볶음밥은 예상외로 맛있었다. 비록 탄 부분이 좀 있기는 하지만 탄 부분은 다 자르고 먹었다. 넉넉하게 만들어서 배도 불렀다.

좀 탄 부분이 있으면 어떤가? 잘라 내거나 털어버리면 그만인 일이다. 나에게도 좀 안 좋은 부분이 있다면 잘라내 버리면 될 것이다. 더 이상 안 좋은 일과 나 자신에 대한 자책으로 땅을 파며 우울함에 젖어 있지 않을 것이다. 사실 변한 것은 아무것도 없었다. 엄마와의 다툼도 여전했다. 하지만 그날 이후로 아주 작은 것 정도는 변했을지도 모른다. 그렇지 않다면 내가 이렇게 밥을 맛있게 먹고 있을 리 없으니.

학교가 머죠?

원준식

오전 6시 50분 알람이 울린다. 하지만 나는 알람소리를 무시한 채 계속 잔다. 그렇게 자더니 7시 20분 핸드폰이 울린다. 나의 남자친구 박쌈장이다. 전화를 받았는데 학교 가자며 집 앞에 왔다고 말했다.

나는 쌈장이와 함께 학교로 등교를 하고 있었다. 그런데 학교 정문에 담임인 마즐래 선생이 있었다. 나는 무시하고 가려 했는데 선생이 나를 부르더니 네 출석부가 참 더럽다며 "학교 짤리고 싶냐?"라는 말을 했다. 나는 순간 화를 참지 못했지만 쌈장이가 나의 손을 잡고 선생에게 씨익 웃으며 끌고 갔다. 나는 쌈장이에게 왜 끌고 갔냐고 화를 냈지만 쌈장이는 아무 대답하지 않고 "나중에 봐." 라고 말하며 가버렸다. 나는 그런 쌈장이가 싫은 것처럼 느껴졌지만 항상 그랬듯 그런 마음이 바로 사라져 버렸다.

교실에 가자 은주가 나에게 오더니 이제 마음 바로잡고 학교생활 잘하자 라고 말을 했다. 평소 같으면 "알았어." 라고 대답하고 끝냈지만 기분이 좋지 않아 은주에게 화를 내버리고 교실을 나갔다. 은주는 미안한 표정을 지으며 쌈장이에게 문자로 미슬이가 많이 화가 나 있다며 풀어달라고 보냈다.

나는 평소에 기분이 좋지 않을 때 옥상에 가곤 했다. 역시 1분도 되지 않아 쌈장이가 왔다. 쌈장이는 나에게 막대사탕을 주며 아무 말 없이 나의 옆에 앉았다. 나는 쌈장이의 행동이 싫지만은 않았다.

화가 풀린 나는 은주에게 가서 화를 낸 것에 대해 사과를 하려 했지만 복도에서 담임을 만났다. 담임이 교무실로 따라 오라해서 따라갔더니 나에게 공부만 잘하면 뭐 하나 사람이 되어야지라면서 나를 깎아내리듯이 말했다. 나는 학교생활 잘하려고 마음먹고 내려왔는데 다시 이런 말을 들으니 학교가 다시 싫어지기 시작했다.

다음날 나는 학교에 가지 않았다. 쌈장이의 전화는 계속 울리고 은주의 문자 메시지 역시 계속 오고 있었다. 하지만 나는 무시한 채 친구들과 함께 노래방 갈 거라고 한 쌈장이의 말을 생각해 잘못했다는 말을 하고 교무실로 나왔다. 교실로 가자 은주가 나에게 "괜찮아?"라는 말을 하며 걱정했다고 말했다. 나는 은주에게 괜찮다고 공부하러 가자고 말했다.

저녁이 되고, 집 앞에 도착하자 쌈장이가 보였다. 나는 쌈장이를 무시한 채 집으로 가려 했으나 쌈장이가 나의 팔을 잡고 놀이터로 데려갔다. 그리고 쌈장이는 나에게 말했다.

"아무도 네 마음을 이해해 주지 않는다고 생각하지 마."

"누군가는 항상 너를 이해해 주고 있으니까 걱정하지 마."

라고 나를 위로해 주었다. 나는 속으로는 괜찮았지만 쌈장이에게 그런 모습을 보여주는 것이 왠지 낯설어 "알았어."라고 말하고 집으로 갔다.

다음날, 나는 아침 일찍 일어나 가방을 챙겨 쌈장이네 집에 갔다. 쌈장이가 내려와 나에게 웃으며 말했다.

"네가 무슨 일이야? 우리 집 앞까지 오고."

얼굴이 빨개진 나는 먼저 가버렸다.

학교에 도착하자, 역시 담임이 날 교무실로 불렀다. 나는 무슨 말을 할지 알기에 아무 말 하지 않은 채 교무실에 갔다. 담임이 나에게 이제부터 한 번만 더 교무실에 불려 오면 가차 없이 벌을 주겠다고 말했다. 나는 화가 날 뻔했지만 이 순간에도 나를 이해해 주는 사람은 어디엔가 있을 거라고 생각했다.

도서실에서 공부를 하고 있는데 옆에서 어떤 남학생이 나에게 다가와 음료를 주며,

"이거 먹고 힘내."라고 말하고 가버렸다. 그런데 그 뒷모습이 쌈장이의 뒷모습이었다. 나는 그런 쌈장이가 더 좋아졌다.

주말이 되자, 나는 쌈장이와 함께 데이트를 하러 갔다. 나는 쌈장이에게 잘 보이기 위해 평소에 잘 안 입었던 원피스를 입고 1층으로 내려왔다. 그리고 쌈장이

를 만났다. 쌈장이도 내가 평소에 보지 못했던 옷을 입고 나왔다. 나와 쌈장이는 영화를 보러 갔다. 그런데 오랜만에 데이트를 해서 그런지 영화를 보는 내내 서로 아무 말이 없었다. 영화를 보고나서 우리는 카페에 갔다. 이제 어색함이 풀려서인지는 모르겠지만 쌈장이와 마주보면서 있으니 나도 모르게 쌈장이에게 학교생활하면서 다시 마음을 잡고 학교생활을 하려니까 도와주는 사람도 없고 믿어주는 사람도 없다면서 힘들었던 점 등을 말하게 되었다. 그리고 나와 쌈장이와의 관계는 더 돈독해졌다.

시험이 한 달 앞으로 다가오자 아이들 모두 공부해 몰두하고 있었다. 나 역시 시험에 대비해 공부를 했다. 쌈장이와 함께.

하지만 항상 좋은 일만 있을 수는 없는 법이었다. 그날 역시 열심히 공부하고 있었는데 방송에서 나의 이름을 부르며 교무실로 오라고 했다. 나는 무슨 영문인지 모르는 상태로 갔더니 나에게 하는 말이 다른 친구들이 나쁜 일로 걸렸는데 거기에서 나의 이름이 불렸다는 것이었다. 나는 담임에게 아무 일도 하지 않았다고 사실대로 말했지만, 담임은 약간 못 믿겠다는 표정을 지으며 교실로 가라 했다. 나는 그 아이들에게 물어보려 했지만 여기서 내가 한번 참으면 괜찮겠지 라는 생각을 하며 갔다. 혹시나 그 아이들이 내가 아는 아이일 수도 있고 싸울 수도 있기 때문이다.

시험 당일, 나는 지금까지 공부한 대로 시험지를 풀었다. 며칠 뒤, 시험 결과가 발표났다. 나는 솔직히 기대했다. 왜냐하면 "뿌린 대로 거둔다."라는 말이 있듯이 열심히 공부를 했으니 성적 역시 좋을 거라 생각했기 때문이다. 나의 성적은 전교 1등. 그 밑 어디에도 박쌈장 이 세 글자를 볼 수 없었다. 나는 쌈장이에게 미안한 감정과 동시에 1등이라는 행복한 감정이 들었다. 왜냐하면 쌈장이는 내가 열심히 공부하도록 하기 위해 자신의 공부를 포기했기 때문이다.

나는 바로 쌈장이에게 찾아가 말했다. 쌈장이는 괜찮다며 네가 좋은 성적을 받은 게 나에게는 좋은 것이라고 말했다. 나는 그 한 마디에 또 반했다. 그러고 보니 나는 참 쉽게 반하는 것 같다. 물론 내가 좋아하는 사람에게만…….

나는 그렇게 학교생활을 하고 있는데 우리 반 아이들이 하는 말을 우연히 들었는데 은주가 나쁜 아이들에게 괴롭힘을 받는다는 얘기였던 것이었다. 나는 바로 은주에게 찾아갔다. 은주는 나에게 말을 하지 않으려다가 말 안 하면 너랑 친구 안 한다고 말하니까 사실대로 말해 주었다. 그 이야기는 이러하다. 내가 일진에서 나오니까 다른 친구들이 나의 학교생활을 끝내겠다는 뜻으로 은주를 이용했던 것이다. 그중 하나가 방송에서 나를 불렀던 그 일이었다. 나는 바로 그 애들을 찾으러 갔다. 나는 그 애들에게 이렇게 말했다.

"나에게는 무슨 일을 해도 좋지만 은주를 더 이상 괴롭히지 마."

"네가 다시 들어오지 않으면 걔는 과연 어떻게 될까?"

나는 그 말을 듣고 난 후 많은 고민에 빠졌다. 내가 다시 일진으로 돌아가면 은주를 괴롭힐 일은 없지만, 내가 지금까지 한 노력과 쌈장이를 배신할 수 없기 때문이다.

결국 난 쌈장이에게 이 사실을 말했다. 그리고 쌈장이는 나에게 말했다. 이제는 그런 고민은 나와 함께 하자고……. 나는 그런 쌈장이가 더욱더 좋아질 수밖에 없었다. 그리고 이 사실을 쌈장이와 함께 담임에게 말하러 갔다. 담임은 나에게 학교생활 열심히 하라면서 처음으로 좋은 말을 해주었다.

나는 느꼈다. 나를 이해해 주는 사람은 이 세상에 없을 것이라고 생각했지만 이제는 아니다. 혼자 생각하지 말고 다른 사람과 함께 고민해야 된다는 것을 이제 깨달았다. 나는 은주에게 가서 다음부터 괴롭히는 아이가 또 생기면 나에게 바로 말하라고 하였다. 은주는 웃으면서 너처럼 좋은 친구가 있으니까 나도 좋은 것 같다고 말해 주니까 나도 동시에 웃음이 피어났다.

며칠 후, 학교 복도게시판에 몇 명의 아이들이 징계받는다는 내용이 붙어 있었다. 나는 담임에게 징계받는 아이들이 은주를 괴롭혔던 아이들이었다는 말을 들었다. 나는 한결 홀가분해진 마음으로 은주에게 찾아갔다. 은주는 평상시와 다름없이 공부를 하고 있었다.

이제 기말고사까지는 한 달 정도 남았다. 나는 그 한 달 동안 쌈장이의 성적을 올리기 위해서 모든 일을 할 것이다. 왜냐하면 쌈장이는 나의 성적을 올리기 위해 노력했기 때문이다. 그래서 매일 도서관에 가서 쌈장이와 함께 공부를 했다.

그리고 하교 후에는 쌈장이의 집과 내 집을 오고가면서 공부를 했다. 시험까지 일주일이 남았을 때 나와 쌈장이는 시험이 끝나고 하고 싶은 일을 적어서 시험을 치고 나서 하기로 했다.

시험 당일 나는 평소처럼 쌈장이의 집 앞에서 기다리고 있었다. 그런데 쌈장이는 집에서 나오지 않고 나의 뒤에서 나타났다. 그리고 쌈장이의 손에는 네잎 클로버가 있었다. 쌈장이는 나에게 말했다.

"이걸로 시험 잘 쳐."

나는 쌈장이에게 한 번 더 감동을 받았다.

시험이 끝난 지 일주일 후 성적이 나왔다. 쌈장이의 등수는 가장 위의 1등이었다. 나의 바람대로 쌈장이의 성적이 올랐다. 쌈장이는 나의 등수를 보고는 미안해 하였다. 왜냐하면 나의 등수는 이전 시험의 쌈장이의 등수와 비슷했기 때문이다. 하지만 나는 괜찮았다. 쌈장이는 공부를 하는 아이지만 나는 공부를 할 마음이 없었는데 그 마음을 가지게 해줬기 때문이다.

다음날 나와 쌈장이는 시험 후 하고 싶은 일을 하기로 했다. 내가 하고 싶은 일과 쌈장이가 하고 싶은 일 하나씩 하기로 했다. 내가 하고 싶은 일은 놀이공원에 가는 것이다. 왜냐하면 쌈장이와 3년을 만났지만 놀이공원처럼 놀러 간 적이 없었기 때문이다.

놀이공원에 도착한 나와 쌈장이는 놀이기구를 타는데 나도 모르게 쌈장이에게 의지를 하게 되는 것 같아서 내가 쌈장이를 좋아하고 있다는 생각을 한 번 더 하게 된 계기가 된 것 같다.

쌈장이가 하고 싶은 일은 사진을 찍는 것이다. 나는 쌈장이가 그런 생각을 했다는 것이 약간 놀라웠다. 그러고 보니 쌈장이와 나는 사진도 같이 찍어본 적이 없었다. 사진관에 간 우리는 서로가 하고 싶은 포즈를 하나씩 하기로 했다. 나는 한 팔씩 올려 하트를 만드는 포즈였다. 나는 쑥스러워했지만 쌈장이는 적극적으로 포즈를 취했다. 나는 그런 쌈장이의 모습이 약간 어색했다. 쌈장이의 포즈는 엄청 놀라웠다. 나는 쌈장이의 포즈가 궁금한 채 가만히 서 있었는데 쌈장이는 나를 갑자기 안아 들어올렸다. 그리고 나에게 이렇게 말했다.

"이게 내가 원하는 포즈야."

나는 얼굴이 빨개져 아무 말도 할 수 없었다. 사진을 찍고 나서 나에게 말했다.

"사진 속 나처럼 이제 적극적으로 대해줄게"

나는 그 말을 듣고 또 얼굴이 빨개졌다. 이렇게 생각해 보니 나는 쌈장이를 많이 좋아한다고 느꼈다.

나도 이제 학교를 제대로 다니게 되었다. 은주와 쌈장이 와도 재밌게 놀면서 공부도 하고 의무적인 학교가 아니라 나를 행복하게 해주는 학교가 되었다.

이제 학교에 등교하면 담임은 나에게 잔소리 대신 공부 열심히 하라는 격려를 해준다. 나는 학교 다니는 것이 좋아서 가고 원해서 가는 것이 아니라 기계처럼 아침이 되면 눈뜨고 씻고 가는 그런 학생이 아니다. 이제부터는 내가 원하는 학교 내가 되고 싶은 꿈을 향해 갈 것이며 포기하지 않을 것이다. 그리고 쌈장이가 원하는 꿈을 위해서도 모든 일을 도와 줄 것이다. 나도 이제 일진 같은 학교생활은 잊어버리고 인생에 있어 가장 뜨겁고 화려한 10대 생활을 할 것이다.

학교를 싫어하고 공부가 싫은 학생들에게

자신이 사랑하는 사람을 생각하며 공부를 하고 학교를 간다면 그 시간은 아깝지 않고 좋은 시간이 될 것입니다. 학교는 여러분에게 있어 제2의 집이나 마찬가지입니다. 열심히 공부해서 원하는 꿈을 이루시기 바랍니다.

너에게

한다은

6개월 전만 해도 낯설었던 경기도 안산. 길을 걸으며 눈길이 닿는 곳 어디서나 볼 수 있는 가로수길마저도 어색했었다. 사투리가 입에 배여 서울깍쟁이들 사이에서 지방서 올라온 애라는 말이 듣기 싫어 몇 번이고 되새김질을 하며 사투리를 입 밖에 내지 않도록 노력했었다. 하지만 6개월이 지난 지금은 완전히는 아니어도 반 서울사람이 되었다. 이제는 되새김질을 하지 않아도 쌍 시옷 발음을 시옷 발음으로 유창하게 말할 수 있다.

가끔 정말 내가 반 서울 사람이라고 느낄 때는 어색했던 가로수길이 내가 매일 등교하면서 걸었던 메타세콰이어 길보다 더 익숙하다는 것이다. 등교할 때면 메타세콰이어 길을 보며 항상 생각한 것이 있었다. 이 길보다 익숙한 가로수 길은 없으리라. 하지만 지금 내가 걷고 있는 안산도시자연공원에 줄지어진 가로수 길은 어느새 메타세콰이어 길보다 더 편하다. 그렇다고 메타세콰이어 길이 그립지 않다는 것은 아니다.

고등학교 생활을 하면서 아무런 생색 없이 힘을 준 그는 메타세콰이어 길이었다. 끝이 있지만 끝이 없는 길을 바라보면서 나는 생각했다. 앞만 보고 달리자. 그리고 끝이 없어 보이지만 끝이 있는 저 메타세콰이어 길처럼 나의 가던 길의 끝에 놓였을 때 내가 달려왔던 그 길을 뒤돌아보면서 지난 길을 향해, 나를 향해 웃어주자. 라는 생각. 내가 가끔 뒤를 돌아보며 주저하고 있을 때 힘들지만 이겨냈던 학창시절을 생각하는 동시에 메타세콰이어 길을 생각하며 활기를 얻는다.

나는 지금 안산도시자연공원에서 조용히 흙을 밟으며 걸어가고 있다. 양 옆으로 뚫린 귀를 기울이면 정말 다양한 얘기들이 내 귓가에 전해진다. 그럴 때면 나는 정말 수많은 생각을 가지고 다양한 얘기들에 집중해 그 상황에 대한 간접경험을 한다. 내가 공원을 찾는 이유 중 제일은 비록 인공적이지만 자연적인 이곳에서 수많은 사연들에 기대어 감정이입을 할 수 있다는 점이다. 감정이입을 하며 걸을 때 그 순간은 정말 황홀하다.

사실 며칠 전 호산고등학교 국어 선생님 H선생님께서 나에게 연락이 왔다. 호산고등학교에 재학 중인 학생들 중 글에 관심을 보이는 학생들에게 2시간 정도 조언을 하는 시간을 가지면 좋겠다는 부탁이었다. 평소 격려의 말과 도움의 말을 하는 것을 좋아하는 나에게는 정말 흔쾌히 들어줄 수 있는 부탁이었다. H선생님은 내가 고3이었을 때 정말 도움을 많이 주신 선생님이다. 격려와 조언의 말씀으로 나를 항상 이끌어 주셨다. 나도 H선생님처럼 그런 조언과 격려의 말을 해야겠다는 생각이 들었다.

이런저런 생각을 하면서 걷다 보니 발 밑에서 무언가 밟힌다는 느낌이 들어 아래를 보았다. 신발 끈이 풀어져 이리저리 헤쳐져 있었다. 덕분에 흰 줄은 흙색으로 뒤덮여 있었다. 끈을 묶기 위해 앉을 곳을 찾아보았다. 지금 이 근처에는 벤치가 딱 한 개뿐이다. 한 커플이 앉아 있는 곳. 순간 진지한 내적갈등을 했다. 저 커플 옆에 앉아 말아? 10초쯤의 내적갈등 후에 앉자는 심리가 승리했다. 동시에 나는 저들의 시간을 눈치 없이 방해하려는 것이 아니라 끈을 밟음으로부터 넘어질 일을 예방하는 것이라며 합리화를 하였다.

괜히 쭈뼛쭈뼛 다가가 벤치 모서리에 걸터앉았다. 빨리 신발 끈을 묶고 이 자리를 떠나야겠다는 생각뿐이었다. 신발 끈을 잡는데 그 흰색 줄엔 내가 잠시 보았던 흙색뿐만 아니라 때가 탄 검은색부터 피같이 보이는 갈색 빛도 신발 끈에 흔적을 남겼다. '왜 이 갈색 빛이 내 신발 끈에 흔적을 남길까? 코피일까? 아니야. 내 발 앞에 쭈그리고 코피를 흘리지 않은 이상 묻을 일은 없어. 그러면 뭘까? 살인사건……? 아니야. 극단적이야 너무. 혹시 살인사건이면 어떡하지? 그러면 죽은 사람의 피야? 에이 설마…….' 죽은 사람의 피라고 생각하니 갑자기 온몸에 소름이 끼쳤다. 얼마 전에 없어졌던 불안증이 다시 생겨날 것만 같았다.

하지만 한편으로는 글감을 얻었다는 생각에 알게 모르게 좋다는 감정도 든다.

나는 메모를 했다. '신발 끈에 튀긴 피 3방울' 메모도 했겠다, 더 심해질 불안증에 대비해 관심을 돌리려 주위를 둘러보는데 잊고 있었던 커플이 눈에 보였다. 그리고 나는 커플 중에 여자와 아이콘택을 했다. 빨리 가라는 신경질적인 눈초리. 그래, 간다. 잘 사귀어라. 누군 남자친구 못 만들어서 너처럼 안 그러는 줄 아니? 칫, 하지만 없다. 대학교를 올라올 때 정말 좋은 작가가 되겠다는 마음가짐 동시에 꼭 CC가 되어보겠다는 다짐을 하며 진학했다. 하지만 그 풋풋했던 다짐은 지금은 없다. 내가 생각했던 CC의 로망은 그저 동화책의 나오는 얘기와 같을 뿐이었다. 6개월간 얻은 것은 남자친구는커녕 내 몸뚱이의 지방이다.

휴……. 아 참. 지금 몇 시지? 11시 10분에 버스표를 끊어나서 늦지 않으려면 적어도 한 시간 전에는 출발해야 한다. 나는 기차를 타며 바깥경치를 보면서 이런 저런 생각하는 것이 좋아 기차를 타고 가려고 했으나 아쉽게도 안산에는 기차역이 없어서 버스를 타고 가야 한다. 그래서 나는 어쩔 수 없이 나는 안산시외터미널에서 버스를 타고 대구로 내려가기로 했다. 뭐, 조금의 멀미만 빼고는 버스도 나쁘지는 않다.

지금 시각은 10시. 여유 있게 지금 서둘러야겠다. 나는 한 손에는 달달한 카라멜마키야또를 들고 이어폰을 꼽으며 터미널로 향하고 있다. 내 귓가에 조용히 스며드는 '이루마의 샤콘느'. 몇 년째 듣고 있는지 모르겠다. 덕분에 나는 멜로디는 물론이요, 이루마의 한 음 한 음 속에 들어간 감정까지 나는 다 외웠다. 피아노를 칠 줄 아는 나에겐 이 노래는 내가 제일 잘 치는 곡 중 하나이다. 그래서 친구들에게 좋은 선율을 선사할 때면 나는 항상 이 곡을 치곤 한다. 이유는 딱 한가지다. 내가 제일 감정표현을 잘 할 수 있는 곡이기 때문이다. 노래의 중 후반을 달릴수록 나는 점점 이 노래에 빠져 들어간다. 나도 모르게 들었던 긴장마저도 다 누그러뜨린다. 거기다 달달한 카라멜마키야또까지.

친구들 중 몇 명은 아메리카노를 좋아한다. 그런 친구를 따라서 아메리카노를 따라 사서 마신 적이 있다. 그때 아메리카노의 쓴 맛을 느낀 후 절대 아메리카노를 산 적이 없다. 다이어트를 한다고 할 때도 절대 아메리카노를 산 적이 없다. 설탕이 듬뿍 든 커피를 안 마시면 안 마셨지 쓴 커피는 돈 주고 살 필요가 없다고 생각을 했기 때문이다. 그래서 그 쓴 맛을 유독 싫어한다는 느낌이 들 때면 나는 이 책이 떠오른다. '사랑은 아메리카노 어쩌면 민트초코' 라는 책.

이 책을 읽으면 사람은 언제나 단 것만 느낄 수 없다. 때로는 쓴 맛도 느껴야지 인생은 재밌는 것이라는 구절이 나온다. 맞는 말이다. 사람이 언제나 순탄한 길만 살아오면 삶이 무엇이 재미있으랴. 정말 힘들 때 그 쓴맛만을 계속 느낄 때 달콤한 맛을 보면 얼마나 즐거울 거다. 너무 단 맛만 느낀다면 한번 찾아오는 그 쓴맛은 정말 써서 견디지 못할 것이다.

아메리카노의 쓴 맛과 인생의 쓴맛을 생각하며 걸으니 벌써 발길은 '안산 시외 터미널' 앞에 다다랐다. 나는 약 3시간 40분정도 걸리는 그 장거리 동안 배가 고플 것 같아서 편의점에서 이것저것 샀다. 그리고 좋은 자리를 잡기 위해 얼른 줄을 섰다. 내가 좋아하는 자리는 창가이다. 어떤 사람은 햇빛 때문에 창가자리를 피하는 사람이 있다. 아마 대다수는 그럴 꺼다. 하지만 나는 따스한 햇빛이 내 얼굴에 머물 때 그 순간이 좋다. 그 햇빛이 내 얼굴에 은은하게 비춰 줄 때면 나는 말로 할 수 없는 황홀감을 느낀다. 그러면서 한곳에 머무르지 않는, 끝없이 변화되는 풍경을 바라 볼 때면 나는 정말 행복하다.

줄을 미리 서서 그런지 내가 좋아하는 왼쪽편의 3번째 자리의 창가에 앉을 수 있었다. 오른쪽보다는 왼쪽이 더 편하다. 나는 길을 걸을 때도 누군가 내 오른쪽편에 서 있을 때면 무언가 모르게 안도감을 느낀다. 몇 분이 지났을까. 바퀴가 움직이는 느낌과 동시에 버스는 출발했다. 나에게 약 3시간 40분 정도의 거리는 멀지는 않다. 내가 좋아하는 선율과 함께라면.

나는 굳이 신나는 노래를 찾아서 듣지는 않는다. 경쾌한 음악소리는 때로는 나에게 치명적으로 산만함을 주기도 한다. 나는 주로 정말 잔잔한 노래를 듣는데 거의 대부분 피아노곡이다. 피아노를 처음 접했을 때는 아마 2~3살 때부터 아닌가 싶다. 갓난아기 때부터 피아노가 집에 있었기 때문이다. 덕분에 어렸을 때부터 피아노와 붙어 있어서 그런지 피아노와는 정말 익숙한 관계이다. 피아노 학원을 처음 다녔을 때는 초등학교를 입학했을 때, 8살 때다. 그때는 보통 여자애들이 어렸을 때 밟는 학원코스처럼 나도 밟았다.

정말 피아노를 치는 것을 좋아했을 때는 중 1때였던 것 같다. 피아노 왼쪽 건반악보도 잘 볼 줄 몰랐던 나는 그때 즐겨보던 '지붕 뚫고 하이킥' 에서 신세경이 연주한 이루마의 'river flows in you' 를 꼭 치겠다는 각오로 피아노를 치기 시작했다. 한 곡 한 곡 치는데 걸리는 시간은 정말 길었다. 2주 정도 되었다. 2주가 어떻게 보면 짧은 시간이라고 생각할 수도 있겠지만 지금 나에게는 클래식이 아닌 이상 하루도 아니 2시간만 있어도 거뜬한 시간이다.

중 1 때부터 나는 피아노에 빠졌고 지금 20살이 된 나도 여전히 피아노에 빠져있다. 글 쓰는 시간 다음으로 제일 많이 빠지는 시간이 아마 피아노를 치는 시간일 거다. 정말 내가 피아노를 그래도 좀 잘 치는구나를 생각할 때는 내가 누군가에게 피아노를 쳐주면서 상대방의 마음을 치유해 줄 때인 것 같다. 물론 내 마음도. 특히 교회반주를 칠 때면 더욱 그렇다.

지금 내 귓가에 흐르는 'isao sasaki의 one fine spring day'. 처음에는 이 음악을 많은 단어 중에 한 단어로 표현하자면 정말 '아련' 이다. 영화 '봄날은 간다.' 의 삽입곡인데 '유지태' 와 '이영애' 의 아련한 관계처럼 정말 아련한 노래다. '아련한' 이라는 단어를 정말 사전적인 단어로 설명하긴 어렵다. 하지만 마음 한구석에서 끄집어내지 못한 그 무언가. 하지만 추억 속에 머무르면서 자꾸만 내 마음 이리저리 쑤실 때 나는 아련하다는 말을 쓰곤 한다.

노래를 듣는 것은 나에게 글을 쓸 때 정말 많은 감명을 주곤 한다. 그리고 더불어 많은 상상력도 또한.

구미에 잠시 정차했다가 대구로 향하는데 내 옆자리에 한 여성이 앉았다. 나이는 내 또래 정도로 보였다. 그녀는 정말 시크하게 생겼다. 피부는 희고 콧날은 평균 한국여성에 비해서는 정말 높은 편이었다. 시크하게 생길 만큼 립스틱으로 입술을 강조할 것 같았는데 예상외로 입술색은 하나도 없다. 하지만 아파보이지는 않는다. 나와 다르게 머리는 정말 길다. 키도 크고 늘씬해 보인다. 그녀는 예쁜 편이다. 하지만 말을 걸고 싶지는 않다. 무뚝뚝한 표정에서 나오는 분위기가 말을 걸고 싶은 마음까지 잡아먹는 것 같았기 때문이다.

그녀는 내가 뚫어지게 쳐다보는 시선 따위는 신경 쓰지 않고 자리에 앉자마자 노트북을 꺼낸다. 관심을 끄기 위해 창밖에 집중하려고 했지만 노트북에서 무엇을 작업하는지 궁금해 노트북에 시선을 뺏겼다. 그녀는 무언가를 쓰고 있었다. 자세히 보니깐 그녀의 창작소설인 듯했다. 나는 아까 생각했던 절대 말을 먼저 못 걸겠다는 생각을 한 지 1분도 되지 않아 먼저 말을 건넸다.

"소설 쓰세요?"

그녀는 예상외로 웃으며 말했다.

"네. 지금 거의 마무리 단계예요. 작가가 꿈이거든요."

"아, 진짜요? 저도 작가가 꿈인데. 정말 반갑네요. 실례지만 나이가?"

"22살이에요. 제 이름은 이성경이에요. 그쪽은요?"

"저는 20살이고 한다은이에요. 언니네요? 우와 언제부터 글쓰기 시작했어요?"

"저는 정식으로 글을 썼을 때는 고등학교 1학년 때부터예요. 그쪽은요?"

"저도 그쯤이에요. 고등학교 2학년 때부터 정말 글을 쓰고 싶다고 생각해서 진로를 그쪽으로 정했죠. 사실 저는 제가 작가라는 직업을 택할 거라고는 전혀 상상도 못했거든요.

초등학교 때 글짓기 대회에 나간 적이 있었는데 그게 정말 운이 좋게도 장원이 된 거예요. 그때 친척들이 작가 하라면서 부추길 때도 그저 흘러 넘기곤 했어요. 그런데 그 장원이 어떻게 보면 제가 작가라는 직업에 제 인생을 맡긴 근원이기도 해요. 흘러 넘기면서도 '아 진짜 소질이 있나?' 그러면서 저를 유혹했거든요. 그 이후로 '장원' 이라는 상장으로 저 스스로 칭찬을 많이 했었어요. 비록 초등학교 때지만요. 그래서 괜히 글 더 써보고 그러니깐 흥미를 가지고 글 쓰는 것이 재미있고 그랬어요.

아마 그때부터 슬슬 작가라는 직업을 생각한 것 같았어요. 진지하게는 아니지만요.

왜 있잖아요. 작가는 돈벌이가 안 된다는 말 취미직업이라는 말 수없이 들었었거든요. 그래서 돈 욕심이 있는 나에게는 작가라는 직업은 제 욕심에는 충족되는 직업이 아니었거든요.

하지만 지금은 돈벌이가 안 되어도 저는 작가라는 직업을 선택한 것에 절대 후회하지 않아요. 저의 경험과 감정을 제 소설속의 인물 한 명 한 명에게 이입하면서 제가 말하고 싶은 것을 그 인물을 통해서 말하고 또 제가 원하는 말을 그 글속에 문장 하나하나에 모두 쏟아 부어서 결과물이 나왔을 때 말로 다 할 수 없을 만큼 행복해요. 정말."

"저도 그래요. 저도 정말 글을 쓸 때 아시다시피 글은 재능이 아니라 꾸준함이잖아요. 많은 경험과 더불어. 소재가 떨어질 때마다 정말 많이 고민하고 또 머리 아플 때도 많고 머리를 쥐어짜도 글이 써지지 않아 좌절할 때가 많지만 그래도 계속 쓰다보면 어느새 나아지더라고요.

저는 글을 쓰는 게 정말 좋아요. 그리고 다은 씨 말처럼 제가 만든 인물들이 모여 제가 말하고 싶은 글이 다 완성이 될 때면 정말 행복해요. 그게 글을 쓰는 이유인 거 같아요. 실례지만 어떤 쪽 작가가 되기를 원하시나요?"

"저는 정말 많은 것을 해보고 싶어요. 영화작가도 해보고 싶고 드라마작가도 해보고 싶고. 지금 제일 하고 싶은 것은 제가 쓴 글이 등단되어서 신인작가로 활동해 보는 거예요. 지금 당장은 못하겠지만 노력하면 되겠지요."

"그래요. 저도 등단하기 위해 글을 쓰고 있지만 등단을 위해 글을 쓰면 글이 잘 써지지 않더라고요. 무언가 바라고 글을 쓴다는 것은 정말 제 글이 아니랄까?

어쨌든 다은 씨가 원하는 꿈 다 이룰 수 있을 거예요. 저도 신인작가로 활동하는 것이 꿈인데 나중에 같이 신인작가로 만나면 정말 좋겠어요. 서로 좋은 글 써서 서로에게 많은 도움주고 그래요. 응원할게요."

"언니, 정말 고마워요……."

같은 꿈을 가진 사람과 얘기에 푹 빠진 사이 어느새 버스는 대구에 도착했고 성경언니와 나는 작별을 고했다. 성경 언니는 앞으로도 죽을 때까지 글을 쓰겠다고 했다. 언니는 나에게 원하는 꿈을 이뤄 같은 자리에서 만날 때 서로 격려의 말과 수고의 말을 해주자고 했다. 그리고 기도로 마지막을 장식하고 서로 갈 길을 갔다.

언니는 북구로 나는 달성군으로. 성경 언니는 잠시 대학교 방학으로 고향에 들린다고 했다. 언니도 나와 똑같이 고향이 대구라고 했다. 그래서 처음 봤지만 고향사람이어서 더 잘 맞는 구석이 있는 것 같았다.

성경 언니는 오아시스 같았다. 절박한 순간 맛보는 오아시스의 샘이 아니라 잠시 쉬어가는 곳에서 만난 오아시스 말이다. 정말 짧은 인연이었지만 그 인연은 오아시스처럼 맑고 깊었다. '나도 누군가에게 오아시스의 존재가 된다면 좋겠다.' 라는 소망을 품었다.

장시간의 탑승으로 인해 무언가를 타고 가는 것에 구역질이 날 것만 같았지만 여기서 흐름이 끊기면 앞으로 몇 시간 동안 가기 싫어질 것 같아 빨리 걸음을 뗐다. 그나마 지하철을 이용해서 덜컹거리는 버스보다는 멀미와의 거리를 넓혔다. 덕분에 40분 만에 다사에 도착하게 되었다

두 달 만에 다사의 땅을 밟게 되었다. 지하 속의 갑갑한 공기를 지나 지상으로 올라가 다사로 발걸음을 옮겼다. 몇 년 만에 고향을 찾아보는 것이 아니어서 그런지 가슴에 설레고 그런 마음은 아직은 없다. 하지만 떨어져 있을 때는 다사가 그립기는 사실이다. 고작 2달인데 말이다. 가족도 마찬가지이다. 그렇게 붙어 있을 때는 가족의 소중함은 눈곱만큼도 몰랐었는데 떨어져 있는 그 두 달 동안의 가족의 빈자리는 정말 컸다.

그런데 대구는 여전히 덥다. 경기도에 있을 때는 대구에 19년간 살았던 더위에 대한 내성을 자랑하는지 크게 덥다는 생각이 들진 않았지만 여전히 대구는 덥다. 8월의 한여름을 실감하게 해준다. 그래도 이 더위마저도 반갑다.

우리 집은 지하철역과는 5분 거리이다. 딴생각을 5분만 하고 걸어도 어느새 우리 집 앞에 다다른다. 지금은 딴생각이 아닌 대구에 살고 있는 친구들에게 연락할 생각으로 가득찼다. 제일 떠오른 친구는 J.

J는 학창시절 때 여자 친구들한테 정말 인기 많았던 친구이다. 하는 행동도 귀여울 뿐더러 독특한 성격으로 매력이 넘친 친구이다. 나 역시 그녀에게 빠졌었다. 성격도 정말 좋은 친구이다. 입이 무거워 신뢰감도 100%인 친구이다.

고등학교시절 때 항상 대학교 올라가면 꼭 연락하자고 약속을 하고 또 약속을

했었지만 서로 일이 바빠 연락도 제대로 못했다. 그래서 오늘 연락해서 시간이 된다면 보자고 할 예정이다. 휴대폰을 켜 전화번호부에 들어가서 'J'를 검색해서 전화를 했다.

신호음이 꽤 길게 울린다. 안 받을 것 같아서 끊으려고 하려던 찰나에 "여보세요"라고 하며 전화를 받았다. 정말 반가웠다. 19살 때 그 목소리 그대로이다.

"J 잘 지냈어?"

"잘 지냈지. 니는 잘 지냈나?"

"잘 지냈지. 보고 싶어. 오늘 시간 돼?"

"으 서울말. 느끼해. 오늘 시간 된다. 내가 많이 보고 싶나 보군. 몇 시에 만날래? 우리 학교 마치고 자주 갔던 학교 앞 카페에 갈까?"

"콜! 그러면 저녁 먹고 8시에서 봐. 나 방금 와서 짐 좀 두고 정리 좀 하고 가게."

"알겠당. 좀따봐."

J와 통화를 하다 보니 벌써 5분 거리인 우리 집 동의 엘리베이터까지 왔다. 이제 14층만 올라가면 우리 집이다. 14층까지 가는 그 시간마저도 그리 길진 않다. 비밀번호를 누르고 집으로 들어갔다.

아직 5시도 안 된 상태로 집에는 아무도 없다. 엄마와 아빠는 두 분 다 맞벌이하시느라 아직 안 오셨고, 동생은 고등학교 1학년이라 보충을 하고 있을 것이다. 동생은 나와 3살 터울이라 내가 대학교를 고등학교 1학년일 때는 중학교 1학년이었고 지금 대학교 1학년인데 고등학교 1학년이다. 아마 많이 힘들 거다. 학교 시간표도 그렇고 힘든 야자도 그렇고. 그래도 별 수 있나. 열심히 해야지.

방에 들어서니 '행복이'가 삑삑거리며 울고 있다. '행복이'는 2년 전 이맘쯤에 분양받은 작은 앵무새인데 한창 혈기왕성 할 때라 울기도 많이 울고 많이 돌아다니기도 한다. 아직도 이놈이 수컷인지 암컷인지 모르겠다. 하지만 하는 짓이 거친 것을 보면 아마 남자임이 틀림없을 것이다.

그래도 두 달 동안 안 본다고 해도 주인은 알아보는지 손 위에 잘 올라탄다. '행복아 보고 싶었어.' '행복이'를 들고 가려고 해도 고모 집에 얹혀사는 중이라

'행복이' 까지는 무리일 것 같아서 데리고 오진 못했다. 가족이 다 늦게 와서 행복이가 혼자 있는 시간이 늘어 걱정이었지만 그나마 엄마가 일찍 오는 터라 안심이 된다.

원래는 행복이가 복딩이가 될 뻔했었다. 예전에 행복이와 똑같은 종인 새를 키운 적이 있는데 이름은 '메롱이' 었다. 엄마는 '메롱이' 라고 이름을 지은 탓에 항상 '메롱이' 짓만 하다가 결국엔 날라갔다면서 복딩이라고 지어야지 복을 준다며 복딩이로 하자는 것이다.

하지만 친척들과 가족들이 이름이 촌스럽다며 '행복이' 로 바꾸라는 탓에 '행복이' 는 행복이가 되었다. 행복이를 내 어깨위에 올리고 나는 짐을 정리했다. 내 방은 2달 정도 비워도 마지막으로 정리해둔 상태 그대로이다. 큰 방 내 방 동생 방이 따로 있는 터라 내 방을 쓸 사람은 없기 때문인 듯하다. 2달 동안의 공백이 고스란히 있는 것 같았다.

정리하며 너무 피곤해 잠깐 눈을 붙이다 일어나니 벌써 7시이다. 서둘러 준비를 하고 집을 나섰다. 하마터면 늦을 뻔 했다. 평소에 잘 늦던 J도 어른이 되어서 그런지 늦지 않고 먼저 도착해 기다리고 있었다.

"일찍 왔네. 많이 기다렸어?"

"아니. 나도 방금 전에 왔어. 잘 지냈냐?"

"잘 지냈지 너는?"

"으……. 느끼하다 서울말. 잘 지냈지. 요즘 학교는 어때? 니가 원하는 대학교 갔잖아. 어때? 대학 생활은? 좋아?"

"좋지. 정말 좋아. 내가 2년 전에 아무 생각 없이 놀았다면 정말 어땠을까 생각해. 이렇게 재미있는 수업도 못 듣고 또 내가 원하는 꿈도 이룰 발판도 없고……. 2년 전 노력 덕분에 이렇게 재미있게 생활하잖아. 너는 요새 뭐하고 지내?"

"나는 요새 자격증 따려고 준비 중이야."

"무슨 자격증? 뭐 배워?"

"나 음악치료사 자격증 따려고 준비 중이야. 예전에 진로를 선택하지 못해서 갈팡질팡했었잖아. 마지막에 심리 쪽으로 넘어갔지만 확신이 없어서 니한테 계속 어떻게 해야 될지 모르겠다면서 그랬잖아. 거의 반 억지로 갔지. 그런데 이렇게 심리학을 배워보니깐 내가 정말 뭐를 원하는지 알겠더라. 나는 마음에 멍이 든 사람을 치유해 주고 싶어. 음악으로. 그래서 지금 자격증 준비하고 있지."

"이열, 멋있는데? 그래. 너 예전에 많이 고민했었잖아. 이 길이 맞는지. 그래도 이렇게 잘 선택해서 좋다. 너는 성공할 거야. 나중에 커서 성공하면 나도 좀 치료해 줘. 알겠지?"

"그래. 아 참, 근데 대구는 웬일이야? 방학 때문에?"

"뭐 그것도 있고 가족도 보고 또 국어선생님 중에 H쌤 있잖아. 그 쌤이 10명 정도 작가를 지망하는 후배들이 있는데 방학 때 잠깐 들르라고 하셨거든. 조언도 주고 질문도 받고 그러라고 하셨어. 그래서 예정보다 조금 더 일찍 왔지. 근데 무슨 말을 해야 할지 모르겠어. 질문을 받으면 답해 주는 거는 쉬운데 조언은 어떻게 해야 할지 잘……."

"뭐가 문제야. 니가 고등학생 때 겪은 고민들 없어? 니가 작가를 갈망하면서 겪은 고통들도 걔네들도 똑같이 겪는 문제일 꺼 아니야. 조금씩 다르긴 하겠지만. 어려워하지 말고 니가 겪은 고민들, 그때마다 풀어나갔던 해결책들 그걸 말해."

"오 맞네. 쉽게 생각하면 되네. 고마워, J. 역시 심리학과는 뭔가 다르네."

맞다. J 말이 맞다. 어렵게 생각할 이유가 없다. 내가 겪었던 문제들 외적갈등이며 내적갈등, 글과의 갈등, 책과의 갈등, 내 실력의 갈등, 그리고 내 자존심의 갈등 그때마다 수없이 포기할까 생각도 들고 좌절감도 수없이 맛봤었다. 아마 작가를 지망하는 학생들은 대부분 다 그럴 것이다.

나도 그때마다 필요한 것은 누군가의 격려와 확신이었다. 그리고 무엇보다 나의 자신감 회복이었다. 몇 번씩이나 남과의 비교 속에서 나를 낮추곤 했다. 그때마다 나는 자신감을 잃었었다. 이 직업이, 이 길이 나에게 맞는 것인지 수없이 나한테 되묻고 되물었다.

그때마다 필요한 것은 아니라는 대답이 아니라 맞다라는 대답. 수없이 나를 달래고 달래며 글을 쓰는 것뿐이었다. 아마 그 친구들도 그럴 것이다. 어렵게 생각하지 말고 내가 겪었던 그 경험을 토대로 그들을 이해하고 격려해 주자. 그러자…….

호산고등학교 후문 앞에 다다랐다. 예림 서적도 등교시간 때 곤란하게 했던 학교 앞 횡단보도 신호등도 그리고 끝없이 펼쳐진 메타세콰이어길도 전부 다 졸업한 날 본 모습 그대로이다.

바뀐 것이라고는 3학년 층에 나와 친구들의 모습이 아닌 2학년이었던 애들이 올라와 3학년의 교실을 채운 모습? 아니면 내 캐비넷에 언제나 채워졌던 은색 자물쇠 대신에 핑크색 자물쇠로 채워진 것? 그 외에는 야속하게도 변화된 것은 아무것도 없었다.

외관이며 호산고등학교의 정경이며. 그저 우리의 자리만 없어졌을 뿐. 그래도 흔적은 다 없어진 것은 아니다. 오랜만에 복도를 걸었을 땐 어색함이 아니라 친근함으로 받아졌다. 아마 복도가 우리의 흔적을 나의 흔적을 남겨놓은 듯하다. 복도뿐만이 아니라 호산고등학교 곳곳에.

먼저 3학년 층에 H선생님을 뵈러 교무실에 들렀다. 선생님은 그대로셨다. 다만 조금 변화된 것은 선생님 배는 새로운 생명으로 인해 불룩해졌다는 것이다. 선생님은 반갑게 나를 맞이해주셨다.

"어 다은아, 왔어?"

"네, 선생님. 반가워요. 잘 지내셨어요?"

"물론 잘 지내지. 먼길 왔을 텐데 수고했어. 많이 덥지? 학교생활은 할 만해?"

"네, 정말 좋아요. 선생님."

"으이구 좋다고 얼굴에 써 있네. 나중에 유명한 작가 되면 선생님 제일 먼저 찾아와야 되는 거 알지?"

"당연하죠, 선생님."

"그래. 애들 2층 학생실에서 기다리고 있다. 다 착하고 성실하고 또 작가에 관심 많은 애들이니깐 잘 부탁해."

"네, 선생님."

2학년실에 애들이 기다리고 있단다. 다 후배인데도 그래도 긴장이 되었다. 한 번 더 옷매무새를 단정하게 다듬은 후 들어갔다. 문을 열자마자 10여 명의 시선이 나에게 꽂힌다. 한 번에 시선이 꽂힌 적은 수시 최저면접 이후 처음인 것 같았다. 괜히 긴장이 들었다.

"안녕, 애들아. S선생님께 들었다시피 나는 U대학교에 간 한다은이고, 오늘 2시간 정도 너희랑 같이 얘기도 하고 조언도 하기로 했어. 2시간 정도 잘 부탁할게."

후배들은 박수로 날 맞이했다. 거의 여자로만 채워질 것 같았던 예상은 빗나가고 남자 아이들도 꽤 있었다. 나는 애들이 마련해 준 자리에 앉았다.

"음 먼저, 작가라는 직업을 어떻게 생각하게 되었어? 차례대로 말해보자. 너부터……."

작가를 생각한 동기는 정말 각기각색이었다. 한 드라마를 보고 감명을 받아 드라마작가가 되고 싶다는 애부터 어렸을 때부터 글 쓰는 것이 좋아서라는 흔한 답변까지.

"그러면 너희들은 글을 써봤어?"

써봤다고 말한 애는 2~3명밖에 없었다. 정말 모순적이었다. 나머지 애들은 단지 글 쓰는 것을 생각만 하고 글로 옮긴 글이 아닌 생삭 속에 갇혀진 글을 그리고 있는 것이었다. 그것은 나쁜 거라고 말을 하는 것이 아니다. 하지만 쓰지 않으면 글은 절대 되지 않는다. 그저 생각속의 글만 될 뿐이다.

나도 '너는 작가라는 직업을 선택했다면 글을 쓴 것이 있어?' 라는 질문을 받은 적이 있었다. '응' 이라는 대답은 나오지 않았다. 왜냐하면 나는 글을 쓰지 않았기 때문이다. 그저 생각 속의 글 쓴 것으로 나는 작가가 꿈이고 글을 쓰는 것을 좋아한다고 거짓말을 쳤었다.

"정말 나랑 똑같은 행동을 해서 뭐라고 하긴 그렇지만 글은 써야 하는 거야. 상상은 누구나 할 수 있고 생각 또한 누구나 할 수 있어. 생각하는 것에서 멈추면 너희들이 생각하는 글은 너네 머릿속의 글뿐이야 머릿속의 소설뿐이란 말이야. 우리는 글을 쓰는 작가잖아. 생각하는 것을 느끼는 것을 글로 표현하는 작가."

2~3명의 아이들을 제외하고는 나머지 애들은 뻥진 모습이었다.

그렇다. 생각은 누구나 다하는 것이고 상상도 누구나 다 하는 것이다. 오로지 생각 속에 글을 갇혀놓고 그것을 쓰지 않는다면 그것은 발전되지 않고 제자리걸음인 것이다.

그때 한 남학생이 말했다.

"글 쓰는 것은 재능이라고 들었어요. 작가라는 직업을 선택하는 갈림길에 서면 저는 항상 두려워요. 제가 재능이 없는데 괜한 길을 걷는 것이 아닐까라는 생각이 들어요."

내가 했었던 생각을 그 남학생은 똑같이 했다. 아마 어쩌면 이들 중 반쯤을 넘어서는 학생들은 그렇게 생각할 거다. 하지만 나는 말할 수 있다. 글 쓰는 것은 재능이 아니라는 것을

"나도 그렇게 생각했었어. 정말 이 길이 나에게 맞는가 싶었지. 정말 글을 잘 쓰는 사람의 글을 보면서 나는 그 사람의 글을 잘 쓰는 것은 재능이라고 합리화를 하며 나를 깎아내려갔어. 나는 재능이 없는데 어떻게 글을 쓸까. 글 잘 쓰는 사람은 엄청 많은데 나는 어떻게 살아남지? 근데 잘못된 생각이었어.

글에는 재능이 없어. 재능이 있어 보이는 사람, 정말 글을 잘 쓰는 사람을 보면 그 사람들의 글의 근원은 재능이 아니라 글쓰기의 꾸준함이었어. 글에 대한 정성이었고 매일 투자하는 글쓰기였어. 정말 매일 글을 썼다고 말을 했어. 재능으로 글을 써내려 가는 것이 아니라 꾸준함으로 글을 써내려 가는 거야. 물론 꾸준히 쓴다면 글쓰기 실력도 늘꺼고.

어떤 책에서는 이런 말을 했어. 15분 만이라도 쓰라고. '재능' 이라는 단어로 너 자신을 열등감에 빠트리지 말고 글을 써. 그것이 너를 주저함에 빠지지 않게 하는 유일한 방법이야."

처음에는 손을 움직이지 않고 귀로만 들었던 학생들과 옆에 친구랑 장난을 섞어가며 들었던 친구들도 어느덧 펜을 들고 수첩에 내가 한 말을 하나씩 쓰기 시

작했다. 30여분 만에 그들은 집중을 얻었고 귀를 기울이기 시작했다.

그리고 나는 지금 이 순간 내가 아는 모든 것을 쏟아 붓기로 했다.

"글을 쓸 때는 일단 무작정 쓰는 것이 중요해. 너네가 느끼는 감정, 생각하는 것을 다 적어. 맞춤법 띄어쓰기 상관없이 말이야. 시점도 등장인물 이름이 갑자기 달라져도 상관이 없어. 일단 흐름이 깨지지 않게 무조건 적어 내려가.

그리고 물론 다 알겠지만 메모하는 습관도 정말 중요해. 적어놓지 않으면 잊어버리기 마련이야. 니가 무언가를 보면서 느끼는 감정, 길을 걸어가다 얻은 글감들 하나하나 메모를 해. 작은 수첩이든 메모장이든 포스트잇이든 상관없어.

나중에 너네가 모아놓은 것들 모두 하나하나 쌓아둔다면 글 소재가 부족할 때나 글감이 필요할 때 언제든지 쌓아둔 것을 보면 정말 도움이 많이 될 거야."

"선배님 그런데 저는 타자기가 정말 편한데 글을 쓸 때 직접 펜으로 쓰라는 글을 본 적이 있어요. 어떻게 해야 되나요?"

"타자기든 연필이든 다 글을 쓸 수 있지만 나는 웬만해서는 펜으로 글을 쓰는 것이 좋아. 유명한 작가는 말했어. 연필을 손에 쥐고 글을 쓸 때엔 타자기가 못 쓰는 무언가가 써진다고. 타자기와는 하지 못했던 교감을 연필과 교감하면서 온 마음을 다해 글과 몰입한다고 했어. 감정 하나하나 다 빠지지 않고 적을 수 있다는 거지.

그리고 수시나 정시에서 실기시험을 칠 때는 타자기가 아니라 직접 쓰기든, 그것도 대비하려면 타자기보다는 글을 직접 써보는 것이 더 중요해. 지금 당장 어렵더라도 조금씩 조금씩 펜으로 직접 쓰려는 연습을 하는 것이 좋을 것 같아."

"그리고 책을 많이 읽어둬. 작가는 독자들에게 간접경험을 줘야 하는 입장이야. 그래서 많은 경험이 필요해. 독자들이 경험해 보지 못한 것들도. 지금 당장 어디로 멀리 다닐 수 있는 여건이 안 되잖아.

그러니깐 책을 읽어. 가리지 않고. 그러면 느끼지 못하겠지만 읽은 것이 어디로 떠나는 것이 아니라 그대로 너네 머릿속에 남아. 배경지식에도 남고. 정말 좋아하는 책이 있으면 그 책을 따라 써봐. 실제로 작가들도 많이 그런데. 그러면 정말 글쓰는 실력이 많이 는다더라."

질문은 끊임없이 들어왔고 덕분에 어느새 나는 긴장감은 버려 둔 채로 즐겁게 답변을 할 수 있었다. 물론 내가 아는 선 안에서. 어느덧 마치는 시간이 10분 남겨졌다.

나는 마지막으로 친구들에게 하고 싶은 말을 해야겠다는 생각이 들었다.

"너희들이 많이 걱정이 될 거야. 작가란 취미직업이라는 말을 들을 만큼 돈벌이가 안 될 때도 있어. 물론 소수는 다르지만. 하지만 너희가 좋아한다면 그것쯤은 감수했으면 좋겠어. 노력한다면 그만큼 따르니깐.

지금 당장 힘이 들고 공모전에 내서 당선이 안 될 때마다 수없이 좌절하고 또 불안감이 들고 그럴 거야. 열등감도 들고. 하지만 처음부터 잘하는 사람은 없어. 너희가 쓴 만큼 늘 것이고 노력한 만큼 기회는 찾아 올 거야.

힘이 들 때마다 좌절하고 싶을 때마다 상상해. 너희가 원하던 곳에서 글을 쓰고 있는 상상을. 나도 그랬어. U대학교 문예창작과에 가서 글을 쓰고 과제를 하고 교수님 강의를 듣고 있는 나의 모습을. 그리고 나에게 수없이 말했어. 할 수 있다고.

내가 수없이 좌절할 때마다 주위 사람들에게 듣고 싶었던 말은 미래에 대한 확신과 격려였어. 내가 지금 너희에게 확신과 격려를 줄게. 너희가 간절히 바라고 그만큼 노력을 기울인다면 정말 돼. 할 수 있어. 지금도 정말 잘해왔고 앞으로도 쭉 잘할 거야. 너희가 원하는 꿈을 이룰 때까지 포기하지 않고 했으면 좋겠어."

포기하지 않았으면 좋겠다는 말을 끝으로 2시간을 마쳤다. 이 공간에 모여 격려와 조언을 함께 나눈 학생들은 박수를 쳤다.

그 학생들 중에서 나는 '너'를 보았다. 2년 전에 이 공간에서 똑같이 U대학교 문예창작과에 간 언니에게 박수를 쳤던 '너.' 그 언니가 말을 끝낸 후에 꼭 저 언니처럼 원하는 U대학교 문예창작과에 가겠다고 다짐을 했던 그때의 '너'를 나는 지금 보고 있다.

'너'는 나를 향해 웃어주고 있다. 지금 '너'의 모습에는 18살 때 가졌던 불안한 기색 따위는 전혀 없이 환한 미소로 맑은 눈동자에 내 모습이 있다.

나는 '너'에게 말한다. 수고했다고. 그때의 '너' 덕분에 지금의 내가 있다고. 몇 번의 두려움의 암흑을 뒤집어쓰면서도 암흑을 씻지도 않고 주저앉으려고 했던, 포기하려고 했었던 '너.' 그럼에도 불구하고 희망이라는 빛으로 그 암흑을 씻어내며 몇 번이고 '할 수 있다고' 다짐했었던 '너.'

나는 너에게 박수를 보낸다. 그리고 말한다. 정말 수고했다고. 고맙다고. 길이 안개에 싸여 있어서 몇 번이고 멈출 수 있었음에도 '꿈'이라는 목표지에 도착할 때까지 쭉 직진했던. 그래서 그 목표지에 도착해 지금 다시 또 다른 목표지를 향해 나아가게 해준 그때의 '너에게.'

작품 줄거리 및 내용 분석

1. 상담 (by 강지원)

소설 줄거리 (by 박성만)

내 이름은 지원이다. 내 친구 이름도 지원이다 내 친구 지원이는 전교 1등을 한다. 그래서 나는 어머니한테 잔소리를 듣는다. 그러고나서 수학, 과학 올림피아드에 우리 둘은 나가게 된다. 그런데 바뀐 규정 탓에 나는 결국 나가지 못한다. 그런 이유 때문에 우리 둘은 멀어진다. 그리고 모의고사를 치는데 나는 잠을 이기지 못하고 잔다. 그래서 시험을 망친다. 그때 내 친구 지원이가 와서 편의점에서 곰 젤리를 사준다. 그후 서먹서먹했던 관계가 회복된다. 하지만 어머니가 내 성적표를 보고 나서 성적표를 던지고 화를 낸다. 그런데 내 지갑에 있는 명함을 보고 저번에 길을 찾아준 상담사 언니를 찾아간다. 그리고 상담을 받고 엄마와 이야기를 나누고 화해한다.

내용 분석 (by 박성만)

1. 주인공의 고민은 무엇인가?

성적이 잘나오는데 다른 친구가 더 잘해서 자신이 비교되고 어머니의 잔소리를 들어서 공부에 대한 스트레스와 강박감을 느낀다.

2. 주인공은 고민 때문에 어떤 일탈 행위를 하나?

모의고사 시간에 졸아서 그나마 점수라도 나오게 하려고 답을 찍는다. 그리고 시험을 망치고 엄마와 다툼.

3. 주인공과 사람들의 갈등

친구 때문에 자신이 출전할 기회가 없어지자 그 친구를 피해 다님. 그리고 엄마가 나는 열심히 하는데 엄마는 더 많은 것을 요구하고 칭찬하지 않고 잔소리만 한다.

4. 주인공을 누가 도와주나?

상담사 언니가 상담하라고 오라 해서 상담을 받음. 친구가 젤리를 사줌.

5. 문제를 어떻게 극복하는가?

친구와 대화로 오해했던 것을 해결하고 상담을 통해서 문제를 해결함.

2. 아이캔드림 (by 김정은)

소설 줄거리 (by 원준식)

최연지는 작가가 되는 학생이어서 다른 친구들에게 많은 관심을 받는다. 그리고 최연지는 한일고에서 자랑스러운 한일고상이 나간다고 한다. 김운영은 최연지를 질투해서인지 담임선생님이 불러서 상담을 받을 정도로 평소와 다르게 성적도 내려가게 됐다. 그러나 김운영은 선생님과 친구들의 격려를 받고, 소설 응모에 응해서, 우여곡절 끝에 상을 받게 되고, 다시 소설가로서의 꿈을 계속 키워 나가게 된다.

내용 분석 (by 원준식)

1. 주인공의 고민은 무엇인가?

주인공은 글을 쓰는 것을 좋아하는 것 같은데, 글을 잘 쓰는 친구를 질투해서, 학교에서는 친구와의 우정에서 문제가 생기는 것이 고민이다.

2. 주인공은 고민 때문에 어떤 이상한 짓을 할까?

주인공은 최연지보다 못하다는 생각에 열등감을 가지고 스스로 자신을 깎아 내린다. 첫 번째 공모전에 참가했으나, 당선되지 못해 폐인처럼 생활한다.

3. 주인공과 사람들의 갈등

친구가 글을 써 출세하게 되어 다른 사람들에게 관심을 받게 되고 친구를 질투하게 된다.

4. 주인공을 누가 도와주나?

주인공의 친구인 이만영과 최윤정, 민주 선생님 등이 도와준다.

5. 문제를 어떻게 극복하는가?

글을 써서 출판사의 공모전에 제출하자. 자신의 글이 공모전에서 당선되면서 자신감을 찾는다.

3. 꿈이 생기는 이유 (by 박성만)

소설 줄거리 (by 이지원)

중학생이었던 주인공 '나'는 자전거 사고를 겪었다. 그 사건에서 구급대원에게 큰 감동을 얻은 후 남을 구하는 직업을 가질 것이라 다짐한다. 그로부터 이 년 뒤 고등학생이 된 주인공은 꿈에 대한 고민을 하게 되었다. 그리고 꿈을 이루기 위해 공부를 해야 한다는 사실을 깨달아 공부를 열심히 하고 좋은 성적을 얻는다. 하지만 꿈을 이룬다는 보장도 없이, 정확한 꿈도 없이 공부를 하다 보니 불안해 한다. 그러다 뉴스를 보고 자신의 하고 싶은 것을 깨닫게 되어서 공부와 자신의 꿈을 이루기 위한 노력을 계속하였다. 그 결과 주인공은 자신이 원하는 꿈을 이루게 되었다.

내용 분석 (by 이지원)

1. 주인공의 고민은 무엇인가?

고등학교에 올라가서 진로에 대한 고민을 하던 중 공부를 못하면 어떤 꿈이든 이룰 수 없다는 사실을 깨닫고 공부를 어떻게 하면 잘 할 수 있는지에 대해 고민하게 된다. 공부를 열심히 하고 나서도 꿈도 없고 자신이 원하는 일을 할 수 있다는 보장도 없이 공부를 하는 것을 고민하게 된다.

2. 주인공의 고민 때문에 어떤 이상한 행동을 하는가?

자신이 이 나라에 태어난 것이 잘못이라는 등 현실을 탓하고 문제를 해결하기보다는 잠을 잠으로써 회피하려는 태도를 보인다.

3. 주인공은 어떤 사람과 갈등을 겪는가?

공부를 못하면 원하는 바를 이루기 힘든 현실과 갈등을 겪는다.

4. 주인공을 누가 도와주는가?

자신의 성적을 보고 방법을 찾고, 뉴스를 보고 목표를 정하여 스스로 해결한다.

5. 문제를 어떻게 극복하는가?

공부에 관한 문제는 자신에게 맞는 공부 방법을 찾아서 극복하고, 불확실한 미래에 대해 고민하는 것은 뉴스를 보고 개념 없는 사람들 때문에 죽게 되는 사람들을 살리기 위해 공부한다는 목표를 설정하여 마음을 다잡아서 극복한다.

4. 성장 (by 신동혁)

줄거리 요약 (by 한다은)

고일이라는 친구는 꿈이 없어서 공부에 흥미를 느끼지 못 한다. 그래서 방황이 잦았다. 하루는 보충을 하지 않아서 아버지와 대립이 있었고 집을 나갔다. 그 탓에 평소 몸이 좋지 않은 고일의 어머니가 쓰러지셨다. 고일은 쓰러진 어머니를 보고 자신을 다시 되돌아보게 되었다. 그래서 고일은 학원을 다니기로 결정했다. 학원에서 학원 원장님의 딸 '현주'를 만나게 되었고 둘은 친해졌다. 고일은 현주가 선생님이 꿈이라는 것을 듣게 되었다. 현주와 꿈 얘기를 하며 고일은 자신이 가르치는 것에 흥미가 있다는 것을 알았다. 둘은 열심히 목표를 이루기 위해 열심히 공부를 했고 고일은 수능을 만점을 맞게 되었다. 고일은 수능이 끝난 후 원장님과 고기를 같이 먹게 되었고 원장님이 고일의 어머니의 초등학교 선생님인 것을 알게 되었다. 그리고 고일은 원장선생님께 용기를 받게 되었다. 집에 돌아온 고일은 다음 날 있을 입사 시험을 앞두고 잠에 든다.

내용 분석 (by 한다은)

1. 주인공의 고민은 무엇인가?

고일은 꿈이 없어서 공부에 흥미를 느끼지 못해 고민한다.

2. 주인공의 고민 때문에 어떤 이상한 행동을 하는가?

보충을 자주 빼게 되고 아빠에게 대들고 집을 나간다.

3. 주인공은 어떤 사람과 갈등을 겪는가?

아빠 엄마, 학교 선생님과 갈등을 겪는다.

4. 주인공을 누가 도와주는가?

학원 선생님과 여자 친구인 현주의 도움을 받는다.

5. 문제를 어떻게 극복하는가?

자신의 꿈도 찾게 되면서 공부에 더욱 집중했다. 결국 열심히 노력한 끝에 고 일은 수능에서 만점을 받게 되고 그렇게 지난 문제를 극복하고 꿈을 위해 한 걸음 더 나아간다.

5. 불안 (by 이지원)

줄거리 요약 (by 신동혁)

어느 학교에 다니고 있는 공부에 대한 스트레스가 많은 아이의 이야기이다. 자기 언니는 무엇이든 잘해서 자신과는 항상 비교대상이어서 위축돼 있다. 언니에 대한 열등감이 있다. 열등감과 스트레스를 이기지 못해 자살을 생각하게 된다. 자살을 생각하다가 우연히 소설책 한 권을 읽게 된다. 그 책을 읽은 후 주인공은 자살의 생각을 멈추고 생각을 좀더 긍정적으로 바꾸었다.

내용 분석 (by 신동혁)

1. 주인공의 고민은 무엇인가?

공부를 잘하는 언니와 비교가 자주 되어 공부를 좋아하지 않고
열등감이 있다.

2. 주인공의 고민 때문에 어떤 이상한 짓을 할까?

언니에게 열등감이 있어서 결국 자살을 생각하는
이상한 행동을 보인다.

3. 주인공은 어떤 사람들과 갈등을 겪는가?

주인공은 평소 공부 잘하는 언니가 있기에 부모님이나 친척분들에게 비교를
자주 당한다.

4. 주인공을 누가 도와주는가?

주인공이 자살을 생각하던 도중 한 권의 소설책이 주인공에게 희망을 주게 된다.

5. 문제 극복을 어떻게 하는가?

생각을 긍정적이게 바꾸며 문제를 극복하게 된다.

6. 학교가 머죠?(by 원준식)

줄거리 요약 (by 강지원)

주인공 차미슬은 학교에서 소위 잘나간다는 일진이다. 주인공 차미슬의 남자 친구인 박쌈장과 함께 등굣길에 차미슬의 담임선생님인 마즐래 선생님이 차미슬에게 출석부가 더럽다는 등에 핀잔을 주었다. 차미슬은 욱하는 마음에 사고를 칠 뻔 했으나, 쌈장이가 막아주었다. 반에는 차미슬의 단짝친구인 나은주가 미슬이에게 학교생활을 잘해 보자고 조언을 하지만 마슬이는 은주에게 화를 내었다. 쌈장이는 미슬이에게 위로를 해준다. 그러나 쌈장이의 의도와 다르게 담임선생님은 미슬이에게 좋지 않은 이야기만 건넨다. 그런 이야기에 마음이 상해버린 미슬이는 학교에 나가지 않고 노래방에 갔으나, 쌈장이와 은주의 노력으로 학교에 돌아오게 되고 이제는 열심히 학교생활을 하겠다는 다짐을 하였다.

내용 분석 (by 강지원)

1. 주인공의 고민은 무엇인가?

학교와 주인공 차미슬 간의 의견 차이에 의한 차미슬의 고민, 차미슬과 남친 박쌈장의 사랑 고민, 이 두 고민이 있다.

2. 주인공의 고민 때문에 어떤 이상한 짓을 할까?

자꾸 학교에 나오지 않으려고 하고, 자신을 위하는 친구들에게 화를 낸다.

3. 주인공은 어떤 사람들과 갈등을 겪는가?

선생님 및 전에 함께 놀던 일진 친구들과 갈등을 겪는다.

4. 주인공을 누가 도와주는가?

남자친구인 쌈장과 여자친구인 은주가 도와준다.

5. 문제 극복을 어떻게 하는가?

친구들의 도움과 본인의 굳은 결심으로 학교로 돌아온다.

7. 너에게 (by 한다은)

줄거리 요약 (by 김정은)

주인공 '한다은'은 갓 20살 된 대학생이다. 그녀는 서울의 대학교를 다니고 있고, 가끔 고등학교 생활과 메타세쿼이어길을 그리워하는 사람이다. 어느 날, 모교인 호산고등학교의 국어선생님이 2시간 동안 학생들을 위해 조언을 부탁받고 대구로 향하는 버스를 타다 우연히 자신과 같은 꿈을 가진 22살의 대학생을 만나게 되고 서로의 꿈의 동기와 그 뿌듯함을 이야기 나누다가 모교에 도착하였다. 모교에 가기 전에 학창시절 때 만났던 친구를 만나 예전 이야기도 하고 고민도 털어 놓는 시간을 보내고 호산고에 가서 10명의 후배들을 만나 글에 대해서, 재능과 노력에 대해서 고민도 듣고 주인공 '한다은'이 겪었던 경험과 글을 좀더 잘 쓰는 방법 등을 조언해 주었다. 그 시간을 끝마치면서 주인공은 그들에게서 자신의 18살 때의 모습을 보았다. 그리고 수고했다고 격려를 자신에게 보내며 이야기는 끝마친다.

내용 분석(by 김정은)

1. 주인공의 고민은 무엇인가?

후배들을 위해 조언을 해주어야 하는데 조언을 어떻게 해줘야 할지 고민한다.

2. 주인공의 고민 때문에 어떤 이상한 짓을 할까?

이상한 짓은 하지 않고, 그냥 계속 생각을 한다.

3. 주인공은 어떤 사람들과 갈등을 겪는가?

다른 사람과 갈등을 겪지는 않고, 내적 고민을 계속 한다.

4. 주인공을 누가 도와주는가?

친구 J의 충고를 듣게 된다.

5. 문제 극복을 어떻게 하는가?

후배들에게 유익한 충고를 해주면서, 어린 시절의 자신의 모습을 되새기면서 자신도 많은 위로를 받게 된다.

평론

이지원

한다은 & 김정은

꿈 찾기, 꿈 이루기

이지원

학생들은 성적, 외모, 진로 등 다양한 고민을 하며 살아가고 있다. 이 글들은 그러한 고민들을 학생들이 직접 반영하여 쓴 소설이다.

강지원이 쓴 '상담', 이지원이 쓴 '불안', 박성만이 쓴 '꿈이 생기는 이유'의 주인공들은 성적에 관한 문제를 가지고 있다. 그중 '상담'의 주인공과 '불안'의 주인공은 각각 공부를 잘 하는 친구 그리고 공부를 잘 하는 언니와 비교되는 자신을 자책한다. 이 점을 보면 대부분의 학생들이 질투를 하는 대상은 자신과 가까운 사람이라는 것을 알 수 있다. 멀리 사는 이름도 모르는 학생이 전교 꼴등에서 전교 일등이 된 것보다 자신과 관계가 있는 사람이 조금 성적이 오른 것이 더 학생들에게 성적에 대한 부담감을 늘여 준다는 말이다.

또한 두 소설의 주인공들은 성적에 대한 스트레스 때문에 여러 가지 문제가 생긴다. 친구와의 관계가 서먹해지기도 하고 부모님과 싸우며 더 심한 경우 그러한 상황을 견디지 못해 자살을 시도하기까지 한다. 이 두 소설의 공통점은 이것뿐만이 아니다. 성적을 올리라며 압박을 주는 사람이 '엄마'라는 것 또한 두 소설의 대표적인 공통점이다.

이로 미루어보아 성적에 관한 고민이 있는 청소년들이 많고 그중 대부분 주변의 사람과 자신을 비교하여 자신을 자책하고 스트레스로 인한 문제가 많이 있으며, 가족에게, 특히 '엄마'에게서 압박을 많이 받고 있다는 것을 알 수 있다.

'꿈이 생기는 이유'는 '상담', '불안'과 주제는 성적이라는 부분에서는 같다고 볼 수 있지만 성적 이외에도 '아이캔드림', '너에게'처럼 진로에 대한 고민도 나타났다. 또한 이 소설은 우리가 쓴 7개의 소설 중 유일하게 사회가 자신의 적성에 부합한 진로를 올바르게 선택할 수 있도록 변화해야 한다는 점을 표현한 소설이다. 박성만은 이 소설로 학생들은 진로 선택을 위한 사회 변화를 원한다는 것을 보여주었다.

김정은이 쓴 '아이캔드림', 신동혁이 쓴 '성장'은 주인공이 진로에 관한 고민을 가지고 있는 소설이다. '아이캔드림'의 주인공은 친구와 선생님의 도움을 받아 진로를 분명하게 정할 수 있었고, '성장'의 주인공은 친구와 이야기를 나누고 경험을 통해 진로를 찾았다. 주인공에게 공통적으로 도움을 주는 사람은 친구이다. 이것은 먼저 고민을 털어놓고 해결방안을 찾는 것에 가장 의지할 수 있는 사람이 친구라는 것을 보여준다.

'너에게'는 꿈을 이루기 전이 아니라 꿈을 이룬 후 힘들었을 때의 자신을 회상하고 아직 꿈을 이루지 못하고 정하지 못한 후배들에게 자신의 꿈을 믿고 추진하기를 바라며 충고해 주는 소설로 진로에 대한 청소년들의 고민을 조금 다른 관점으로 풀어냈다.

이 소설들은 모두 자신의 꿈을 이루거나 거의 이루기 직전의 모습으로 끝이 난다. 이러한 결말로 보아 청소년들은 자신의 꿈을 명확하게 찾고 그 꿈을 이루기를 매우 원한다는 것을 알 수 있다.

우리는 자신의 고민을 반영한 소설을 쓰고, 다른 사람이 쓴 소설을 분석해 보면서 자신과 같은 환경의 학생들의 고민과 그로 인해 생기는 문제와 청소년에게 끼치는 영향, 문제 해결을 어떻게 하고 싶은지 등을 알게 되었다. 또한 그것들을 종합해 평론을 쓰면서 청소년 고민의 공통점과 차이점을 알 수 있었다.

꿈, 방황, 승리

한다은 & 김정은

'성장' 에서는 고등학생들이 흔히 겪는 고민으로 이야기를 전개한다. 그래서 공감으로 시작할 수 있어서 좋았다. 도입부에서 주인공은 꿈이 없어서 공부를 해야 하는 이유를 모르겠다고 말한다. 이것은 대다수 학생들이 겪는 고민들이다. 학생들은 꿈이 없어서 공부를 해야 하는 필요성을 느끼지 못하고 결과적으로 공부에 흥미가 떨어지게 된다. 그 탓에 주인공은 내적갈등과 외적갈등이 생기는데 그 갈등 또한 학생들이 흔히 겪을 수 있는 것들로 이루어져서 감정이입하며 읽을 수 있었다.

아쉬운 점을 말하자면 이 소설의 제목 '성장' 을 생각나게 하는 내용이 도입부 외에는 볼 수 없는 것이다. 성장이라는 것은 한 걸음 더 나아가는 것, 즉 자신이 더 성숙해지고 더 나은 것으로 발전하는 것이다. 어떤 것이 성장한다는 것은 그에 따른 시련 없이는 이루어질 수 없다. 그렇기에 이 소설의 처음 도입부에서는 주인공이 꿈이 없어 이리저리 방황하는 도중 가족과의 문제가 있었고, 그 문제로 자신의 행동을 다시 되돌아보는 과정이 되었다.

그리고 그 과정으로 주인공이 성장하는 첫 걸음을 뗐다. 그런데 그 이후에 주인공은 성장을 위한 어떠한 시련을 가지지 않는다. 현주를 만난 이후 꿈을 찾게 되었고 그 후에 열심히 공부해서 수능에서 만점을 받았다. 이런 점에서는 너무 주인공이 갈등 없는 이상적인 인물로 그려지고 있지 않나 싶다. 만약 열심히 공부하고 있는 상황에서 점수가 잘 나오지 않아서 슬럼프가 온다던가, 그 꿈에 대한 확신이 없어서 잠시 주저한다는 둥 주인공에게 그런 시련의 내용이 온다면 조금 더 결말이 현실적이지 않았나 생각한다. 소설 속 주인공이 꿈이 없는 학생에서 꿈을 가져 열심히 하는 과정 중에서 조금 더 디테일한 장면을 보여준다면 내용상 한층 더 매끄러웠을 거다. 또 한 가지는 소설 속의 주인공의 이름은 비현실적이다. 주인공의 친구 중 김반항과 최일진이라는 친구가 나오는데 이름을 조금 더 현실적으로 짓는다면 소설에 집중하는 데 더 도움이 될 것 같다는 생각이 든다.

하지만 전반적으로 부담 없이 읽기 좋았고 첫 부분에서 공감적인 내용으로 글을 전개해서 소설에 이입하기 좋았다.

'학교가 뭐죠?' 의 전체적인 내용은 주인공 차미슬과 차미슬의 남자친구 박쌈장 둘 사이의 연애에 대한 것이다. 그 속에서 선생님과의 갈등, 남자친구와의 갈등 등이 나온다. 이 글에서 무엇을 고민으로 다루고 있냐고 묻는다면 솔직히 말해서 이 글은 뚜렷한 고민이 드러나지 않는다고 말하고 싶다.

맨 마지막 글에서 '자신이 사랑하는 사람을 생각하며 공부를 하고 학교를 간다면 그 시간은 아깝지 않고 좋은 시간이 될 것입니다.' 라는 문장을 보고 나서야 글쓴이가 무엇을 말하려 했는지 알 수 있었다. 이 문장이 없다면 이 소설은 차미슬과 박쌈장의 연애에 대한 내용으로만 이루어졌다고 생각했을 것이다.

중간에서 인칭의 혼란도 있었다. 소설에서 '교실에 가자 은주가 나에게 오더니 이제 마음 바로잡고 학교생활 잘하자 라고 말을 했다. 평소 같으면 "알았어." 라고 대답하고 끝냈지만 기분이 좋지 않아 은주에게 화를 내버리고 교실을 나갔다. 은주는 미안한 표정을 지으며 쌈장이에게 문자로 미슬이가 많이 화가 나 있다며 풀어달라고 보냈다.' 라는 구절을 봤을 때 쭉 1인칭으로 전개하다가 갑자기 3인칭으로 변한다. 이미 미슬은 화가 나서 나갔는데 쌈장이에게 문자를 보낸 은주를 어떻게 봤는지. 1인칭으로는 절대 서술할 수 없는 내용이다. 비록 짧은 문장이지만 소설을 읽는데 지장을 줄 수 있으므로 확실히 고쳐줬으면 좋겠다.

소설을 읽을 때 글의 묘사와 자세한 상황 서술이 거의 없어서 읽는 데에 몰입도가 떨어졌다. 소설에서 묘사란 소설속의 상황을 독자들이 상상하는 데 도움을 주는 것인데 묘사가 없어서 그저 일기를 읽는 듯한 느낌이 났다. 또한 전개가 너무 빨랐다. 이야기가 너무 빠르게 진행되면 글의 내용이 어색해지고 시간의 흐름이 자연스럽지 않기 때문에 글을 읽는 데 방해를 줄 수 있다. 전개 과정에서 시간의 흐름을 연결할 수 있는 상황을 더 추가해 줬으면 좋겠다.

소설에서 갈등과 갈등해소는 매우 중요한데 그 갈등해소를 너무 쉽게 뜬금없이 풀어버리는 느낌을 받았다. 예를 들어, 이 글에서 '나는 느꼈다. 나를 이해해주는 사람은 이 세상에 없을 것이라고 생각했지만 이제는 아니다. 혼자 생각하지 말고 다른 사람과 함께 고민해야 된다는 것을 이제 깨달았다.' 라는 문장을 봤을 때. 이 문장 전에는 인물의 갈등이 고조되고 있는 상황이었다. 그런데 담임선생님께 처음으로 좋은 말을 들었다고 갑자기 저런 문장이 튀어나오면 독자들은 인물의 빠른 감정변화를 따라가지 못해 흐름에서 도태되고 만다. 그러므로 갈등해소를 해줄 만한 더 구체적인 상황이 필요한 것 같다. 앞에서 말했다시피 글쓴이가 말하고자 하는 뜻은 본문 안에서는 전혀 드러나지 않고 마지막 문장에서만 알 수 있어서 그 점이 아쉽다.

전체적으로 이 글을 읽을 때 술술 읽히기는 했지만 청소년의 고민이 드러난 소설을 읽는 느낌보다는 연애소설을 읽는다는 느낌을 많이 받았다. 다양한 장르의 책들을 읽어보며 전체적인 소설의 스타일을 익힌다면 훨씬 더 잘 쓸 것 같다.

'꿈을 꾸는 이유' 의 주인공은 사고를 당했을 때 자신을 구해준 구급대원을 보며 누군가를 구해 주는 직업을 가지고 싶다고 생각했다. 그렇게 소방관의 꿈을 가진 '나' 는 그 꿈을 이루기 위해서 노력하는 모습을 보여준다. 그 노력하는 모습 중 소방관이 되기 위한 구체적인 방법을 적음으로써 사실성을 높여준다는 느낌을 받았고, 중간에 우리나라의 갑갑한 교육에 대해서 말하는 글이 나오는데 '나' 의 생각을 거짓 없이 보여주는 것 같아서 괜찮았지만 국회의원에 대한 '나' 의 생각을 말하는 것은 글의 응집성을 깨트리는 걸로 보였다. 굳이 국회의원에 대한 내용을 쓸 필요가 있었나라는 생각이 든다. 특히 마지막 문단이 좋았다. 꿈을 이룬 '나' 가 "불 끄러 간다."는 문장이 꿈을 이룬 주인공의 모습을 상상하게 해줘서 여운을 남게 했다.

글 전체에서 주제에 맞게 청소년 고민에 대한 내용을 볼 수 있어서 좋았지만, 상황 하나하나에 대한 자세하고 풍부한 묘사가 있었으면 더 좋겠다는 생각이 든다.

'상담' 에서는 공부에 대한 스트레스와 경쟁자 지원이에 대한 주인공의 내적갈등과 고민을 잘 나타내줘서 좋았다. 특히 묘사가 잘 드러나서 그 상황을 상상하기 쉬웠다. 또 1인칭 시점에 맞게 주인공의 생각과 느낌들을 잘 묘사했기에 주인공의 입장과 그 입장으로 상황들을 생각할 수 있었다. 하지만 조금 더 지원이에게 주인공이 열등감을 느끼거나 상처를 받은 내용을 썼으면 소설 속 주인공의 심정을 더 잘 나타내줄 수 있다는 생각이 든다.

아쉬운 점은 제목이 '상담' 인데 제목에 대한 내용이 결말에서 큰 활약을 못하는 점이다. 제목이 글에서 많은 영향을 끼치는데 그 점이 아쉽다. 갈등해소가 당연히 상담으로 해결될 줄 아는 독자의 예상과는 달리 상담이 큰 역할을 못하고 흐지부지 끝난 느낌이 들었다. 또한 갑자기 결말로 향하는 느낌이 강했다. 상담내용을 비밀이라고 끝내기보다는 상담내용을 밝히고 상담선생님에게 자신의 고민을 말한 뒤, 고민을 해결하는 내용, 그리고 더 자세한 갈등해소 과정을 넣는 것이 제목에도, 또 결말 부분에도 더 좋았을 것 같다.

소설을 읽으며 이야기가 전개되는 동안 1인칭 시점에 맞게 주인공의 생각과 주인공의 심정을 잘 그려줘서 이입하기에 쉬웠고 주인공의 입장에서 주인공의 고민을 간접적으로 이해할 수 있어서 좋았다.

'불안' 에서는 자신이 느끼는 감정들을 제대로 전달해 줘서 좋았다. 특히 언니에 대한 열등감을 잘 묘사해 줘서 주인공의 심정을 잘 느낄 수 있었다. 탄 핫케이크 같은 상징적 의미를 둔 것에 표현이 참신하다는 생각이 들었다. 그 표현 덕에 주인공의 열등감이 더 극대화돼서 와 닿았다.

전체적으로 가독성이 좋고 진행속도도 적당해서 흡입력이 좋았으며, 문체가 간결해서 내용 이해가 쉬웠다. 아쉬운 점은 문체의 호흡 조절은 좋지만 너무 '-다' 로 끝나서 딱딱하다는 느낌이 강했다. 조금 더 다양한 종결어미로 끝나면 더 풍부한 문체가 될 것 같다는 생각이 든다.

주인공이 언니에게 느끼는 열등감과 그 외에 여러 가지 갈등에 대한 자신의 감정들을 잘 묘사해 준 덕분에 주인공의 고민을 뚜렷이 알 수 있어서 좋았다.

'아이 캔 드림' 에서는 이야기 전개가 매끄럽고 자연스러워서 전체적으로 가독성이 좋았다. 대화체가 많지만 지루하지도 않고 오히려 더 흡입력이 있었다. 갈등구조에서도 쉽게 해소될 듯했으나 한 번 더 갈등 구조를 만듦으로써 이것이 해소되는 결말부분이 탄탄해지고 완벽한 느낌을 들게 했다. 중간 중간에 '거울 속 패배자' 같은 참신한 표현 덕에 읽는데 재미를 붙일 수 있었다. 갈등에 따른 주인공의 심정도 잘 나타나 있어서 읽기에 좋았다. 특히 주인공 운영이가 소설을 쓸 때 그냥 소설을 썼다가 아닌 그 내용을 말해 주거나, 그냥 공모전이라고 하는 것이 아니라 신춘문예 등 사소한 부분까지 구체적으로 설정해서 사실감을 부각해 주고 이입하는 데 많은 도움을 줬다.

전체적으로 좋았지만 한 가지 고쳤으면 하는 부분은 같은 표현이 자주 나온다는 것이다. 그러면 내용에서는 매끄럽다할지라도 전체적인 흐름에서는 어색하다는 느낌이 든다. 그것 외에는 전체적인 내용이 분량에 비해서 부담스럽지 않게 술술 익히고 내용 파악도 잘 된다. 마치 한 편의 감칠맛 나는 콩트를 보는 것 같은 느낌이 들었다.

'너에게' 에서는 이야기의 전개가 자연스러웠으며 일인칭 주인공 시점이라 주인공의 속마음이 잘 나타났다. 속마음을 담고 있어, 주인공의 감정 표현이 풍부했고 자신이 그리워하는 메타세콰이어 길이 왜 그리워하는지 등의 소소한 이야기도 자세하게 써서 좋았다. 또한 주인공과 친구의 대화가 현실적이고 주인공이 후배들에게 조언해 주는 말들이 작가 본인이 후에 다른 사람에게 전하려는 말로 들려 진실성이 있어서 좋았다. 마지막 부분에 그들을 보며 예전의 고난과 역경을 이겨내어 희망을 잡은 자신을 바라보며 '너에게' 라고 끝맺은 것은 참신하고 소설을 다 읽고도 여운을 주는 효과를 일으켜 좋았다.

'성장', '학교가 머죠?', '꿈을 꾸는 이유', '상담', '불안', '아이 캔 드림',

'너에게' 에서 공통적으로 느낄 수 있는 10대들의 고민은 대부분 꿈에서 비롯되는 것 같다. 꿈을 위해서 나아가는 도중에 생기는 갈등에서 느낀 고민을 소재로 많이 택했는데 그 점에서 많은 공감을 할 수 있었다. '상담', '불안', '아이 캔 드림' 에서 많은 공통점을 찾을 수 있는데 그중에서 가장 눈에 띄는 것은 소설 속 인물에 대한 열등감이다. '상담' 에서는 경쟁자 지원이에 대한 열등감, '불안' 에서는 언니에 대한 열등감, '아이 캔 드림' 에서는 최연지에 대한 열등감에서 비롯되는 자신의 내적갈등을 볼 수 있다. 이 열등감이 전혀 다른 세상에서 느낄 수 있는 열등감이 아니라 흔히 겪을 수 있는, 우리가 지금도 겪고 있는 열등감이라서 공감이 많이 되었고, 그 덕에 소설에 더욱 집중할 수 있었다. 또한 7개의 소설 모두 주인공이 겪는 갈등 속에서 자신의 생각 느낌들을 잘 나열해서 읽기에 좋았다.

7개의 소설 모두 그 갈등을 해소하면서 주인공들이 조금씩 성장을 하고 있다. 그 점에서 지금 열등감에 지쳐 있고 앞길이 막막한 시점에서 결국은 해낼 수 있다는, 이룰 수 있다는 긍정적인 면을 보고 힘을 얻을 수 있어서 좋다. 이 소설의 결말처럼 공부에 지쳐 있기도 하고, 꿈이 없어서 이리저리 방황하지만 끝은 주저함에서 그치는 것이 아니라 일어나서 앞으로 담대히 나아가 승리하는 청소년들이 됐으면 좋겠다는 생각을 한다.

mathematics
mathematics

| 부록 | 논리적 글쓰기 지도 경험 나누기

지도교사 이은주

논리적 글쓰기 지도 경험 나누기

지도교사 이은주

1

저는 호산고등학교에서 3년째 논리적인 글쓰기를 중심으로 글쓰기 교육을 하고 있습니다. 제가 논리적 글쓰기에 관심을 가지게 된 것은 대학원에서 다니면서 논문을 쓰는 것이 매우 어렵다는 사실을 알게 되면서였습니다.

대학원 수료는 그리 어렵지 않았으나, 대학원 졸업을 위한 논문 쓰기는 주제 정하기부터 논리적인 내용 전개, 형식 맞추기 등 무엇 하나 쉬운 부분이 없었습니다. 이런 문제는 비단 저뿐만이 아니라 다른 선후배들도 마찬가지였습니다.

그때 저는 제가 대학 생활 및 교직 생활 동안 주로 시와 소설을 읽었고, 특히 교직 생활 동안 주로 문예적인 글쓰기만 지도하였다는 사실을 깨달았습니다. 왜 논리적인 글 읽기와 글쓰기를 등한시하였는지 반성하게 되었습니다.

논리적인 글쓰기를 지도하기로 마음먹은 다음에 가장 먼저 생각했던 것은 학생들에게 어떻게 동기를 부여할 것인지의 문제였습니다. 먼저 생각할 수 있는 것은 전공 탐색이었습니다. 고등학생들의 당면과제는 진로에 대한 고민이었고, 자신이 관심 있는 분야의 내용을 중심으로 주제를 선정하여 글을 쓸 수 있도록 하였습니다.

이 방법은 학생들의 관심사와 연결되는 내용이기도 하고, 글쓰기 자체가 학생들의 진로에 도움이 되기도 하였기 때문에 동기 유발에 충분한 효과가 있었습니다. 다음으로는 두 명이 한 조로 팀을 짜서 글쓰기를 할 것을 권장하였습니다. 정 맞지 않는 경우에는 혼자서 쓰도록 하였습니다.

여기에서 재미있는 관찰 결과를 소개할까 합니다. 제가 이 년간 책 쓰기 동아리를 지도하는 동안 남학생들은 거의 혼자서 글을 썼습니다. 여학생들의 경우 함께 쓰는 것을 선호하였습니다. 결과적으로 팀으로 글을 쓴 학생들이 능력 대비 더욱 좋은 실력을 발휘하였습니다. 특히 실력이 부족한 친구들이 많은 도움을 받았고, 상대적으로 실력이 좋은 친구들도 의논할 상대가 있다는 사실에 든든하다는 반응을 보였습니다.

다음으로 주제를 정함에 있어서 교사와 학생들 사이의 힘겨루기 현상에 대해서 이야기해 보도록 하였습니다. 소설가가 자신의 의견을 잘 굳히지 않듯이 학생들도 특히 자신이 고른 주제가 글쓰기에 적합하지 않다는 사실을 잘 받아들이지 않습니다. 그럴 때 그 사실을 서서히 받아들이도록 하는 것이 중요하다는 사실을 알게 되었습니다.

일화를 몇 가지 들어보도록 하였습니다. 심리학과 국어교육에 관심이 있는 학생들로 이루어진 조가 있었습니다. 그 학생들은 사이코패스와 소시오패스의 차이를 비교하는 글을 쓰겠다는 포부를 밝혔습니다. 저는 그 주제가 글쓰기에 힘들 것이라고 말했지만 학생들은 처음에는 그 말을 듣지 않았습니다. 그러나 글쓰기가 두 달이 지나가고 다른 친구들의 글이 개요를 짜 갈 무렵에 그 학생들은 본인이 고른 주제가 자료를 구하기가 쉽지 않다는 사실을 깨닫고는 저에게 도움을 청하였습니다. 그때 저는 국어교육과 심리학이 만날 수 있는 주제로 "청소년 성장 소설에 나타난 청소년들의 고민"을 분석해 보면 어떻겠냐는 제안을 하였고, 그들은 그 제안을 흔쾌히 받아들여서 좋은 글을 쓰게 되었습니다.

또 하나의 일화를 소개하겠습니다. 인간의 행복은 긍정적인 마음가짐에 달려 있다는 믿음을 가진 학생이 있었습니다. 이 학생은 "한국 청소년들의 행복 지수는?"이라는 제목의 글을 쓰게 되었습니다. 이 학생은 많은 자료를 찾아서 한국 학생들의 행복지수가 그리 높지 않다는 사실을 증명하고, 그 이유는 학업 스트레스 때문이라고 분석하였습니다. 그러나 해결책 부분에서는 행복하기 위한 마음가짐을 열거하게 되었습니다.

이 학생의 발표는 학생들 사이에서 행복 요인이 외부적 요인과 내부적인 요인 사이에 어디에 있는지에 대한 열띤 토론으로 연결되었고, 평가해 주시는 선생님께서는 글의 논리에 따라 도출된 결론이라고 볼 수는 없다는 평가를 받았습니다. 학생은 그 점을 수긍하였고, 행복을 위한 마음가짐이 매우 중요하나 논문에서 풀어나갈 수 있는 성격의 주제는 아니라는 사실에 저와 그 학생은 동의하게 되었습니다.

그런데 이러한 사례들은 모두 처음 논리적인 글쓰기를 하는 학생들에게서 일어나는 일이라는 것입니다. 논리적 글쓰기를 이 년째 하게 되는 학생들은 자신이 할 수 있는 범위에서 하고 싶은 주제를 찾을 수 있는 지혜를 터득하고 처음부터 자신이 하고 있는 주제에 연관된 자료가 얼마나 있는지, 혹시 자신이 쓰고 싶은 내용이 이미 다 나와 있는 것은 아닌지 자료를 미리 살펴보는 여유를 가지게 되었습니다.

여기서 느낀 점은 교사가 열린 마음을 가지고 학생들이 가지고 온 주제의 진정성을 받아들이려고 애를 써야 한다는 사실입니다. 설사 교사가 자신의 생각이 옳다고 믿더라도, 학생이 자신의 주장을 양보하지 않는다면 교사가 양보를 하는 것이 옳다는 사실을 저는 알게 되었습니다. 학생들은 서서히 성장하고 글을 쓰는 주체는 결국 학생이기 때문입니다.

다음으로는 개요 짜기에 대해서 말해 보겠습니다. 이상하게 개요를 잘 짜는 학생들이 있습니다. 그리고 개요를 잘 못 짜는 학생들이 있습니다. 저는 전자를 연역적 인간이라고 부르고, 후자를 아이디어형 인간이라고 부르게 되었습니다. 학생들을 지도하면서 제가 후자형의 인간임을 알게 되기도 하였습니다.

연역적인 인간형의 학생들은 일단 주제의 개념부터 잡아 들어가면서, 내용이 풍부하지는 않지만, 정리가 잘되어서 기본은 되는 글을 썼습니다. 다음으로 아이디어형 인간은 개요 짜기에서 매우 어려움을 겪으나 일단 개요를 짜고 나면 내용이 풍부한 글을 쓰는 경향이 있었습니다.

먼저 연역적인 인간형의 학생들이 개요 짜기에 성공하고 나면, 그들의 개요가 다른 학생들의 예시 자료가 되어서 차츰차츰 개요 짜기가 완성될 수 있습니다, 간혹 몇몇 친구들은 개요를 옆에서 처음부터 짜 주어야 하는 경우도 있었습니다.

일단 개요를 짜고 나면 많은 학생들이 개요에 따라서 글을 쓸 수 있었습니다. 그러나 전사에 어려움을 겪는 친구들도 꽤 되었습니다. 그런 학생의 경우 서론 시작하기, 본론 시작하기 단계에서 옆에서 내용의 전개를 도와주면 그 다음에는 방향을 잡고 혼자서도 쓸 수 있는 경우가 많았습니다.

다음 단계에서는 자료의 활용 문제를 들 수 있습니다. 저는 처음에 학생들이 글 쓰기를 시작할 때 책을 많이 참고할 것을 강조하였습니다. 그러나 뜻밖에도 대부분의 학생들은 인용 자료를 인터넷 사이트에서 구하였습니다. 몇몇 뛰어난 학생들을 제외하고는 대부분 인터넷 사이트를 참고하여서 자료를 구하였습니다.

저는 그것이 거스를 수 없는 대세라는 인상을 받았습니다. 제가 이 년 연속 교육청 출판 지원 도서를 발간할 수 있었던 것도 컴퓨터실을 흔쾌히 내어준 학교의 지원 덕분이었습니다. 인터넷 사이트의 참조는 많은 좋은 점과 많은 나쁜 점을 양산하였습니다. 우선은 인용 및 각주의 개념이 없는 학생들에게 인용 및 각주의 개념을 가르치는 데 많은 노력이 필요하였습니다.

또한 나쁜 점으로는 도용입니다. 저는 결론 부분만은 절대 본인의 의견으로 써야 한다고 강조하고는 하였습니다. 그러나 결론을 도용하는 사례도 생기고는 하였습니다. 좋은 점으로는 자료를 찾아서 국회도서관까지 들어간 학생들이 있었다는 것입니다. 국회도서관 사이트는 저녁에는 문을 열지 않아서 저녁에는 참고를 할 수 없다는 기특한 불평을 들어야 하였습니다.

자료를 참고하면서 학생들은 지식을 쌓고, 생각을 넓혀가게 되고, 주변의 각종 사회 현상들에 관심을 기울이게 되었습니다. 사례를 들어 보겠습니다. 독서이력제가 학생들의 진정한 자유 독서를 방해하므로 없애야 한다는 주장을 펼친 학생들이 있었습니다. 그 학생들은 독서이력제에 대한 자료를 찾아보다가 그 제도를 만든 사람들의 진정성을 느꼈고, 끝까지 반대 의견을 고수하기는 하였으나 반대편의 입장에 상당히 공감하고 이해를 하게 되었습니다.

또 다른 사례를 들어보겠습니다. 아동 학대의 문제에 대해서 글을 쓰고 있던 학생들이 있었습니다. 그 글을 한참 쓰고 있을 때 칠곡 어린이 학대 사건이 일어났습니다. 그때 학생들은 평소 같으면 무심히 넘겼을 사건인데 글을 쓰다 보니 그 뉴스에 귀를 기울이고 있는 자신의 모습을 발견하게 되었다고 말하였습니다.

또한 자료를 살펴보던 중에 자신의 결론을 바꾸는 학생들도 있었습니다. 영어 조기 교육에 대해서 반대 입장을 가지고 글을 쓰던 한 학생은 최근의 영어 조기 교육이 자신이 받았던 교육과는 달리 아이들의 눈높이에 맞게 놀이 형태로 진행된다는 사실을 알고는 영어 조기 교육에 찬성하는 입장으로 바뀌었습니다. 단 고비용의 문제는 공교육의 문제로 해결해야 한다는 단서를 달고서 말입니다. 이처럼 특정 관점을 가지고 자료를 접하게 되는 과정은 학생들에게 많은 간접 경험과 생각거리들을 주었습니다.

다음은 자료 해석의 문제입니다. 학생들이 자료를 해석함에 있어서 무리가 있는 경우가 많았습니다. 그런 경우 대화로 그 문제를 풀어나갈 수 있었습니다. 김려령의완득이라는 작품에 드러난 청소년의 고민을 분석한 학생들이 있었습니다. 그들은 처음에 완득이의 고민이 담임선생님과의 갈등이라고 보았습니다.

그러나 사실 담임선생님은 완득이를 도와주시는 좋은 분이고 진짜 완득이의 고민은 가난한 집안 형편, 어머니의 부재 등으로 보아야 한다는 것을 대화를 통해서 이해시킬 수 있었습니다. 또 다른 예를 들어보겠습니다. 상담실의 문제에 대해서 설문 자료를 모은 학생들이 있었습니다. 설문 조사 결과 학생들은 상담실에 가고 싶은 마음은 있으나 실제로 잘 가지는 않으며, 그 이유는 상담선생님이 수업 때문에 너무 바쁘셔서 상담을 잘 해줄 시간이 없었기 때문이라고 하였다고 주장하였습니다.

저는 학생들과의 대화를 통해서 설문 조사에 상담선생님이 수업 때문에 바쁘시다는 내용을 도출할 만한 근거가 없음을 이해시켰고, 학생들은 그 점을 받아들여서 학생들이 상담실을 가지 않는 이유에 대해서 더 알아 볼 필요가 있다 혹은 학생들을 적극적으로 상담실로 오도록 만들 만한 유인책이 필요하다는 내용으로 글을 마무리하게 되었습니다.

다음으로는 결론 부분입니다. 자료 및 개요의 힘으로 글을 잘 써나가던 학생들이 결론 부분에 있어서 어떻게 써야 할지를 잘 모르겠다는 학생들이 또 꽤 있습니다. 그런 학생들의 경우 글을 쓰면서 느낀 점이 무엇인지에 대해서 꼬치꼬치 캐물었습니다. 특히 이 화제에 대한 찬성 반대 여부 및 그 이유에 대해서 집중적으로 물어보았습니다. 학생들은 열심히 대답하였고, 그러고 나면 대부분의 학생들은 결론을 쓸 수 있었습니다.

다음으로는 평가입니다. 저는 논문 발표 대회를 통해서 학교의 식견 높은 여러 동료 선생님들을 모시고 평가회를 열었습니다. 학생들은 자신의 글에 간섭하는 것은 정말 싫어하면서 평가해 주는 것은 또 정말 좋아합니다. 아이러니한 것 같습니다. 모두들 주목하고 있는 가운데 선생님들이 내리는 성의 있는 평가들은 학생들의 뇌리에 정말 잘 흡수되어 다음 글쓰기에서 피가 되고 살이 되어서 더 좋은 글로 실현되었습니다.

다음으로는 교정 부분입니다. 교정의 경우는 학생들이 스스로 돌려가면서 하기도 하고, 제가 손수 일일이 봐주기도 하였습니다. 많은 경우 오타로 남기도 하였습니다. 글쓰기를 하면서 몇몇 아이들은 맞춤법과 띄어쓰기 공부의 필요성을 절감하기도 하였습니다.

다음으로 출판 부분입니다. 저는 책을 출판할 때, 전체 제본 책 말고 개인별로 얇게 제본된 소책자를 몇 권 만들어서 학생들에게도 주고, 학교 쪽에도 제공하였습니다. 결과적으로 말씀드리자면 학생들도, 학교 측도 대만족이라는 것입니다. 특히 학교의 입장에서는 홍보 자료로 매우 인기가 좋았다는 의견입니다. 어느 장학사님은 소책자 자료를 모두 본인이 가지고 가기를 바라기도 하였지만, 한 권씩밖에 남지 않아서 제가 안 된다고 거절하기도 하였습니다.

이러한 활동을 통해서 제가 목표했던 바는 논리적인 글쓰기 능력의 신장, 전공 탐색을 통한 지식의 축적, 여러 사회 현상에 대한 관심 기울이기, 생각하는 힘 기르기, 글쓰기에 대한 긍정적인 태도의 형성 등입니다.

무엇보다도 교사인 제가 의미 있는 교육을 하고 있다는 자부심을 가지고 교직 생활을 할 수 있는 것이 큰 기쁨이었고, 개인적으로 출판되는 책을 내어 보지 못했던 제가 학생들과 함께 책을 낼 수 있다는 것에서 오는 기쁨도 매우 큰 것 같습니다. 결국 누이 좋고 매부 좋은 일인 것 같습니다.

2

저는 두 번째 해 글쓰기 지도에 있어서 새로운 시도를 하게 되었습니다. 시도는 처음으로 한 것이지만, 오랜 동안 마음속에 담아 두고 있던 글쓰기 방법이 있었습니다. 저는 쓰기 교육 관련 논문을 준비하다가 우연하지 않게 미국의 한 대학교에서 글쓰기가 서툰 학생들을 상대로 학문적인 글쓰기 능력을 신장시키기 위해 사용한 프로그램[1]을 알게 되었습니다.

1. Bartholomae, D. & Petrosky, A.(1986), Facts, artifacts and counterfacts: Theory and method for a reading and writing course, Boynton/Cook Publishers, Inc..

문헌에 따르면 그 프로그램은 미국에서는 꽤 유명한 프로그램이 되었다고 합니다.

그 프로그램의 시작은 '청소년의 성장과 변화'에 대한 주제를 가지고 진행되었습니다. 실제로 제시된 첫 번째 과제는 '최근 2년 간 내가 철이 들었다고 느끼는 경험을 두 가지 이상 쓰라.' 입니다. 그런 다음 다른 읽기 과제들이 주어졌습니다. 각종 인류학 서적들이 제공되면서 다른 문화에서 어른이 된다는 것의 의미를 알게 되는 동시에 학문적인 말투도 익히게 되는 것입니다.

학생들은 이 와중에서 다른 학급 친구들의 경험과 자신의 경험을 내면화할 수 있었고, 동시에 다른 문화권에서 생각하는 어른이 된다는 것의 의미를 새겨볼 수 있었습니다. 결국 최종 과제는 '어른이 된다는 것이 무엇을 의미하는가?'에 대한 학문적인 형태의 글을 써서 내는 것이었습니다.

저는 이 글쓰기 방법에 매료되었습니다. 왜냐하면 저는 오랜 동안 교직에서 국어 수업을 하면서 귀납적인 형태로 수업을 하는 것이 학생들에게 가장 쉽고 흥미롭게 다가가는 방법이라고 생각하고, 주어진 시간 내에서 수업 내용을 최대한 귀납적으로 구성하기 위해서 항상 노력했기 때문입니다.

이 글쓰기 방법의 귀납적 성격, 특히 자신의 경험에서 시작하여서 타인들의 경험을 참조하고, 그리고 그것을 일반화하는 방법이 매우 편안하게 받아들여졌습니다. 또한 수필에서 논리적 글쓰기로 넘어가는 방법 또한 마음에 들었습니다.

학생들은 대체로 서사적이고 경험적인 글을 쉽게 쓰고, 논리적이고 자료를 참조해야 하는 글을 어려워합니다. 학생들이 서사적인 글이 쉽고 논리적인 글이 어려운 이유는 인간의 삶의 방식이 서사적이기 때문이라고 합니다.

인간은 공간에서 시간 순서로 세상을 살아가다가 일어나는 일들에게 대해서 그 때 그 때 평가하면서 살아갑니다. 그러한 평가가 축적되면 그것이 경험이 되어 가치관이 되는 것입니다. 또한 그러한 경험적인 글쓰기를 따로 자료를 조사할 필요가 없이 바로 쓸 수 있다는 장점이 있습니다.

그에 비해서 논리적인 글은 자신의 경험을 새로운 방식으로 구성하여야 되고, 그것을 대한 자료 또한 자신의 경험치를 넘어서는 세상에서 구해 와야 되기 때문에 훨씬 어렵게 느껴진다고 합니다. 따라서 논리적인 글쓰기의 시작이 경험적이고 서사적인 형태라면 동기 유발이나 접근성에 훨씬 용이한 측면이 있는 것입니다.

사설이 길었습니다. 저는 작년(2014년)에 정규 동아리 외에 학습 동아리를 하나 더 맡게 되었습니다. 학생 수도 8명으로 오붓하였습니다. 이 학생들은 소설 쓰기를 원하고 있었습니다. 저는 경험적, 서사적 글쓰기에서 논리적, 학문적 글쓰기로 넘어가는 글쓰기 방법을 시도하고자 하고 있었습니다.

우선 자신의 고민을 담은 자전적인 소설 쓰기를 권하였습니다. 8명의 학생들은 각자가 자신의 고민을 담은 자전적 소설을 쓰게 되었습니다. 대한민국의 착실한 모범생들의 고민이 다들 그렇듯이 학생들은 진로, 성적, 그리고 친구, 가족 문제 등이 제시되었습니다.

다음 단계로는 저는 줄거리 요약 및 내용 분석을 과제로 제시하였습니다. 내용 분석의 틀은 제가 제시하였습니다. 그 틀은 다음의 다섯 가지입니다. '① 소설 속 주인공의 고민은 무엇인가? ② 주인공은 고민으로 인해서 어떤 이상 행동을 보이는가? ③ 주인공은 누구와 갈등하는가? ④ 누가 주인공을 돕는가? ⑤ 주인공은 갈등을 어떻게 극복하는가?' 라는 다섯 개의 분석틀을 제공하였습니다.

다음으로 학생들은 서로의 작품을 분석하였습니다. 이 분석 자료를 모아서 '청소년들의 고민은 무엇인가?' 라는 주제의 평론 쓰기를 시도하였습니다. 7명의 학생들이 소설 쓰기와 분석하기에 참가하였고, 7명 중 3명의 학생들이 평론을 썼습니다. 한 명은 자전적 소설 쓰기에 부담을 느끼고 중간에 그만 둔 후 표지 그림을 그렸습니다.

그 글쓰기 과정을 즐겼는지에 대해서 아직 학생들에게 물어보지는 못하였습니다. 한 명의 학생이 자전적 소설 쓰기가 모자란 자신의 모습을 되새기게 하여 고통스럽다면서 중간에 그만 두기는 하였지만, 제가 보기에 대체로 학생들은 소설 쓰기를 충분히 즐겼던 것 같습니다.

줄거리 요약 및 내용 분석은 제가 하라고 하니깐 그냥저냥 한 것 같습니다. 평론 쓰기의 경우 엄청난 부담을 지니고 산을 넘는 심정으로 학생들이 글을 힘들게 써낸 것으로 보입니다. 시작을 했으니 끝을 보아야 한다는 생각으로 버틴 측면도 있었습니다. 깨달음도 있었던 것 같습니다. 학생들은 소감문에서 다들 공부를 잘하든 못하든 진로 문제로 고민이 많다는 것을 새삼 느꼈다는 내용을 적어냈기 때문입니다.

그 결과는 다들 즐겼습니다. 교내 백일장에서 소설 중 상당수가 입상하였고, 학습 동아리 발표대회에서 또한 우리 동아리가 입상하게 되었고, 또한 도서출판 꿈과희망에서 정식 출판을 눈앞에 두고 있기 때문입니다. 중간 중간에 제공되는 이런 성취들이 학생들의 글쓰기를 더욱 의욕적으로 만들어 준 것 같습니다.

저는 이 글쓰기 과정이 학생들 개인적으로도 만족스러운 글쓰기가 됨과 동시에 사회적으로도 의미 있는 글쓰기로 나아갈 수 있기를 바랐습니다. 그 과정에서 학생들이 글쓰기에 긍정적인 태도를 가지게 되었는지 질리게 되었는지가 의문입니다. 제가 보기에 학생들의 마음속에 즐기기에는 힘들지만 버리기에는 매력적인 존재로 글쓰기가 자리 잡고 있는 것 같습니다. 저 또한 그렇습니다.